# Sara-Maria Lukas

# DIE ZÄHMUNG DER HASELNUSS

### Erotischer Roman

Sara-Maria Lukas

# HARD & HEART 3: DIE ZÄHMUNG DER HASELNUSS

Erotischer Roman

© 2016 Plaisir d'Amour Verlag, D-64678 Lindenfels
www.plaisirdamourbooks.com
info@plaisirdamourbooks.com
Covergestaltung: © Mia Horn
Coverfoto: ©tverdohlib - Fotolia
ISBN Taschenbuch: 978-3-86495-225-8
ISBN eBook: 978-3-86495-226-5

Sämtliche Personen in diesem Roman sind frei erfunden.

# Kapitel 1

„Wie kann man sich nur dermaßen dämlich benehmen?"

Ella hebt den Kopf und zieht die Augenbrauen hoch. „Wen meinen Sie?"

„Na, dieses blonde Flittchen da drüben." Kira nickt in Richtung eines Tisches am Rande des Restaurants, während sie mit heftigen Bewegungen das Glas poliert, das sie gerade in der Hand hält.

Ella, die emsig das Kuchenbüfett auswischt, sieht unauffällig hinüber und kichert. „Wieso? Die flirtet doch nur und der Typ ... na ja, nicht unbedingt eines der hässlicheren Modelle, oder finden Sie nicht?"

Kira schüttelt unwillig den Kopf. „Ich verstehe das nicht. Wie kann eine Frau so in die Öffentlichkeit gehen? Allein die langen Fingernägel. Damit lässt sich doch nichts richtig anfassen. Und dazu dieses enge T-Shirt! Da drückt sich ja alles durch. Niemals würde ich mich so zum Sexobjekt degradieren."

Ella legt den Kopf schräg. „Finden Sie es schlimm, wenn eine Frau flirtet? Ich meine, klar, Sie als Chefin hier im Hotel müssen sich so konservativ anziehen, und es wäre unpassend, mit Gästen zu flirten, aber wenn Sie privat hier wären? Dann würden Sie so einen Kerl doch auch nicht links liegen lassen, oder?"

Kira lacht trocken, während sie das Glas ins Regal stellt und zum nächsten greift. „Oh nein! So würde ich mich ganz sicher nie benehmen. Ich finde es schlimm, wenn Frauen sich zu dummen Weibchen degradieren, nur um einen Typen abzukriegen. Und der da? Was hat der denn schon zu bieten, ist doch nur ein hohler Schönling ohne Gehirn."

Ella prustet los. „Der Figur nach zu urteilen, ist der ziemlich sportlich und deshalb bestimmt heiß im Bett. Und er redet die ganze Zeit mit seiner Freundin, also der totale Dummkopf ist er sicher nicht."

Kira wischt mit energischen Bewegungen das Abtropfblech des Tresens trocken. Schmunzelnd schüttelt sie den Kopf. „Na, na, Frau Petersen, wenn Ihr Freund das hört …"

Ella grinst. „Ich habe nicht gesagt, dass ich Tim betrügen würde. Aber Flirten macht trotzdem Spaß. Außerdem", sie zwinkert vergnügt, "ist es manchmal gar nicht so schlecht, wenn der Mann mitbekommt, dass seine Frau auch von anderen nicht übersehen wird."

Kira verzieht spöttisch das Gesicht. „Kauft Ihr Freund Ihnen dann Blümchen und Geschenke?"

Ella lacht auf. „Oh nein. Das ganz und gar nicht." Sie leckt sich genüsslich über die Lippen. „Tim wird dann ganz schnell zum besitzergreifenden Neandertaler, absolut heiß. Ich liebe es."

Kira verdreht die Augen. „Oh Gott! Das ist ja nicht auszuhalten!"

Die Außentür klappt auf und beide Frauen sehen zur Seite. Ella kichert. „Wenn man vom Teufel spricht …"

Tim Christen, der Partner ihrer Angestellten, schlendert an den Tresen. „Hallo, die Damen."

Auch so ein Schönling. Südländischer Typ. Findet sich ganz klasse. Kommt rein, als ob ihm der Laden gehört und die Frau gleich dazu. Kira mag diesen Typ Mann nicht, ganz und gar nicht. Aber sie lässt sich das natürlich nicht anmerken, sondern lächelt unverbindlich freundlich, wie sich das für eine Hotelchefin gehört. „Guten Tag, Herr Christen. Wollen Sie Frau Petersen abholen?"

Tim legt den Autoschlüssel auf den Tresen, gibt Ella einen schnellen Kuss und nickt Kira zu. „Tag, Frau Nowak. Ja, das habe ich vor. Der Fury ist ja noch in der Werkstatt."

Spöttisch zieht Kira die Augenbrauen hoch. „Der Fury?"

Ella kichert. „Mein alter Golf heißt Fury. Der Arme kränkelt im Moment etwas", sagt sie und wendet sich Tim zu. „Ich bin gleich fertig, nur noch eben die Kühlschränke auffüllen."

Kira winkt ab. „Das kann die Spätschicht nachher machen. Heute ist ja nicht viel los. Gehen Sie nur."

„Wirklich? Danke! Dann hole ich schnell meine Tasche."

Kurz nachdem Ella Arm in Arm mit Tim verschwunden ist, kommen die beiden Mitarbeiter der Spätschicht ins Restaurant und Kira kann endlich Mittagspause machen.

Erleichtert seufzend schließt sie die Tür zu ihrem Appartement auf und tritt ein. Neben dem Garderobenschrank hängt ein großer Spiegel. Mit einem Blick hinein murmelt sie: „Konservativ, die spinnt doch."

Sie trägt wie immer eine einfarbige Bluse, eine dunkle Hose und einen dazu passenden hellen Blazer. Die Haare hat sie stets zu einem Dutt frisiert. Mit zwei Griffen löst sie den Knoten am Hinterkopf, sodass ihre braunen Haare nun locker über ihre Schultern herabfallen. Prüfend dreht sie den Kopf hin und her. Was weiß schon so ein sorgloses

Ding wie Ella Petersen? Die hat doch den Ernst des Lebens noch gar nicht kennengelernt.

Trotzig hebt Kira das Kinn ein bisschen höher. Nein, sie sieht nicht langweilig aus, sondern so wie eine Frau aussehen sollte, die respektiert werden will. Schließlich gehört ihr das halbe Hotel. Und gerade weil sie so viel jünger als einige ihrer Angestellten ist, ist es wichtig, als Chefin die geistige Reife auch optisch darzustellen.

Aus dem Flur ist albernes Kichern zu hören. Kira rümpft die Nase. Das ist Eve, das momentane Anhängsel ihres Halbbruders. Die ist auch nur heiß auf sein Geld, wie alle ihre Vorgängerinnen. Leider liegen ihre Appartements nebeneinander, sodass sie jedes Mal mitbekommt, wenn Oliver mit seinen ständig wechselnden Tussis, von denen eine dümmer und oberflächlicher als die andere ist, kommt und geht. Scheußlich.

Angewidert dreht sie sich von der Tür weg und schleudert die unbequemen Pumps von den Füßen. Sie holt sich aus dem Kühlschrank ein Glas Orangensaft, lässt sich auf die Couch fallen und legt die Beine hoch. Es ist Mittagspause. Zum Glück muss sie sich den Rest des Tages nicht mit Hotelgästen oder Angestellten rumärgern, denn Büroarbeit steht an. Dabei stört sie niemand, außer Oliver ist mal wieder so frech, einfach abzuhauen, obwohl er im Hotel Dienst hat. Dann müssen die Angestellten natürlich zu ihr kommen, wenn es Fragen oder Probleme gibt.

„Das kann doch nicht möglich sein!" Mit einem Knall landet der Aktenordner auf dem Schreibtisch. „Verdammt! So ein Mist! Das kann nun wirklich kein Computerfehler mehr sein. Irgendjemand betrügt hier systematisch. Es muss einer der Angestellten sein, oder …?" Sie traut sich nicht, den Gedanken zu Ende zu denken, so ungeheuerlich ist der Verdacht, der in ihr aufkeimt.

Stinksauer hämmert Kira auf der Tastatur des Computers herum und forscht mit Argusaugen in den langen Tabellen auf dem Bildschirm. Viele Namen in den Reservierungslisten tauchen auch in den Rechnungen auf, andere aber nicht, zum Teil von Stammkunden, von denen sie jedoch sicher ist, dass sie wirklich da waren. Außerdem sind die Umsätze im letzten Quartal wieder gesunken, obwohl die Zimmerbelegung nach wie vor gleichbleibend zufriedenstellend ist.

Kira runzelt die Stirn und kaut angespannt an ihrem Daumennagel. „Die Arbeitspläne! Die werden Klarheit bringen." Sie öffnet das andere Programm auf dem Computer, sucht die Lohnabrechnungen der Zimmermädchen und notiert sich auf einem Blatt Papier die Stundenzahlen. Anschließend vergleicht sie diese mit den monatlichen Zimmerbelegungen und Umsätzen, um schließlich zornig den Kugelschreiber gegen die Wand zu pfeffern. „Ich wusste es!"

Wutschnaubend rennt sie aus dem Büro, den langen Flur entlang bis zu ihren Appartements. Sie hämmert an Olivers Tür und wartet. Drinnen ist Musik zu hören, und es dauert einen Moment, bis er öffnet. Er trägt seine Anzughose, hat das Hemd aufgeknöpft und ist barfuß. Bei ihrem Anblick zieht er erstaunt die Augenbrauen hoch. „Kira, was willst du denn noch so spät?"

„In der Buchführung stimmt etwas nicht. Diesmal bin ich ganz sicher."

Er verdreht die Augen. „Siehst du schon wieder Gespenster?"

„Ich sehe Fakten", presst sie wütend hervor, „und ich lasse mich nicht für dumm verkaufen."

Er seufzt. „Hör zu, Schwesterherz. Es ist zweiundzwanzig Uhr und ich habe Besuch. Lass uns morgen darüber sprechen."

„Morgen sind wir nicht allein im Büro, und ich bin es leid, mich von dir vor allen Angestellten lächerlich machen zu lassen."

Er grinst frech. „Dann labere mir nicht ständig mit deinen albernen Verschwörungstheorien die Ohren voll."

Kiras Augen werden schmal und ihre Nackenmuskeln hart. „Ich kann es beweisen. Ich habe die Arbeitsstunden der Zimmermädchen mit den Rechnungen verglichen."

Seine Wangenmuskeln zucken, als ob er die Zähne zusammenbeißt. „Wir reden morgen darüber. Jetzt habe ich keine Zeit", sagt er mit eisiger Ruhe und knallt ihr ohne ein weiteres Wort die Tür vor der Nase zu.

„Du bist so ein mieses Arschloch", flüstert sie hasserfüllt gegen das dunkle Holz der Tür. Am liebsten möchte sie mit den Füßen dagegentreten, aber sie ballt nur die Fäuste, dreht sich um, schließt die eigene Tür auf und lässt sie mit einem lauten Knall hinter sich zufallen. Ihre Augen füllen sich mit Tränen. Das facht ihre Wut zusätzlich an. Sie will nicht heulen. Sie ist erwachsen und stark und wird sich nicht von ihrem verkackten, arroganten Stiefbruder fertigmachen lassen. Hart reibt sie sich mit den

Handballen über die Augen und schluckt den dicken Kloß in ihrem Hals herunter. Mit einer wütenden Bewegung öffnet sie den Barschrank, holt die Flasche Cognac heraus, gießt ein Glas ein und nimmt mit zitternden Fingern einen großen Schluck. Das Brennen in der Kehle tut gut. Unbeweglich steht sie mit dem Alkohol in der Hand vor der Terrassentür und starrt in die Dämmerung hinaus. Anstatt im Büro zu sitzen, sollte sie die lauen Sommerabende auf ihrer Terrasse verbringen. Aber das geht nicht. Sie kann nicht so tun, als ob alles in Ordnung wäre. Ihre Existenz ist gefährdet.

Oliver will nichts von ihren Beobachtungen wissen, egal was ihr auffällt: erst die viel zu niedrigen Summen der Barabrechnungen, dann die überhöhten Lebensmittelrechnungen, jetzt die Zimmerbelegung. Das kann nur bedeuten, dass er selber dahintersteckt. Ihr eigener Halbbruder! Kann das wirklich sein? Hasst er sie so sehr, dass er lieber das Hotel betrügt, als mit ihr zusammenzuarbeiten?

Ihr Hinterkopf fällt gegen die Couchlehne und sie starrt an die weiße Zimmerdecke. Sie darf nicht länger schweigen. Sie muss etwas unternehmen, sonst ist entweder das Hotel irgendwann pleite, oder dem Finanzamt fällt etwas auf und sie landen beide im Knast. Aber was soll sie tun? Wer kann ihr helfen? Wer würde ihr glauben? Schließlich ist sie nur die uneheliche Tochter ihres gemeinsamen Vaters. Die ganze Stadt weiß doch, dass eigentlich nur Oliver hätte erben sollen.

Der Name Pascal Engel zuckt durch ihre Gedanken. Das ist der Typ, von dem Ella Petersen während eines Mitarbeiterfrühstücks erzählte, der Mieter ihres Elternhauses. Nachdem ihr Ungereimtheiten in der Buchführung aufgefallen waren, hatte sie schon einige Male mit dem Gedanken gespielt, diesen Engel zu engagieren. Er ist Personenschützer und so was wie ein Privatdetektiv, hat den ehemaligen landwirtschaftlichen Betrieb ihres verstorbenen Vaters gemietet, um dort Bodyguards auszubilden. Kira hat sich sogar seine Telefonnummer geben lassen, doch dann ist sie ihm vor einigen Wochen kurz begegnet, als er Ella aus dem Hotel abgeholt hat. Er hat sie mit einem solch unverschämt durchdringenden Blick gemustert, dass sie tatsächlich rot geworden ist. Darüber ärgert sie sich jetzt noch. Unmöglich, der Typ. Wie kann man eine Frau derart anstarren und verunsichern? Das gehört sich einfach nicht. Der Knabe hat ganz sicher keine gute Erziehung genossen. Er ist ein Muskelprotz und viel zu primitiv, um ihn für so eine Aufgabe zu engagieren. Der war bestimmt nur ein besserer Türsteher, bevor er sich jetzt als Ausbilder aufspielt.

Außerdem ist sie schwach geworden. Natürlich nicht vor ihm! Aber im Geheimen. Sein durchtrainierter Körper und seine selbstbewusste Haltung hatten in ihrem Bauch Schmetterlinge flattern lassen. Sie hat in der Nacht nach dieser Begegnung wach gelegen, ihre Klit gestreichelt und sich vorgestellt, wie er sie gegen eine Wand presst, ihre Hände über dem Kopf festhält und seine Zunge hart in ihren Mund drängt.

Danach war er noch einige Male Teil weit schmutzigerer Fantasien gewesen, in denen er sie dazu zwang, die Kontrolle abzugeben. Also definitiv kein Mann, den sie anrufen sollte, viel zu gefährlich für ihren Seelenfrieden. Aber wen sonst? Vielleicht doch mal mit ihm reden? Die kleine Petersen prahlt ja dauernd damit, für welch wichtige Leute und Firmen er schon gearbeitet hat.

Pascal fasst sie blitzschnell am Oberarm, reißt sie herum und packt mit einer Hand fest in ihren Nacken, während die andere ihren Arm schmerzhaft auf dem Rücken verdreht. Die Kleine schreit auf, aber er drückt sie ungerührt auf den kalten Betonboden.

„Hör auf! Du Arsch! Lass mich los!", keift sie und strampelt wild.

„Schätzchen, im Ernstfall wärst du jetzt tot", teilt er ihr trocken mit, ohne seinen Griff zu lockern.

Sie gibt auf und stöhnt genervt. „Ja, Shit, ich weiß. Lass mich los. Ich hab's kapiert."

Er lässt von ihr ab und richtet sich auf. „Lena, du nimmst die Ausbildung hier immer noch nicht ernst. Du trainierst zu wenig und bist mit den Gedanken wer weiß wo, aber nicht bei deiner Aufgabe. So geht das nicht."

Die anderen Teilnehmer des Lehrgangs stehen schweigend im Halbkreis um sie herum und sehen zu, wie Lena sich in eine sitzende Position aufrappelt. Pascal reicht ihr die Hand und zieht sie hoch. Verstohlen wischt sie sich eine Träne aus dem Augenwinkel und senkt den Kopf, damit er es nicht sieht.

„Ihr seid nicht zum Spaß hier. Disziplin ist alles in dem Job, kapiert das endlich", fährt er fort und hebt mahnend die Hand.

Sie nickt. „Ja. Tut mir leid."

Er sieht zu Finn hinüber, der mit verschränkten Armen am Türrahmen lehnt und das Spektakel betrachtet, als ob es ein gutes Theaterstück wäre. „Du übst das heute Nachmittag mit ihr so lange, bis es klappt."

Die Kampfmaschine mit den langen blonden, zu einem Zopf zusammengefassten Haaren, nickt gelangweilt. „Okay."

Lena verdreht die Augen. „Das ist nicht nötig."

„Das entscheide ich." Pascal verliert langsam die Geduld.

„Ich werde zwanzig blaue Flecken haben, wenn das rücksichtslose Monster", sie zeigt auf Finn, „mich anfasst", protestiert sie stöhnend.

„Lieber das als nächste Woche eine Kugel im Kopf. Ende der Diskussion", antwortet Pascal ungerührt.

In der Hosentasche vibriert sein Handy. Er zieht es heraus und sieht kurz aufs Display, bevor er sich wieder der Gruppe zuwendet. „Mittagspause. Wir treffen uns in einer Stunde wieder."

Während die jungen Leute die große Scheune verlassen, nimmt er den Anruf an.

„Ja."

Eine Frauenstimme räuspert sich. „Herr Engel?"

„Ja."

„Hier ist Kira Nowak. Ich bin die …"

„Guten Tag, Frau Nowak. Ich weiß, wer Sie sind. Was kann ich für Sie tun?"

„Ich … äh … Ist es richtig, dass Sie so was wie ein Privatdetektiv sind?"

Er setzt sich auf die schlichte Holzbank an der Wand. „Das ist richtig."

„Ich, ähm, ich weiß nicht, ob …"

„Sagen Sie einfach, worum es geht, dann kann ich Ihnen sagen, ob Sie bei mir an der richtigen Adresse sind."

Es bleibt still in der Leitung. Pascal runzelt die Stirn und wirft einen genervten Blick gegen das Scheunendach.

„Frau Nowak, Diskretion ist in meinem Job selbstverständlich." Es bleibt immer noch still, doch dann hört er sie geräuschvoll ausatmen.

„Es geht um … also, ähm, ich vermute, dass ein Angestellter das Hotel betrügt."

Er nickt. „Okay. Ich komme zu Ihnen, dann können Sie mir alles genau schildern."

„Nein. Nicht hier."

„Kein Problem. Dann treffen wir uns … wie wäre es", er überlegt kurz, „Samstag, siebzehn Uhr, in diesem Ausflugscafé an der Ortsausfahrt Richtung Lüneburg. Passt das für Sie?"

Sie zögert einen Moment, dann willigt sie ein und er beendet das Gespräch.

Während er noch das Telefon betrachtet, schleicht sich ein spöttisches Schmunzeln in sein Gesicht. Kira Nowak will ihn engagieren. Es geschehen noch Zeichen und Wunder. Der Anruf dürfte ihr schwergefallen sein. Als er an seinem Geburtstag Ella, samt dem bestellten Büfett für die Feier, von der Arbeit abholte und ihr dabei begegnete, starrte sie ihn dermaßen verkniffen an, als wäre er gekommen, um den Laden auszukundschaften und in der Nacht einzubrechen.

Nervös trinkt Kira einen Schluck Kaffee und verbrennt sich prompt die Zunge. „Mist", flucht sie leise und schiebt die Tasse ein Stück zur Seite. Misstrauisch blickt sie sich um. Nur die Hälfte der Tische ist besetzt. Hoffentlich kommt nicht zufällig ein Bekannter oder Angestellter aus dem Hotel vorbei, während sie sich hier mit diesem Engel trifft. Sie sieht auf ihre Armbanduhr. Fünf Minuten nach und er ist noch nicht da. Sie hasst Unpünktlichkeit. Der Typ lässt sie tatsächlich warten, obwohl sie eine potenzielle Kundin ist. Was für eine Frechheit. Sie sollte auf der Stelle gehen.

Da kommt er. Bei seinem Anblick durch die großen Fenster des Cafés durchzuckt sie unerwartet ein kleiner Schreck, wie ein leichter elektrischer Schlag, was augenblicklich ein lustvolles Grummeln in ihrem Unterleib auslöst. Sie hasst es, dass sie so auf ihn reagiert. Sie hasst sowieso alle Typen, die auf sie so arrogant herabsehen, wie er es tut. Davon trifft sie im Hotel oft genug welche. Unwillkürlich strafft sie die Schultern, während sie ihm entgegensieht. Er trägt Freizeitkleidung, ein dunkelblaues T-Shirt, Jeans mit einem breiten Ledergürtel, Turnschuhe, und er spielt ungeduldig mit einem Schlüsselbund in der Hand, während er sich beim Eintreten ins Café suchend umsieht. Er erkennt sie, nähert sich mit wenigen energischen Schritten ihrem Tisch und hält ihr seine Hand entgegen. „Frau Nowak, guten Tag."

Seine Mimik ist undurchschaubar und sein Blick durchdringend, definitiv ein Typ, mit dem man keinen Streit haben will.

Die Wärme seiner Finger in Verbindung mit dem kräftigen Händedruck lösen schon wieder einen Blitzstart von Schmetterlingen in ihrem Magen aus. Fast wäre sie zusammengezuckt. „Guten Tag", sagt sie schnell und ihr Blick flieht fahrig in Richtung Kaffeetasse.

Er zieht sich lässig einen Stuhl zurück und setzt sich ihr gegenüber. „Entschuldigen Sie bitte die Verspätung. Wir haben den Obstgarten von Ellas Elternhaus gerodet und dabei die Zeit vergessen."

„Schon gut. Waren ja nur ein paar Minuten", zwingt sie sich zu antworten.

Seine Mundwinkel zucken. Der arrogante Mistkerl merkt, dass sie verärgert ist, und amüsiert sich darüber. So eine Frechheit! Sie sollte gehen. Die Idee, ihn anzurufen, war definitiv dämlich.

Er bestellt ein Mineralwasser, und die Bedienungs-Tussi grinst, als ob sie von ihm hundert Euro Trinkgeld erwartet.

Pascal dreht sich Kira zu und sie zuckt schon wieder fast zusammen. Sein plötzlich so naher, direkter Blick in ihre Augen ist so unerwartet intensiv, dass es in ihrem Körper bis in die Zehenspitzen hinein kribbelt. Seine Gesichtszüge sind hart. Er lässt immer noch keine Gefühlsregung sehen. Die streichholzkurzen Haare, ein Bartschatten und der kräftige Hals über den breiten Schultern verstärken den Eindruck eines unnahbaren, gefährlichen Mannes. Seine Oberarme unter den engen T-Shirt-Ärmeln wirken, als könnte er Kira damit innerhalb von Sekunden mit Leichtigkeit zerquetschen. Wie es sich wohl anfühlt, von solchen Armen zärtlich umarmt zu werden? Falscher Gedanke. Ganz falscher Gedanke. Sein Kinn ist auffällig kantig und die Lippen wirken durch ihre breite, geschwungene Form widerlich selbstherrlich und dominant. Er ist kein im klassischen Sinne schöner Mann, aber einer dieser Typen, die Frauen trotzdem anziehen wie eine Kerze in einer Sommernacht die Mücken. Er ist ein Mann, an dem man sich mehr als nur die Finger verbrennt. Jetzt verziehen sich seine Lippen zu einem spöttischen Lächeln, und Kira fühlt augenblicklich eine unangenehme Hitze im Gesicht, weil ihr bewusst wird, dass sie ihn anstarrt. Auch das noch! Ruckartig senkt sie den Kopf. Wie konnte sie nur!

Er lehnt sich zurück und räuspert sich. „Worum geht's, Frau Novak?"

Sie trinkt einen Schluck Kaffee. Soll sie es ihm wirklich sagen? Viel lieber möchte sie gerade aufspringen und das Lokal im Laufschritt verlassen.

Sie sieht auf. Er hat die Augenbrauen fragend hochgezogen und wartet. Verdammt! Okay, jetzt ist es sowieso zu spät, um einen Rückzieher zu machen, denn wie sollte sie ihm erklären, dass er umsonst gekommen ist?

„Die Abrechnungen im Hotel stimmen nicht. Anscheinend manipuliert jemand die Buchführung, und ich muss schnell wissen, wer. Sollte das Finanzamt bei uns prüfen, würde man mich und meinen Bruder wegen Steuerhinterziehung anklagen und einsperren."

Pascal nickt so unbeeindruckt, als ob er jeden Tag so etwas hören würde. „Haben Sie einen Verdacht?"

Sie zögert kurz, dann schüttelt sie entschlossen den Kopf. „Nein." Sie strafft sich. „Ich will, dass Sie versteckte Kameras installieren und damit herausfinden, wer uns betrügt."

Die Bedienung kommt an den Tisch zurück, bringt ein Fläschchen Mineralwasser mit einem Glas und schenkt ihm ein. Er bedankt sich bei der Tussi mit einem Lächeln. Sie verschwindet und er trinkt in aller Ruhe einen Schluck.

Ungeduldig starrt Kira ihn an. Kann der arrogante Mistkerl vielleicht mal antworten?

„Ja", sagt er gedehnt, „theoretisch geht das, aber praktisch", er hebt den Kopf und sieht sie an, „ist es illegal, heimlich die Mitarbeiter zu filmen."

Sie runzelt die Stirn. „Es soll ja nicht auf Dauer sein."

Seine Augen mustern sie unangenehm forschend. „Weiß Ihr Bruder, dass Sie mich um Hilfe bitten?"

In ihrer Brust beginnt Zorn zu brodeln. „Nein."

„Warum nicht?"

„Das geht Sie nichts an."

Pascal lacht kurz und trocken auf. „Wenn ich Ihnen helfen soll, geht mich das sehr wohl etwas an."

„Ich habe Sie nicht um Hilfe gebeten, ich gebe Ihnen lediglich für ein paar Tage einen gut bezahlten technischen Auftrag."

Er schüttelt den Kopf. „So geht das nicht. Sie müssen mit ihrem Bruder reden, dann können wir Beweise sammeln und zur Polizei gehen. Das ist der richtige Weg."

„Nein!"

Er stutzt. „Warum nicht?"

Sie knetet unter dem Tisch ihre Hände, die plötzlich schweißnass sind. „Er glaubt mir nicht. Er meint, ich sehe Gespenster."

„Vielleicht hat er recht?"

Die Wut in ihrem Bauch explodiert. „Nein, hat er nicht, und ich habe jetzt keine Lust mehr, mit Ihnen zu diskutieren. Sie wollen den Auftrag nicht. Kein Problem. Vergessen Sie es einfach." Sie springt auf. „Ich bezahle vorn ihr Wasser mit. Tut mir leid, dass Sie umsonst gekommen sind."

Sie macht den ersten Schritt in Richtung Tresen und fühlt im gleichen Moment seinen festen Griff an ihrem Oberarm. Fassungslos dreht sie ihm das Gesicht zu und öffnet den Mund. Er steht beeindruckend groß, breit und viel zu dicht vor ihr. Bevor ihr ein passendes Schimpfwort einfällt, redet er schon. „Falls Sie es sich anders überlegen und doch meine Hilfe annehmen wollen, können Sie sich jederzeit melden."

„Danke." Sie entreißt ihm mit einem Ruck den Arm. „Ganz sicher nicht."

Ohne eine Reaktion von ihm abzuwarten, eilt sie davon. Sie ist wütend, rasend wütend! Keine Sekunde länger hält sie es in der Gegenwart dieses arroganten Affen aus.

Sie bezahlt und rennt im Laufschritt zum Auto, als würde er sie verfolgen. So ein Mistkerl! So ein widerlicher Macho! Als wäre sie ein dummes kleines Mädchen! Ihr Blick verschwimmt. Verbissen presst sie die Lippen zusammen. Sie wird jetzt nicht auch noch heulen.

# Kapitel 2

Pascal schlendert über den Parkplatz zurück zu seinem Auto. Das war ja eine kurze Besprechung mit Frau Nowak. Hätte er sie zurückhalten müssen? Ihre Körperhaltung drückte Nervosität und Unsicherheit aus. Seine jahrelange Erfahrung sagt ihm, dass sie in wirklichen Schwierigkeiten steckt. Fuck! Nein! Sie ist eine erwachsene Frau und er sieht Gespenster. Da greift ein Angestellter in die Kasse. Eine ganz alltägliche Story.

Er steigt in seinen Wagen, überlegt einen Moment, greift zum Handy und wählt.

Er muss nicht lange warten. Schon nach dem dritten Klingeln hört er die seit Jahren vertraute Stimme.

„Pascal, hast du Sehnsucht nach deinem Zuhause?", meldet sich sein alter Freund, wie immer mit sonorer, gleichmütiger Stimme.

„Wenn es so weit gekommen ist, dass der Club mein Zuhause ist, hänge ich mich eigenhändig in der Mittelalter-Kammer auf. Guten Abend, Henry", knurrt er.

Tiefes, lässiges Lachen ist die Antwort.

„Wer ist heute Abend angemeldet?", fragt Pascal.

„Oh, einige nette Damen passend zu deinem Geschmack. Angelique hat nach dir gefragt."

„Sag ihr, dass ich in einer Stunde da bin. Alles wie immer."

Ohne eine Antwort abzuwarten, legt er auf, startet den Wagen und fährt Richtung Autobahn.

Pünktlich wie angekündigt bremst er vor einem imposanten schmiedeeisernen Tor und drückt auf die Klingel.

Es knackt in der Gegensprechanlage. „Ja?"

„Ich bin's. Guck auf deinen Monitor und mach auf."

„Ich sollte dich einfach mal nicht reinlassen, bis du das mit den Codewörtern akzeptierst."

Das Tor schwingt auf und Pascal lässt den Wagen in die Einfahrt rollen.

Er läuft, immer zwei Stufen auf einmal nehmend, die breite Treppe zum Eingang der alten prächtigen Villa hinauf. Das gepflegte, parkähnlich angelegte Grundstück ist von einer hohen Mauer umgeben. Kameras sorgen dafür, ungebetene Eindringlinge fernzuhalten. Prüfend lässt Pascal seinen Blick schweifen. Er hat diese Kameras installiert. Nur deshalb kennt er den Club. Der Besitzer hatte ihn engagiert, um die Überwachungskameras zu installieren und zu warten. Nach einiger Zeit wurde er Mitglied und Henry und er Freunde.

In der großen Eingangshalle wendet er sich nach links zum Empfang. Eine junge, blasse Frau in einem schlichten schwarzen, enganliegenden Kleid und mit sehr kurzen dunkelbraunen Haaren lächelt ihn an. Ein neues Gesicht, das ist selten.

„Guten Abend, herzlich willkommen im Rosenclub", flötet sie, „ich bin Melanie. Was kann ich für dich tun?"

„Guten Abend. Nichts, Baby, ich komme schon klar."

„Aber ..."

„Schon gut, Melanie. Das ist Pascal. Merk dir sein Gesicht. Er nimmt am allgemeinen Clubleben nicht teil und ist der Einzige in dieser erhabenen Gesellschaft, der sich an keine Regeln hält. Ich sollte ihn rausschmeißen, aber aus Mitleid lassen wir ihn doch immer wieder rein." Henry schlendert aus der geöffneten Bürotür neben dem Tresen.

Pascal lacht. „Solange dein Club nicht mal einen vernünftigen Namen hat, kannst du froh über jeden sein, der überhaupt hierher findet."

Melanie kichert. „Da hat er recht. Warum hat der Club so einen seltsamen Namen?"

„Als er ihn gegründet hat, war er frisch geschieden. Aus Angst, seine – wohlgemerkt bereits erwachsenen - Kinder könnten dahinterkommen, um was für eine Art Club es sich handelt, hat er ihm diesen Namen gegeben", erzählt Pascal und grinst. „Hat aber nichts genützt, nicht wahr, alter Mann?"

„Nein", brummt Henry, „die Jungs kommen inzwischen selber her."

Pascal geht ihm entgegen und sie umarmen sich kurz, ganz auf lässige Männerart.

„Du warst lange nicht hier", sagt Henry.

„Ich hatte viel um die Ohren."

„Angie wartet oben. Jan achtet auf sie. Ich sag ihm Bescheid, dass er verschwinden kann. Viel Vergnügen."

Pascal nickt und dreht sich zur Treppe. Es ist still im Haus, obwohl sicher schon einige Clubmitglieder anwesend sind. Die dicken Mauern der alten Villa und spezielle Türisolierungen lassen keine Geräusche aus den einzelnen Spielzimmern nach draußen dringen. Pascal ist es egal, was in diesem Haus und in seinen Räumen passiert. Wenn er Zeit hat, kommt er regelmäßig, weil er hier das findet, was ihm gefällt: anonyme und sichere Sessions in einem gepflegten

Ambiente, mit einer zu ihm passenden Partnerin. Man trifft sich für einige erregende Stunden und geht dann wieder auseinander. Nicht mehr und nicht weniger.

Nur ausgewählte, vertrauenswürdige Personen können Mitglieder werden. Alle unterschreiben Verschwiegenheitserklärungen und wissen, dass bei Zuwiderhandlung empfindliche Strafen drohen. Wer hier Mitglied wird, hat ausdrücklich kein Interesse daran, zu einem Spielpartner auch im normalen Leben Kontakt zu haben.

Er öffnet die Tür zu seinem bevorzugten Zimmer. Es ist ein großer, rechteckiger, fast leerer Raum, der durch die hohen Decken wie ein kleiner Saal wirkt. Die Fenster sind dunkel verhängt, versteckte Lampen sorgen für eine angenehme, indirekte Beleuchtung. Auf hellem Parkett steht neben einem Schrank, in dem diverse Spielzeuge auf ihre Verwendung warten, ein breites Himmelbett. Der obere metallene Rahmen so wie die Gitterstäbe am Kopf- und Fußende sind stabiler als bei einem normalen Bett und damit bestens geeignet für unterschiedliche Fesselungsvarianten. In der Ecke lädt ein breiter Sessel neben einem runden Tisch, auf dem Getränke und Gläser bereitstehen, zum Verweilen ein. Eine zweite Tür führt in ein kleines Bad. Die Mitte des Raumes ist frei, sodass man von allen Seiten peitschen- oder gertenschwingend ein Opfer umkreisen kann. Ketten mit Manschetten hängen von der Decke.

An einer Wandseite wurde eine breite massive Leiste mit stabilen Ringen in verschiedenen Höhen installiert. Hier kniet jetzt eine nackte Frau. Ihre Hände sind auf dem Rücken gefesselt und ihre Augen verbunden. Sie trägt ein Halsband, das mit einer kurzen Kette an einem der Ringe befestigt ist, sodass sie in dieser unbequemen Stellung ausharren muss. An der letzten freien Wand neben der Tür hängen diverse Schlaginstrumente griffbereit nebeneinander.

Er tritt ein und schließt leise die Tür. Angelique zuckt. Ohne ein Wort zu sagen, durchquert er den Raum, setzt sich auf den Sessel und gießt sich ein Glas Mineralwasser ein. Er trinkt einen Schluck und betrachtet die gefesselte Frau. Sie heißt im richtigen Leben Tina. Einmal, nach einer intensiven Session, als ihre Sinne noch nicht wieder in die Realität zurückgekehrt waren, hat sie ihm ihren wahren Namen gesagt. Mehr weiß er jedoch nicht von ihr. Vielleicht ist sie verheiratet aber auch das geht ihn nichts an. Ihre Atmung wird hektisch. Es muss sie wahnsinnig machen, nicht zu wissen, wer den Raum betreten hat.

Eine Weile genießt er den Anblick, dann steht er auf und tritt hinter sie. „Wie lautet dein Safeword, Angie?"

„Petersilie", wispert sie und atmet deutlich erleichtert aus. Sie hat seine Stimme erkannt.

Pascal hockt sich neben sie und fährt mit den Fingerspitzen neben ihrer Wirbelsäule entlang nach oben, streicht sanft die lockigen braunen Haare zur Seite und küsst ihren Nacken.

„Schön, dich zu sehen, Angie."

„Ja", stößt sie hervor. Ihre Wange schmiegt sich in seine Hand.

Mehr müssen sie nicht miteinander reden. Pascal mag keine aufwendigen Rollenspiele, und die Partnerin, die sich entschließt, mit ihm eine Session zu haben, auch nicht. Sonst wären sie nicht gemeinsam in diesem Raum. Im Rosenclub weiß jedes Mitglied, was es will und braucht. Erst nach einem ausgiebigen Informationsaustausch im Vorfeld finden Spielpartner zueinander, deren Neigungen sich decken. Pascal trifft sich mit Frauen, die Schmerzen und das Gefühl der Machtlosigkeit brauchen, um sexuelle Erregung und Erfüllung genießen zu können.

Er löst die Kette, mit der das Halsband an der Wand befestigt ist. „Komm mit", befiehlt er und zieht sie hoch. Vor dem Sessel wirft er ein Kissen auf den Boden und drückt sie darauf wieder auf die Knie. Er setzt sich so auf den Sessel, dass sie zwischen seinen Beinen kauert, greift in ihre Haare und zieht ihren Kopf zurück, bis sie ihm ihren Oberkörper aufreizend entgegenwölbt. Sie stöhnt leise. Er betrachtet ihre Brüste, runde schwere Kugeln mit dunklen Nippeln und großen Höfen. Mit den Fingerspitzen malt er Kreise auf der rechten Brust, und Angelique zuckt jedes Mal, wenn sich seine Finger ihrer Brustwarze nähern. Als er den Nippel zwischen Zeigefinger und Daumen nimmt, schreit sie leise auf.

„Was ist, schwache Nerven heute?", fragt er amüsiert und beginnt das Spiel auf der anderen Brust von vorn. Sie stößt ein Geräusch aus, das an das lächerliche Knurren eines Hundewelpen erinnert. Einige Male deutet er ein Zwirbeln eines Nippels an, nur um dann doch wieder die Finger wegzunehmen. Kleine Schweißtropfen bilden sich auf Angeliques Stirn. Sanft drückt er ihren Kopf ein Stück nach oben, damit er ihr besser ins Gesicht sehen kann. Er küsst ihre zitternden Lippen und sie seufzt. Er knabbert zart und sinnlich an ihrer Unterlippe, dringt schließlich mit der Zunge in ihre Mundhöhle ein und trifft ihre aufgeregt flatternde Zungenspitze. Während er sie küsst, spielen die Finger seiner rechten Hand wieder aufreizend langsam mit ihren Brüsten und Brustwarzen. Die linke Hand in ihren Haaren fixiert weiter ihren Kopf. Immer wieder zuckt ihre Zunge, wenn er in einen Nippel zwickt. Sie stöhnt, versucht, ihren Kopf in eine bequemere Position zu schieben, doch er hält seinen unerbittlichen Griff in ihren Haaren. Nach einer Weile beendet er den Kuss und lässt ihren Kopf los. Dankbar bewegt sie ihren inzwischen steifen Nacken. Er beginnt, mit beiden Händen ihre Brüste zu quälen, beobachtet dabei schweigend ihre Gesichtszüge, während seine Finger jetzt immer fieser und härter ihre Nippel zwirbeln und verdrehen. Sie bäumt sich auf, ihre Gesichtszüge verzerren sich, unter der Augenmaske quellen Tränen hervor, doch Pascal kennt keine Gnade. Sie jammert, versucht, ihm ihren Körper zu entziehen, lässt sich zur Seite fallen, doch Pascal steht auf, beugt sich breitbeinig über sie und schubst sie mit einem Griff an die Schulter auf den Rücken. Er quält sie unerbittlich weiter, ohne ihre strampelnden Beine zu beachten, ohne zu reden, ohne Pause, ohne den Blick abzuwenden, bis sie laut schluchzend um Gnade schreit.

Er tritt einen Schritt zur Seite und wartet ab. Sie liegt vor seinen Füßen auf dem harten Parkettboden und weint hemmungslos. Ihre Brustwarzen leuchten tiefrot und sind geschwollen. Zwischen ihren Beinen schimmert glänzende Feuchtigkeit. Nachdem sie sich etwas beruhigt hat, umfasst er ihre Oberarme, zieht sie wieder in die kniende Position und setzt sich zurück in den Sessel. Sanft wischt er die Tränen von ihren Wangen, gießt das Mineralwasserglas frisch voll, nimmt es und schüttet den Inhalt über ihre Brüste. Sie schreit überrascht auf und zuckt hoch.

Er lacht. „Nur eine kleine Abkühlung, Süße."

„Arsch", stößt sie atemlos hervor.

„Richtig erkannt", flüstert er dicht an ihrem Ohr und ein Schaudern durchläuft ihren Körper.

Er hält ihr das erneut gefüllte Glas an die Lippen. „Trink." Gierig schluckt sie jeden Tropfen, den er ihr gibt.

Er zieht ihr die Augenbinde ab. Obwohl das Licht im Raum gedimmt ist, blinzelt sie einen Moment, bis sich ihre Blicke begegnen. Sorgfältig kämmt er mit den Fingern die Haare aus ihrer Stirn.

Sie lächelt zaghaft. „Darf ich dich verwöhnen?"

Er schmunzelt, beugt sich kurz vor, zieht sich mit einem Ruck das T-Shirt über den Kopf und öffnet Knopf und Reißverschluss seiner Jeans. Sein Schwanz springt heraus und richtet sich steil auf. „Alles für dich", sagt er mit einem Augenzwinkern und lehnt sich entspannt zurück. Sie kichert.

Aus halb geschlossenen Augen beobachtet er, wie sie sich, durch die gefesselten Hände etwas unbeholfen, aufrichtet und über seinen Oberkörper beugt. Sie beginnt, ihn mit Zunge und Lippen zu verwöhnen, saugt an seinen Brustwarzen, leckt über seine Muskeln, küsst sich hingebungsvoll die Rippenbögen entlang, während sich sein erigiertes Glied warm zwischen ihre großen Brüste schmiegt. Ihr welliges Haar fällt locker über ihre Schultern. Sanft streicht er mit den Fingern hindurch, fasst irgendwann etwas fester zu, um ihren Kopf in Richtung seines Schwanzes zu dirigieren.

Sie kichert albern. „Ist der große, böse Pascal ungeduldig?"

Lächelnd streicht er mit dem Finger über ihre Stirn. Angelique ist im Alltag eine sehr disziplinierte und kontrollierte Frau. Während einer Session genießt sie es, ohne Hemmungen und Scham die Situation auszukosten und ihre Gefühle zu zeigen. Sie küsst zärtlich seine Schwanzspitze, umfährt die Eichel mit der Zunge und nimmt sie kurz in ihre Mundhöhle, um sie dann wieder hinausgleiten zu lassen. Sie schmiegt ihre Wange an seinen Schwanz, um die Hoden zu küssen und zu lecken. Stöhnend drückt er ihr das Becken etwas weiter entgegen und sie nimmt die Hoden abwechselnd in den Mund und lutscht sanft an ihnen. Dann zieht sie sich wieder etwas zurück, küsst die Länge seines Gliedes entlang, stülpt ihre LIppen wieder über seine Schwanzspitze und bewegt ihren Kopf aufreizend langsam hin und her. Pascal will sich einen Moment lang einfach gehen lassen, ihre Haare packen und in ihrer Kehle kommen, doch schließlich entscheidet er sich anders. Er schiebt sie weg und lächelt über ihren enttäuschten Gesichtsausdruck.

„Auf mit dir, die Peitsche wartet."

Er hilft ihr hoch und dirigiert sie in die Mitte des Raumes, unter die von der Decke herabhängenden Ketten. Er löst den Karabiner zwischen den Handmanschetten und massiert sanft ihre Schultern und Oberarme, als sie stöhnend die durch die lange Fesselung steifen Arme nach vorn zieht. Sie seufzt und senkt den Kopf. Er küsst ihren Nacken und entfernt sich. Über einen Schalter an der Wand lässt er die Ketten herab, tritt vor sie und verbindet die Karabiner mit ihren Handgelenken. Er fixiert ihre Arme nicht zu hoch, denn sie soll noch sicher stehen können, greift zu einem breiten Paddel und bedeckt ihren Po, ihre Oberschenkel und ihren Rücken erst mit leichten, dann mit kräftigeren Schlägen. Eine

Weile lässt Angelique alles gelassen über sich ergehen, mit zunehmender Intensität seiner Schläge zieht sie jedoch den Atem schärfer durch die Zähne und zuckt auffälliger in ihren Fesseln. Pascal legt das Schlaginstrument zur Seite und streicht sanft mit beiden Händen über die gerötete Haut. Sie lehnt ihren Kopf vertrauensvoll an seine Schulter und schließt die Augen.

Pascal legt die Hand an ihre Kehle. Er bräuchte nur zuzudrücken, um sie zu töten, aber sie vertraut ihm und genießt die sanfte Berührung. Langsam beruhigt sich ihr Atem wieder. Pascal tritt vor sie. „Beine breit, Angelique."

Zögernd gehorcht sie. Ihre Oberschenkel sind angespannt und zittern. Er fährt mit den Fingern durch die warme Feuchtigkeit zwischen ihren Schamlippen. Sie keucht, schwankt zwischen Begierde und Scham, Erregung und Abwehr. Ihre Blicke begegnen sich. Sie denkt immer noch viel zu viel. Pascal streicht mit den nassen Fingern über ihre Lippen und Angelique schließt die Augen.

Er greift zu einer Gerte und lässt sie zischend durch die Luft sausen. Angelique reißt die Augen auf und starrt ihn an. Ohne eine Gefühlsregung zu zeigen, betätigt er den Schalter und zieht die Ketten so weit nach oben, bis seine Gefangene nur noch auf den Zehenspitzen Halt findet. Am liebsten würde er sie jetzt eine Weile ansehen, einfach nur den Anblick der gestreckten Gelenke genießen, aber er weiß, dass sie diese Position nicht lange aushalten kann.

Er fasst an ihr Kinn und lächelt. „Zehn, Süße. Du darfst mitzählen, wenn du möchtest."

„Fang schon an, du Orang-Utan", zischt sie und er lacht. Mit etwas Wut im Bauch wird sie die Tortur leichter überstehen. Ohne weitere Verzögerung platziert er gleichmäßige feste Schläge auf ihren Rücken, ihren Po und die Rückseiten ihrer Oberschenkel. Sie schreit, zetert, flucht und schluchzt schließlich aufgelöst und völlig haltlos in den Ketten hängend. Es ist genug, ihre Barrieren sind durchbrochen.

Er lässt die Gerte fallen und senkt sofort die Ketten. Ihre Knie knicken ein. Mit zwei Schritten ist er bei ihr, umfasst ihre Taille und löst mit der freien Hand die Karabiner an den Manschetten. „Es ist vorbei, Angie", flüstert er, während er sie zum Bett trägt und sanft dort ablegt. Er entledigt sich seiner Klamotten und beugt sich über sie. Jetzt hat sie vergessen, was Scham und Abwehr sind. Sie denkt nicht mehr, sondern folgt nur noch ihren Instinkten. Eine Weile streichelt er sie, zupft zart an den immer noch empfindlichen Brustwarzen und fährt mit dem Finger ihre Leisten entlang. Als sie ruhiger wird, küsst er sie zärtlich. Seufzend reckt sie ihm das Gesicht entgegen. Jetzt ist ihre Zunge gierig und fordernd. Pascal kniet sich zwischen ihre Füße, streichelt ihre Beine hinauf und zupft an ihren Schamlippen. Sie stöhnt, öffnet die Beine weiter und bietet sich ihm schamlos an. Ihre Mitte glitzert nass und verführerisch. Pascal greift sich ein Kondom aus dem kleinen Korb neben dem Bett, streift es über und lässt sich auf ihren Körper herabsinken. Er führt seine Schwanzspitze an ihren Eingang, und ihre Finger gleiten fahrig über seinen Rücken. Während er in sie eindringt, krallt sie sich an seinen Schultern fest. Sie empfängt ihn warm und feucht, sodass er tief in sie eindringen kann. Dann hält er inne, seine Hände schieben sich unter ihre Schultern und heben sie sanft an. Er küsst ihre Brustspitzen, saugt daran, was ihr ein Wimmern entlockt. Ihr Becken zuckt und sie drückt sich ihm entgegen.

„Bitte, Pascal, bitte", jammert sie und sein Schwanz wird in ihr noch härter.

Seine Hände gleiten hinab zu ihren Hüften, er hält sie fest und zieht seinen Penis zurück, um dann erneut fest zuzustoßen.

„Ja", haucht sie und wirft den Kopf in den Nacken. Stöhnend wiederholt er die Bewegung, dreht das Becken etwas, stößt kräftiger zu und trifft ihren G-Punkt. Sie stößt einen leisen Schrei aus. Ihre inneren Muskeln beginnen, um seinen Schwanz herum zu zucken. Sie schreit lauter und mit einer schnellen Bewegung zieht er seine Knie unter seinen Körper, richtet den Oberkörper auf und legt ihre Beine auf seine Schultern. Er packt ihre Taille und hält sie fest, damit sie keine Ausweichbewegungen machen kann. Schnell, hart und tief rammt er sich in ihre Vagina, immer wieder, bis sie sich windet, wimmert und um Erlösung bettelt. Er stimuliert mit dem Daumen hart ihre Klitoris. Angelique schreit auf und ihre tiefen Muskeln umklammern seinen Schwanz, locken ihn, sich gehen zu lassen. Sein Körper versteift sich, sein Penis zuckt und sein warmer Saft füllt allmählich das Kondom in ihrem Schoß.

Nach einer Weile kommen sie zur Ruhe. Er streicht ihre Haare zur Seite. Ihre Augen sind geschlossen, ihre Atemzüge beruhigen sich allmählich. „Hey Angie, bist du bei mir?", fragt er leise.

Sie schluchzt, Tränen laufen an ihren Schläfen herab. Sie antwortet nicht. Vorsichtig zieht er sich aus ihr zurück, streift das Kondom ab und lässt es neben dem Bett in den kleinen Mülleimer fallen. Er legt sich auf den Rücken, holt sie an seine Brust, streichelt langsam und gleichmäßig immer wieder über ihren Oberarm, ihren Hals und ihre Taille, bis sie sich beruhigt.

Irgendwann atmet sie tief aus. „Tut mir leid. Die Heulerei. Ich hatte heute so viel Stress im Job."

Er legt den Zeigefinger auf ihre Lippen. „Sch … Alles gut."

Eine Weile liegt sie still in seinen Armen, dann atmet sie aus, küsst zärtlich seine Brust und schnieft und kichert unwillkürlich. „Puh!"

Er schmunzelt. „Geht's wieder?"

„Ja."

Er steht auf, holt ein angefeuchtetes Handtuch aus dem Bad, wischt über ihr Gesicht und deckt sie anschließend zu. „Was möchtest du trinken?"

„Wasser und dann ein Glas Wein."

„Kommt sofort, Madame."


Sie liegen noch eine Weile zusammen und Angelique gleitet in einen ruhigen Schlaf. Pascal steht auf, stellt sich schnell unter die Dusche und zieht sich an. Bevor er den Raum verlässt, setzt er sich auf die Bettkante und weckt sie mit einem sanften Kuss. „Ich muss jetzt los, Süße."

Sie öffnet die Augen. „Ist Pascal dein richtiger Name?"

Er zwinkert. „Vielleicht."

Sie lächelt. „Irgendwann verrätst du es mir."

Er zuckt mit den Schultern. „Bist du okay?"

Sie nickt. „Ja, alles in Ordnung."

„Möchtest du noch etwas Kühlgel auf die Striemen?"

„Nein. Ich bin mit Betty hier. Wir pflegen uns nachher gegenseitig. Du brauchst dir keine Gedanken zu machen."

Er drückt sanft ihren Arm und küsst sie auf die Stirn. „Bleib, so lange du magst. Der Raum ist wie immer für die ganze Nacht reserviert."

„Okay, Leute. Ich wünsche euch eine gute Heimreise. Wir sehen uns in vier Wochen wieder."

Die Gruppe applaudiert und Pascal winkt ab. „Seht zu, dass ihr vom Hof kommt, ich kann euch nicht mehr sehen."

Alle lachen und machen sich auf den Weg zu ihren Autos.

„Finn, hast du noch eine halbe Stunde?"

Der Blonde bleibt stehen. „Klar. Was gibt's?"

Pascal zeigt zum Haus. „Lass uns reingehen. Ella hat bestimmt Kaffee gekocht."

Sie schlendern über den Hof des ehemaligen landwirtschaftlichen Betriebes in das Wohnhaus hinein.

In der gemütlichen, großen Wohnküche duftet es nach frischem Kaffee. Ella sitzt am Tisch vor ihrem Laptop. Als die Männer hereinkommen, blickt sie auf. „Hi. Bringt euch Becher aus dem Schrank mit."

Sie gehorchen, setzen sich zu ihr und gießen sich Kaffee ein.

Nach einer Weile sieht Ella von einem zum anderen. „Mach's nicht so spannend, Pascal, warum sollte ich warten?"

„Ich will Finn fragen, ob er mein Assistent werden will. Dann müsste er aber, solange er keine eigene Wohnung hat, hier schlafen."

Finn sieht überrascht auf. „Dein Assistent? Wie meinst du das?"

Pascal lehnt sich zurück. „Die Firmen, die mir ihr Sicherheitspersonal zur Spezialausbildung schicken, sind von den Kursen hier mehr als begeistert und ich habe weitere Anfragen. Wir könnten hier jede Woche Lehrgänge veranstalten, aber für mich allein ist das zu viel. Du bist auf allen Gebieten sehr gut. Wenn Du willst, stelle ich dich als Trainer ein."

Finn wölbt die Unterlippe vor und nickt nachdenklich mit dem Kopf. „Das hört sich verdammt gut an. Aber glaubst du wirklich, ich kann das? Ich meine, ich hatte bisher eher Jobs vom Typ Türsteher und Nachtwächter."

Pascal winkt ab. „Ich weiß. Das macht nichts. Du bist körperlich fit, denkst mit und hast Ehrgeiz. Alles, was du sonst noch brauchst, bringe ich dir bei." Er wendet sich Ella zu. „Wäre es für dich okay, wenn er hier wohnt?"

Ella zuckt mit den Schultern. „Klar. Ich bin doch sowieso mehr bei Tim als hier."

Pascal nickt zufrieden. „Fein, also, Finn, wann kannst du anfangen?"

Finn zuckt mit den Schultern. „Sofort."

„Musst du keine Kündigungsfrist einhalten?", fragt Ella erstaunt.

Finn schüttelt den Kopf. „Ich habe bei meinem bisherigen Chef gekündigt und den Lehrgang bei Pascal auf eigene Kosten gebucht, um mich für bessere Jobs qualifizieren zu können."

„Das scheint eine gute Idee gewesen zu sein", stellt sie grinsend fest.

Er nickt. „Sieht ganz so aus."

Pascal lacht. „Mal sehen, ob du das in ein paar Monaten immer noch so siehst. Komm, schlag ein."

Er hält ihm die Hand hin und Finn greift zu. „Ich wohne zurzeit bei meinem Vater im Gästezimmer. Der wird froh sein, wenn er wieder seine Ruhe hat. Ich kann übers Wochenende meinen Kram holen und Montag anfangen."

Pascal nickt. „Super. Mach das. Und ich lasse einen Arbeitsvertrag aufsetzen."

Ella kichert und boxt Finn gegen den Arm. „Willst du gar nicht wissen, wie viel er dir bezahlt?"

Finn zuckt gelangweilt mit den Schultern. „Wird schon passen."

„Na, wenn das so ist. Ich hoffe, du kannst mit einem Aufsitzrasenmäher aus dem vorigen Jahrhundert umgehen", flötet sie und Finn lacht. „Das schaffe ich wohl gerade noch."

Sie trinken ihren Kaffee aus und Ella klappt den Laptop zu. „Gut, dann will ich mal los. Tim wird in zwei Stunden nach Hause kommen. Ich habe versprochen, zu kochen."

Finn sieht interessiert zu ihr auf. „Was macht dein Freund?"

„Er gibt Seminare, Verkaufstraining und so 'n Kram. Diesmal war er eine Woche lang in München."

Finn sieht zu Pascal. „Und ihr Freund ist dein Vermieter, hab ich das richtig verstanden?"

„Jap. Ich habe die Einliegerwohnung in seinem Haus. Hier auf Ellas Hof wohnt eigentlich keiner mehr fest, außer es sind Kursteilnehmer da, dann kümmert sich Ella mit um Frühstück, Saubermachen und Bettwäsche waschen. Manchmal schläft sie auch hier, weil es einfacher ist."

Ella steht auf und öffnet eine Schublade. „Hier sind die Ersatzschlüssel fürs Haus. Die kann Finn erst mal mitnehmen, oder, Pascal?"

„Ja. Nächste Woche machen wir noch einen Satz nach."

Ella nickt. „Okay, schließt ihr dann ab?"

Die Männer nicken und Ella geht Richtung Tür.

„Sag mal, läuft im Hotel David alles normal?", fragt Pascal, als sie an ihm vorbeigeht.

Sie stutzt und dreht sich zu ihm um. „Ja, warum?"

„Wann fängst du deine Ausbildung an?"

„Am ersten Oktober."

Finn zieht die Augenbrauen hoch. „Ich dachte, du jobbst da nur."

„Im Moment jobbe ich und ab Oktober mache ich eine Ausbildung zur Hotelfachfrau."

„Ist deine Chefin inzwischen etwas lockerer?", fragt Pascal.

Ella lacht. „Frau Nowak? Nein, kann man nicht gerade sagen. Aber du solltest sie mal näher kennenlernen, denn eigentlich ist sie wirklich nett. Manchmal tut sie mir sehr leid, da ihr Bruder sie so ausnutzt."

Pascal runzelt die Stirn. „Immer noch so schlimm?"

„Na ja, Oliver David spielt den Chef. Er hat eine große Klappe und trägt immer einen schicken Anzug, arbeiten sieht man ihn weniger, am häufigsten findet man ihn abends an der Bar. Dann labert er schlau mit den Stammgästen. Dafür hat er Talent."

„Und seine Schwester?"

„Die arbeitet nur. Von morgens bis abends. Sie schreibt die Arbeitspläne, organisiert den Einkauf und ist sich nicht zu schade, überall zu helfen, wo gerade viel zu tun ist, egal ob Gläser polieren, Salat schnippeln oder Zimmer reinigen. Ich weiß nicht, ob der Laden ohne sie überhaupt funktionieren würde." Ella stutzt. „Warum interessiert dich das?"

Pascal winkt ab. „Nur so."

Vor seinem inneren Auge sieht er Kira im Café sitzen, so jung, nervös, gleichzeitig hart und misstrauisch. Missmutig schüttelt er den Kopf. Was macht er sich Gedanken über eine Person, die um sich beißt, als ob die ganze Welt gegen sie wäre? Da hat er doch weiß Gott Besseres zu tun.

# Kapitel 3

„Frau Petersen, können Sie morgen statt der Frühschicht erst nachmittags kommen?"

Ella drückt auf den Startknopf der großen Geschirrspülmaschine und trocknet sich anschließend die Hände ab. Dann schlendert sie zur Wand mit den Arbeitsplänen, die Kira gerade mit gerunzelter Stirn studiert.

„Ja, kein Problem. Bei meinem freien Wochenende bleibt es aber, oder?"

Kira nickt und seufzt. „Natürlich. Das haben Sie sich redlich verdient. Wenn nur alle Mitarbeiter so unkompliziert wären wie Sie."

Ella lacht. „Ich habe ja auch nichts anderes zu tun."

„Na, der große Hof und ihre Wochengäste machen doch bestimmt genug Arbeit."

Sie winkt ab. „Pascal hat seit zwei Wochen einen Angestellten, der auf dem Hof schläft, solange er keine eigene Wohnung hat. Seitdem muss ich kaum noch dort sein. Finn kann alles. Fußböden schrubben, Fenster putzen, Hecke schneiden und Wasserhähne reparieren. Ich bin also im Moment kaum draußen und schlafe fast jede Nacht hier in Soltau bei meinem Freund." Sie wendet sich ab. „Ich bin dann drüben im Frühstücksraum."

Kira nickt, zückt den Kugelschreiber und ändert den Arbeitsplan. Nach einem Blick auf die Uhr sieht sie an der Rezeption nach dem rechten. Es gibt keine Probleme, alles läuft reibungslos. Es ist Mittwoch und die Zimmer sind nur zur Hälfte belegt. Sie beschließt, den Rest des Vormittags zu nutzen, um Auswärtsangelegenheiten zu erledigen. Oliver hat sie am Vorabend gebeten, beim Raumausstatter vorbeizufahren und die neuen Gardinenstoffe für den Konferenzraum anzusehen, bevor er sie bestellt. Das kann sie dann auch gleich tun. Seine Bitte wundert sie, denn normalerweise ist ihm ihre Meinung egal, aber vielleicht will er sich ja bessern. Sicher geht ihm die vergiftete Atmosphäre zwischen ihnen ebenfalls auf die Nerven. Sie zumindest hält es so nicht mehr lange aus. Manchmal hat sie im Hotel das Gefühl, nicht richtig atmen zu können, weil zwischen ihnen so eine miese, eisige Stimmung herrscht.

Als sie im Auto vom Parkplatz rollt, sieht sie im Rückspiegel den Gärtner heftig winken. „Mist, was ist denn nun los?", flucht sie, bremst und legt den Rückwärtsgang ein. Sie dreht die Scheibe runter. „Herr Brinkmann, was gibt's?"

Aufgeregt zeigt der Gärtner zur Seite. „Mit ihren Reifen stimmt was nicht. Ich habe gerade Radmuttern abfallen sehen."

„Wie bitte?"

„Ja, schauen sie selbst."

Irritiert steigt Kira aus und hört den Gärtner fluchen. „Das ist ja nicht zu fassen, hier sind ja alle Schrauben gelöst! Wer macht denn so was?"

Kira läuft ein Schaudern über den Rücken, und ihr Herz klopft plötzlich aufdringlich hart gegen ihre Rippen. „Wie bitte? Was ist los?"

Er hält ihr eine der Radmuttern entgegen. „Auf der linken Seite sind bei beiden Rädern alle Schrauben gelöst. In der ersten schnellen Kurve wären sie garantiert ins Schleudern gekommen. Das hätte sie umbringen können!"

Sie starrt auf das kleine runde Stück Metall in seiner Hand und japst nach Luft. Ihre Knie sind plötzlich weich wie Watte und sie macht einen halben Schritt rückwärts. Als sie sich an das Auto lehnt, sieht sie aus den Augenwinkeln eine kleine Bewegung hinter einem der Fenster. Ihr Blick zuckt hoch, und sie erkennt gerade noch das Gesicht ihres Bruders, bevor er sich abwendet.

Der Gärtner berührt ihren Arm. „Frau Nowak? Alles in Ordnung?"

Sie atmet tief ein und nimmt alle Kraft zusammen. „Ja. Alles okay. Ich bin nur erschrocken."

„Sie sollten das bei der Polizei melden. Wer macht bloß so was? Das ist doch kein Dumme-Jungen-Streich! Das kann man glatt als Mordanschlag bezeichnen", schimpft er, während er aus dem Kofferraum den großen Schraubenschlüssel holt und die Räder wieder sorgfältig befestigt. Kira sieht ihm zu und zwingt sich, tief ein- und auszuatmen. Jetzt bloß nicht zusammenbrechen. Sie will weg. Nur weg aus diesem verdammten Scheißhotel und weg von dem Menschen, der sich ihr Bruder nennt.

Pascal klatscht in die Hände. „Okay, Herrschaften. Wir spielen das jetzt mal durch. Anna, du bist die Politikerin und Benjamin mimt den Spinner mit den faulen Eiern. Aufgabe ist es, die Frau sicher durch die Menge bis zum Rednerpult zu geleiten, ohne sie körperlich zu bedrängen. Und sie will Hände schütteln. Hier, der Stuhl ist das Pult. Klar?"

Alle nicken.

„Okay, dann los."

Während seine Truppe aktiv wird, sieht Pascal aus den Augenwinkeln, dass sich die Tür zur großen

Scheune öffnet, er denkt aber nicht weiter darüber nach. Mit Argusaugen beobachtet er seine Lehrgangsteilnehmer.

„Halt, das geht so nicht." Er drängt sich zwischen die Truppe. „Hier, Jens, die Lücke ist zu groß. Näher ran. Siehst du?"

Jens antwortet nicht. Keiner macht mehr irgendwas, alle stehen plötzlich untätig rum und haben die Gesichter zur Tür gedreht. Irritiert folgt er den Blicken seiner Teilnehmer.

Da steht eine Frau in Büroklamotten und starrt zu ihnen herüber. Nachdem er einen Schritt vorgegangen ist, erkennt er sie. Es ist Kira Nowak, Ellas Chefin.

Er wendet sich wieder seinen Kursteilnehmern zu. „Nur weil wir Besuch haben, ist noch lange nicht automatisch Pause. Los, noch mal von vorn."

Die Gruppe wird aktiv und Pascal wendet sich Kira zu. „Guten Tag, Frau Nowak."

Sie steht immer noch regungslos da. Irgendwas stimmt mit der Dame nicht. Misstrauisch nähert er sich ihr. „Frau Nowak? Alles in Ordnung?"

Kira steht nur da und starrt ihn an. Was macht sie hier? Sie ist losgefahren, nachdem ihr Auto wieder fahrbereit war, und hat dann, ohne darüber nachzudenken, den Weg zu Ellas Elternhaus eingeschlagen. Sie kennt die Strecke, weil sie Ella mal nach der Arbeit hergefahren hat. Beim Aussteigen hörte sie Stimmen aus der Scheune und lief hinein.

In dem großen, hohen Raum steht einiges rum, was an ein Fitnessstudio erinnert, und es gibt einen Kampfring wie beim Boxen. In einem Regal liegen furchterregende Waffen. Ob die echt sind? Eine

Gruppe junger Leute ist aktiv. Die üben wohl irgendwas.

Kira zuckt zusammen, weil Pascal nach ihren Händen greift und sie sanft schüttelt. „Hey! Was ist los?"

Ihr Blick wandert hoch zu seinem Gesicht. „Ich … mein Auto …" Bei der Erinnerung an das gerade Erlebte werden ihre Knie wieder weich und ein Zittern durchläuft ihren Körper. „Die Reifen … die Schrauben … ich …"

„Mädel, kipp mir hier nicht um", unterbricht Pascal sie, schiebt sie rückwärts an die Wand und drückt sie auf eine Holzbank hinunter. Er hockt sich vor sie und reibt ihre Hände. „Geht's?", fragt er nach einem Moment.

Sie strafft sich innerlich und nickt.

„Gut. Dann noch mal von vorn. Was ist passiert?"

„Jemand hat bei meinem Auto die Radmuttern gelöst", erzählt sie leise.

Er runzelt die Stirn. „Hattest du einen Unfall?"

„Nein. Der Gärtner hat es gesehen, als ich losfahren wollte." Plötzlich ist sie sich seiner Nähe bewusst. Warum duzt er sie? Ruckartig entzieht sie ihm die Hände. „Es geht schon, mir ist nichts passiert", sagt sie unwillig und will aufstehen.

Er legt seine Hand auf ihre Schulter. „Warte einen Moment. Ich sage meiner Gruppe Bescheid, dann gehen wir rüber ins Wohnhaus. Da können wir ungestört reden."

Er entfernt sich, ohne auf ihre Zustimmung zu warten.

„Finn, übernimm bitte. Ich bin für eine halbe Stunde drüben."

Ein großes, breites Türsteher-Modell mit einem langen, blonden Zopf auf dem Rücken hebt lässig die Hand. „Alles klar, Boss."

Kira steht auf und wendet sich zur Tür. Pascal tritt neben sie und legt den Arm um ihre Schultern. Unwillig will sie ihn abschütteln, doch er greift daraufhin nur fester zu. „Schön bei mir bleiben, Mädel. Du bist immer noch bleich wie eine weiße Wand", sagt er und führt sie raus über den Hof.

Energisch will sie sich aus seiner Nähe lösen. „Ich bin in Ordnung. Sie müssen mich nicht wie ein dummes Kind behandeln."

Pascal lacht. „Keine Bange, dass du kein Kind bist, ist nicht zu übersehen."

Sie haben das Haus erreicht, Pascal öffnet die Tür und schiebt sie vor sich her in eine große, gemütliche Wohnküche.

„Setz dich und fahr die Krallen ein."

Böse tritt sie einen Schritt zurück und hebt abwehrend die Hände. „Ich mag solche Vertraulichkeiten nicht, und ich bin kein hilfloses Weibchen, das beschützt werden muss. Ich wollte Sie engagieren, aber das war anscheinend keine gute Idee. Sie sind kein Profi."

„Frau Nowak?", ertönt plötzlich Ellas überraschte Stimme vom Türrahmen. „Was machen Sie denn hier?"

„Ich will gerade wieder gehen."

„Schluss jetzt!"

Beide Frauen zucken zusammen und starren wie auf Kommando in Pascals deutlich genervtes Gesicht. „Setzen. Beide."

Ella kichert und lässt sich auf einen Stuhl am Tisch plumpsen, aber in Kira explodiert die Wut. Sie ballt die Hände zu Fäusten. „SIE haben mir ganz SI-CHER nicht zu sagen, was ich tun soll, HERR Engel."

Pascal verdreht stöhnend die Augen und legt seine Hände fest an ihre Wangen. Sein Gesicht ist ihrem plötzlich viel zu nah. Sie kann seinem Blick nicht ausweichen und sein Geruch umhüllt sie wie eine unsichtbare Wolke.

„Du bist gerade einem Mordanschlag entgangen. Du brauchst nicht irgendeinen Profi, du brauchst Freunde, denen du vertrauen und auf die du dich verlassen kannst. Ich bin so ein Freund und Ella ist so eine Freundin. Klar?"

Sie starrt ihn regungslos an. Freunde? Das Wort und der Druck seiner warmen, großen Hände verwirren sie zutiefst. Plötzlich spürt sie einen dicken Kloß im Hals. Verdammt! Was ist das denn für ein Scheiß? Sie schluckt. Der Blick aus seinen tiefblauen Augen wirkt hypnotisierend. Sie kann nicht anders, als stumm zu nicken.

„Gut." Er zeigt ein ganz kleines Lächeln. „Ich mag starke Frauen. Und nun setz dich endlich hin, damit wir in Ruhe reden können."

Er lässt sie los und sie rutscht mit weichen Knien neben Ella auf einen Stuhl.

Pascal greift nach einer Thermoskanne und schüttelt sie. „Ist der frisch?"

Ella nickt, jetzt gar nicht mehr albern kichernd, sondern den Blick voller Sorge auf ihre Chefin gerichtet. „Ja, der müsste noch schmecken."

Pascal holt Becher aus dem Schrank, stellt Milch auf den Tisch und schenkt ein. Dann setzt er sich den Frauen gegenüber.

Pascal trinkt einen Schluck und mustert ihr Gesicht. Obwohl sie es gut verbirgt, kann er in ihrer Mimik die kleinen Anzeichen ihres inneren Aufruhrs lesen, ein Zucken des linken Augenlids, das leichte Zittern der Lippen, die ruckartigen Bewegungen des Kopfes. Er ist geübt darin, Menschen einzuschätzen, das gehört zu seinem Beruf. Sie muss ihre Emotionen mit eisenharter Disziplin kontrollieren können, und Menschen, die gelernt haben, das zu tun, verfügen über ein hohes Maß an Selbstdisziplin. Sie ist eine Kämpferin, und das wird man in der Regel nicht, wenn man eine sorglose, glückliche Kindheit hatte. Außerdem passt die Härte nicht zu diesem jungen Gesicht, aus dem Freude und Übermut blitzen sollten statt so viel tiefes Misstrauen.

Es passt genauso wenig zu ihr wie diese albernen Klamotten: hellgraue Hose mit Bügelfalte, dunkelgrauer Blazer und weiße Hemdbluse. Als wäre sie ein alter verkrampfter Buchhalter, dem versehentlich Brüste gewachsen sind. Übrigens kleine und pralle Brüste, genau wie er es mag. Fuck! Wahrscheinlich hat er nur deswegen gerade beschlossen, ihr zu helfen, obwohl er die ganze Geschichte noch gar nicht kennt. Nein! Verdammt, natürlich nicht! Er hilft ihr, weil sie Ellas Chefin ist, also nur Ella zuliebe. Hoffentlich wird er diese Entscheidung nicht bereuen. Jetzt glänzen ihre braunen Augen irgendwie dunkler als eben. Fuck! Frauenblicke sind gefährlich. Damit wickeln sie einen Mann ein, ehe der merkt, was überhaupt los ist. Weiber! Man sollte sie grundsätzlich im Schlafzimmer einsperren, damit sie keinen Unsinn anstellen können.

Pascal zwingt sich zur Ruhe und setzt sein Hab-keine-Angst-Gesicht auf. „Okay. Nun erzähl uns alles."

Kira senkt den Kopf und starrt auf die Tischdecke. „Oliver ist mein Halbbruder. Wir haben den gleichen Vater, der uns auch gemeinsam das Hotel vererbt hat. Damit hat Oli nicht gerechnet. Er dachte immer, das Hotel gehört ihm eines Tages allein, und er war stinksauer, als das Testament eröffnet wurde. Erst lief alles irgendwie, aber dann begann es mit den Ungereimtheiten in der Buchführung. Es wurden in der Bar mehr Getränke verbraucht als verkauft. In der Küche passten die Lebensmitteleinnahmen nicht mit dem Verbrauch zusammen, und schließlich wurden für reservierte Zimmer keine Rechnungen geschrieben, obwohl die Gäste da waren, und in der Bar fehlt neuerdings fortwährend Geld in der Kasse. Alles immer nur in so kleinem Rahmen, dass es nicht auffällt, wenn man nur oberflächlich draufguckt.

Gestern …" Ihre Stimme versagt, sie räuspert sich und ihr Blick irrt ziellos über den Tisch. „Gestern meinte Oliver, ich solle mir beim Raumausstatter Stoffe für neue Gardinen ansehen. Das hat mich gewundert", sie wischt fahrig mit ihrem Daumen über den Kaffeebecher, „weil er sonst nie Wert auf meine Meinung legt, sondern einfach macht, was er für richtig hält." Sie schweigt einen Moment, dann atmet sie tief ein. „Als ich heute Morgen vom Parkplatz fahren wollte, sah der Gärtner zufällig, wie eine Radmutter von meinem Auto abfiel, und hat mich aufgehalten. Das war mein Glück, denn auf der linken Seite waren beide Räder lose, und dann habe ich gesehen, dass Oliver am Fenster stand." Sie schließt kurz die Augen und ihre Stimme wird ganz leise. „Als ich ihn entdeckte, hat er sich weggedreht. Ich glaube, er steckt dahinter."

Den letzten Satz stößt sie fast tonlos, erstickt aus, als könnte sie selbst nicht fassen, es auszusprechen.

Pascal forscht in ihrem Gesicht. Sie ist schön. Geschwungene Lippen, eine kleine freche Stupsnase und diese gefährlich warmen braunen Augen. Sie hebt den Kopf und sieht ihn hilflos fragend an. Als ob ihr bewusst ist, wie ihr Blick auf ihn wirkt, zieht sie eine Sekunde später die Augenbrauen zusammen, richtet sich etwas auf und kneift die Lippen so fest aufeinander, dass sich an ihrem Kinn eine kleine Falte bildet.

Unwillkürlich muss er lächeln und sie wird rot.

Fuck! Er sollte sich auf ihr Problem konzentrieren. Nach gründlicher Reflexion ihrer Schilderung nickt er langsam. „Der Verdacht drängt sich auf, ja. Obwohl er nicht besonders schlau vorgeht. Mit einer gefälschten Buchführung kann er sich selbst ganz schnell in den Knast bringen. Vielleicht geht er das Risiko ein, weil er dringend Geld braucht. Fällt dir irgendetwas ein, was darauf hinweisen könnte? Was treibt er so? Wie lebt er?"

Kira zuckt mit den Schultern. „Ich weiß nicht viel. Er ist oft weg, hat wechselnde Freundinnen. Wir reden kaum miteinander."

„Hat er keine Aufgaben im Hotel?"

Kira lacht trocken auf und betrachtet konzentriert den Kaffeebecher. „Eigentlich schon, aber das meiste vergisst er einfach."

„Sie organisiert alles und ist den ganzen Tag da, ihr Bruder sitzt nur abends gerne an der Bar", wirft Ella bissig ein.

Pascal reibt sich nachdenklich über das Kinn. „Kira, wohnst du im Hotel?"

Sie nickt mit gesenktem Kopf. „Ich habe ein Appartement im Bürotrakt direkt neben dem von meinem Bruder."

„Das ist gut."

Es nervt ihn, dass sie seinem Blick jetzt immer ausweicht. Ohne darüber nachzudenken, beugt er sich vor, lehnt die Unterarme auf den Tisch und greift nach ihren Händen. Ihr Blick zuckt hoch und sie starrt ihn an.

„Obwohl es naheliegt, dürfen wir uns nicht auf deinen Bruder als Verdächtigen festlegen. Es könnte jeder aus dem Hotel dahinterstecken. Wir beide fahren gleich zur Polizei und du erstattest Anzeige. Es schadet nichts, wenn unsere Freunde in Uniform aktiv werden. Zweite Maßnahme: Heute Abend treten wir im Hotel an der Bar gemeinsam auf und spielen ein frisch verliebtes Paar. Das wird sich bei euren Angestellten schnell rumsprechen. Dann kann ich in den nächsten Tagen bei dir übernachten und mich heimlich umsehen, ohne dass sich jemand fragt, warum ich plötzlich dauernd da bin."

Er blickt zu Ella. „Wenn ich tagsüber nicht im Hotel bin, bleibt ihr immer nah beieinander. Du …", er sieht wieder Kira an, „gehst nirgends allein hin, nicht in den Keller, nicht ins Kühlhaus, in keins der Zimmer und auch nicht in deine Wohnung. Klar? Und dein Auto bleibt auch stehen. Daran könnte jederzeit noch mal jemand etwas manipulieren."

Sie runzelt die Stirn und öffnet den Mund, doch er hebt die Hand. „Warte, ich bin noch nicht fertig. Zusätzlich werden wir zwei Leute aus meiner Nachwuchstruppe da draußen im Hotel einquartieren. Die könnt ihr jederzeit zu Hilfe rufen, sollte es gefährlich werden."

Er schmunzelt. „So, jetzt kannst du protestieren."

Ella kichert wieder und Kira zieht ihre Hände zurück. „Das ist zu viel. Das kann ich nicht bezahlen. So ein Aufwand."

Pascal winkt ab. „Darüber mach dir mal keine Gedanken."

Ella legt eine Hand auf ihren Arm. „Vertrauen Sie Pascal, Frau Nowak. Er ist wirklich spitze in seinem Job."

Kira schluckt und in ihrem Gesicht arbeitet es. Sie ist es wohl nicht gewohnt, Unterstützung und Rückendeckung zu bekommen.

„Sag *du* und Kira", bittet sie leise und offensichtlich verlegen.

Ella lächelt. „Okay, gerne."

Plötzlich verspürt Pascal den unwiderstehlichen Drang, sie in seine Arme zu ziehen und ganz fest zu halten. Doch der Impuls verschwindet so schnell, wie er aufgetaucht ist, denn sie hat sich im Griff. Sie steht mit einer energischen Bewegung auf und zeigt einen entschlossenen Gesichtsausdruck. „Danke. Es ist sehr nett, dass Sie … äh … ihr mir helft."

Innerlich schmunzelt Pascal, aber seine Achtung für Kira steigt. Er kennt nicht viele Frauen, die so viel Selbstbeherrschung aufbringen. Die meisten würden sich ihm schluchzend an den Hals werfen, um sich von ihm beschützen zu lassen und die Verantwortung abzugeben.

Auf dem Weg zum Auto machen sie kurz in der Scheune Halt, und Pascal erklärt Finn, was passiert ist. Der Hüne sieht so mitleidig auf Kira hinab, als ob sie ein Kälbchen wäre, das geschlachtet werden soll, und dann tätschelt er auch noch tröstend ihre Wange, was sie zusammenzucken lässt und ihr ein unwilliges Brummen entlockt.

„Vorsicht, die Lady beißt." Lachend schiebt Pascal sie aus dem großen Tor Richtung Parkplatz, und plötzlich ist da dieses Bild in seinem Kopf, dieses höchst amüsante Bild von einer giftig fluchenden, strampelnden Kira mit heruntergezogener Hose, halb aufgelöstem Haarknoten und tränennassen Wangen über seinen Knien.

Kira fühlt sich wie auf einer dieser von Indianern aus Urwaldranken gebastelten schwankenden Hängebrücken, auf denen man Schluchten überquert, ohne zu wissen, ob sie halten werden.

Noch nie hat jemand versucht, sie umzubringen, noch nie hatte sie Freunde, noch nie hat sie anderen Menschen vertraut und Pascals machtvolle Präsenz verunsichert sie zusätzlich. Schon wieder zieht er sie auf dem Weg zum Auto ganz selbstverständlich an seinen Körper. Was soll denn das? Steif versucht sie, etwas Raum zwischen sich und ihn zu bringen, was er mit einem belustigten Knurren kommentiert. „Hast du ein Problem?"

„Ich bin das nicht gewohnt."

Er grinst. „Was denn?"

„Angefasst zu werden", erwidert sie ruppig, „und ich mag das auch nicht."

Er zieht sie wieder näher an sich. „Auch eine starke Frau darf Trost von Freunden annehmen, wenn sie gerade eine schlimme Zeit durchmacht."

„Ich bin nicht so ein Typ für ... ähm ... Nähe."

„Gewöhn dich für die nächste Zeit dran, denn ich bin so ein Typ", erwidert er leichthin und lacht, als sie ein zorniges Schnauben nicht unterdrücken kann.

„Wir fahren mit meinem Wagen. Deinen kann Finn morgen in der Werkstatt durchchecken lassen. Nicht dass noch mehr daran manipuliert wurde. Vielleicht will die Polizei ihn auch vorher ansehen."

Er öffnet die Beifahrertür eines dunkelblauen Kombi und schiebt sie hinein. „Gib mir deinen Autoschlüssel." Er hält fordernd die Hand auf und sie greift reflexartig an ihre Hosentasche, ohne etwas zu fühlen.

„Der ist weg."

„Sicher hast du ihn steckenlassen. Ich schau mal."

Sie sieht durch die Windschutzscheibe zu, wie er an ihr Auto geht, sich kurz hineinbückt und mit ihrer Handtasche in der Hand wieder herauskommt.

Nachdem er zurückgekehrt und auf der Fahrerseite eingestiegen ist, reicht er ihr die Tasche. „Schlüssel steckte, wie ich vermutet habe."

Sie fahren los. Kira atmet zitternd aus. Ihre Tasche! Mit allen Papieren im offenen Auto! Wie konnte ihr das bloß passieren?

Sie lehnt sich zurück, doch richtig entspannen kann sie sich immer noch nicht. Shit! Im engen Raum des Wagens spürt sie die beherrschende Präsenz dieses Muskeltypen noch intensiver als draußen. Sie muss sich unbedingt in den Griff bekommen. Er riecht so … erregend … aber auch einlullend, Vertrauen weckend, eine seltsame Mischung. Ihr dummer Körper will am liebsten näher an ihn rücken. Zum ersten Mal versteht sie, warum in diesen kitschigen Frauenromanen immer steht, dass die Männer so toll riechen. *Nur Seife und Mann,* rezitiert sie in

Gedanken und kann plötzlich gerade noch ein albernes, völlig überdrehtes Kichern unterdrücken. Pascal wirft ihr einen kritischen Seitenblick zu. Sie beißt die Zähne zusammen und starrt still nach vorn auf die Straße.

In der Polizeiwache sind sie nach einer Stunde fertig. Als sie herauskommen, atmet Kira tief durch. Erst jetzt registriert sie, wie stickig und bedrückend es in den Räumen war. Pascal hat die ganze Zeit neben ihr gesessen, sich aber zurückgehalten. Es war ein gutes Gefühl gewesen, nicht allein vor dem Schreibtisch des Beamten zu sitzen. Aber jetzt legt Pascal schon wieder einen Arm um ihre Schultern und zieht sie an sich. Merkt er denn nicht, dass er ihr damit keinen Gefallen tut?

„Du bist sehr stark. Ich habe großen Respekt vor dir", sagt er plötzlich und sie starrt perplex zu ihm auf. Aber da ist kein Schmunzeln oder Grinsen in seinem Gesicht. Er veräppelt sie nicht. „Ich kenne nicht viele Menschen, die nach einem solchen Erlebnis in der Lage wären, alle Fragen so systematisch und klar formuliert beantworten zu können. Und du hast noch nicht mal geweint", fährt er fort. Seine Finger drücken sanft ihre Schulter.

Sie runzelt die Stirn. „Ich bin eben so. Ich weine nie."

„Warum nicht?"

„Warum sollte ich?", fährt sie ihn genervt an und sieht demonstrativ geradeaus. Nicht auszudenken, wenn er in ihrem Gesicht lesen könnte, was sie ihm durchaus zutraut. Diese unnormal tiefblauen Augen geben ihr ständig das Gefühl, dass er sie durchschaut. Wenn er wüsste, was für ungeheuerliche se-

xuelle Fantasien sie mit seiner Person verknüpft …
oh Gott! Das muss unbedingt aufhören.

Sie fahren einige Minuten, und Kira ist so in ihre
Gedanken versunken, dass sie erstaunt aufsieht, als
Pascal das Auto auf einem Parkplatz in einem ruhi-
gen Wohngebiet abstellt.

„Ist das …"

„Wir sind bei mir zu Hause", sagt er und steigt aus.
Irritiert starrt sie ihn durch die Windschutzscheibe
an. Er winkt ihr, ihm zu folgen. Zögernd öffnet sie
die Tür und klettert langsam aus dem Auto. Pascal
geht in großen Schritten los, und ihr bleibt nichts
anderes übrig, als ihm nachzulaufen, wenn sie nicht
völlig dämlich auf dem Parkplatz stehen bleiben will.

Er schließt eine Haustür auf. „Unten wohnen Tim
und Ella, oben wohne ich", erklärt er, während er
sich zur Seite dreht, um ihr den Vortritt zu lassen.

Als sie seine Wohnung betritt, erstarrt sie zur Salzsäule. Er sieht sie kurz irritiert an, folgt ihrem Blick
und schmunzelt. „Keine Angst. Alles nur Spielzeug
für freiwillig Mitwirkende."

Kira spürt, wie erst ihre Ohren, dann ihre Wangen
heiß werden. Warum zum Teufel wird sie rot, wenn
er Peitschen an der Wand und Ketten mit Handschellen an hölzernen Balken hängen hat? Sie räuspert sich.

„Jedem sein eigenes Hobby", stellt sie schnippisch
fest und zuckt demonstrativ gleichgültig mit den
Schultern.

Pascal ist in den durch einen Tresen abgetrennten
Küchenbereich gegangen und schaltet einen moder-
nen Kaffeeautomaten an, ohne sie zu beachten. Zögernd tritt sie weiter in das große Wohnzimmer und

sieht sich um. Es ist eine Dachwohnung mit Schrägen, in der hölzerne Träger und Dachbalken freigelegt wurden, was eine sehr gemütliche Atmosphäre schafft. Die Möblierung ist typisch männlich. Eine große, breite, dunkelbraune Ledercouch, ein riesiger, ultramoderner Flachbildfernseher, ein Regal mit Büchern und einer umfangreichen CD-Sammlung. An der linken Wand steht ein altertümlicher Sekretär, bedeckt mit unordentlichen Papierstapeln und Briefen. Auf dem Fußboden daneben wartet ein Drucker auf Benutzung. Gegenüber führt eine zweiflüglige Glastür auf einen Balkon hinaus. Auf einem niedrigen Tisch zwischen Couch und einem wuchtigen Sessel liegen Zeitschriften. Eine Jeans und ein Kapuzenpulli wurden achtlos über die Lehne eines Stuhls geworfen. Es ist seltsam, ihm in seiner Wohnung persönlich so nah zu sein. An den Wänden hängen große Drucke mit BDSM-Motiven. Sie betrachtet eine Frau, die nackt und mit auf dem Rücken gefesselten Händen vor den Beinen eines Mannes kniet. Es kribbelt in ihrem Unterleib, während ihr Herzschlag gleichzeitig unangenehm aufdringlich gegen die Wände ihres Brustkorbs donnert.

Der Kaffeeautomat setzt sich ratternd in Betrieb. „Milch und Zucker?", fragt Pascal und sie schüttelt den Kopf.

„Danke, ich möchte jetzt keinen Kaffee."

„Was anderes?"

„Äh … nein. Danke. Ich muss ins Hotel zurück. Die Arbeit wartet."

Sie umklammert die Handtasche wie ein Schutzschild vor ihrem Körper.

Er schüttelt den Kopf. „Du wirst hierbleiben und dich ausruhen. Ich fahre zurück auf den Hof und regele alles mit meinen Lehrgangsteilnehmern. Ins Hotel begeben wir uns heute Abend gemeinsam, so wie wir es vorhin besprochen haben."

Er schlängelt sich an ihr vorbei, zieht die Handtasche aus der Umklammerung vor ihrem Körper und wirft sie auf den Sessel. Ohne eine Reaktion oder Antwort von ihr abzuwarten, öffnet er eine Tür in dem kleinen Flur, den sie beim Betreten der Wohnung durchquert haben.

„Hier ist das Schlafzimmer, daneben das Bad. Der Schreck von heute Morgen steckt dir noch in den Gliedern. Leg dich auf mein Bett und schlaf ein Stündchen. Fühl dich wie zu Hause."

„Nein!" Dieser Macho kann doch nicht einfach über sie verfügen, wie es ihm Spaß macht! Was bildet der Arsch sich ein?

Pascal bleibt mit einem undurchdringlichen Gesichtsausdruck dicht vor ihr stehen. Gefährlich. Das Blau seiner Augen gefriert zu Eis. Augenblicklich werden ihre Knie weich und ihr Mund ist so trocken wie eine Wüste. Sie beißt die Zähne zusammen und zwingt sich, seinem Blick nicht auszuweichen.

„Wir haben das vorhin besprochen. Also, was ist dein Problem?", knurrt er.

„Ich entscheide, was ich tue. Ich! Niemand sonst!"

„Hast du Angst vor mir?"

„Nein!", faucht sie und ballt die Hände zu Fäusten, um dieses elende Zittern ihrer Finger zu unterdrücken.

Er sieht auf seine Uhr und atmet geräuschvoll, deutlich genervt, aus. „Okay. Wir müssen das ein für alle Mal klären." Er deutet Richtung Couch. „Setz dich."

„Du hast mir überhaupt nichts zu sagen. Verstehst du mich nicht? Ich! Werde! Jetzt! Gehen!" Mit einem Ruck reißt sie die Hände hoch, um ihn wegzustoßen.

Ehe sie kapiert was geschieht, wird ihr Körper hochgehoben, kurz durch die Wohnung getragen und mit Schwung fallen gelassen. Sie stößt einen Schrei aus und landet rücklings mitten auf seinem breiten Bett. Zornig will sie aufspringen, da kniet er schon über ihren Beinen und presst ihre Handgelenke neben ihrem Körper fest auf die Matratze. Kira sieht rot. Panisch strampelt und kreischt sie, bis ihre Kräfte nachlassen und ihr Verstand wieder seine Arbeit aufnimmt. Keuchend starrt sie ihn an. Ihr Körper ist steif wie ein Brett, aber in ihrer Klit pulsiert aufdringlich heiße, fordernde Glut. Die Angst, er könnte es merken, ist mindestens doppelt so groß wie die Angst vor einem weiteren Mordanschlag. Definitiv.

Einen Moment lang ist es so still, wie in einem gefrorenen See, dann schleicht sich ein Lächeln in sein Gesicht. Dieser Mistkerl lacht sie aus! Könnte er sie nicht bedrohen? Wenigstens beschimpfen?

Ihr Herz hämmert ganz oben in ihrem Hals. Sein Griff um ihre Handgelenke lockert sich, trotzdem wagt sie es nicht, sich auch nur einen Millimeter zu bewegen.

„Kannst du mir jetzt zuhören?", fragt er freundlich und ihr Wutpegel steigt umgehend wieder in Richtung Hochwassermarke an. Sofort festigt sich sein Griff.

„Lass mich los!" Es sollte ein wütendes, drohendes Fauchen werden, heraus kommt ein kläglich ängstliches Flehen. Shit!

„Ich lasse dich los, sobald du bereit bist, mir zuzuhören."

Seine Mimik ist wieder so scheiß undurchdringlich. Keine Frage, er findet es ganz normal, was er da macht. So eine Frechheit. Wahrscheinlich genießt er es, der Mistkerl, es entspricht ja seinen sexuellen Vorlieben. Sie will ihn wegschieben, ohrfeigen und treten, hat aber nicht die geringste Chance gegen seine Kraft.

Sie atmet zitternd aus. Oh Gott, wenn er merkt, wie sehr es sie erregt, ihm ausgeliefert zu sein, hat sie verloren. Sie presst die Lippen fest zusammen und hält stur seinen Blick.

Er nickt zufrieden. „Es kommt dir vielleicht im Moment nicht so vor, aber ich betrachte Frauen durchaus als uns Männern gleichgestellte Wesen."

Kira stößt ein wüstes Schnauben aus und er grinst. „Na ja, fast."

Schon wieder will die Wut in ihr explodieren. Sie versucht, sich aufbäumen und ihn anzuschreien, aber ihre Kehle ist wie zugeschnürt.

Er schüttelt den Kopf. „Beruhige dich. Tut mir leid. Ich mache ab jetzt keine Scherze mehr, ich verspreche es." Er wartet, bis sie aufgibt. „Hör mir zu", sagt er sanft. Seine Daumen streichen beruhigend über die Haut an ihrem Unterarm, während seine Hände immer noch auf ihren liegen. Sein Blick forscht viel zu intensiv in ihrem Gesicht. Sie kann nichts anderes tun, als ihn einfach nur bewegungslos anzustarren.

„Du befindest dich in einer Situation, die du nicht einschätzen kannst und auf die du nicht vorbereitet bist. Das verunsichert dich und macht dir Angst. Ich verstehe dich, denn ich kenne mich mit solchen Situationen aus. Deshalb möchte ich, dass du auf mich hörst und mich entscheiden lässt. Ich will dich beschützen und dir helfen. Nichts anderes. Vertrau mir, okay?"

Es ist ganz still im Zimmer. Ohne dass sie sich dagegen wehren kann, sorgt jedes einzelne seiner Worte für einen Riss in der dicken Mauer, die sie vor langer Zeit um ihre Seele herum aufgebaut hat. Das ist gefährlich, viel zu gefährlich. Er kommt ihr viel zu nah. Sie zwingt sich zu nicken.

„Gut. Und das andere: BDSM hat nichts mit Gewalt, Unterdrückung oder Vergewaltigung zutun. Ich lebe meine dominanten Neigungen ausschließlich in gegenseitigem Einverständnis mit gleichgesinnten Partnerinnen aus. Kapiert?"

„Na klar. Ich fühl mich auch grad richtig wohl", rutscht ihr deutlich sarkastisch heraus, bevor sie, über sich selbst erschrocken, die Zähne wieder fest zusammenbeißt.

Er grinst. „Du hast einen Bodyguard angegriffen. Was erwartest du?"

Er klettert vom Bett und setzt sich auf den Rand der Matratze. Sein Gesicht wird wieder ernst. „Bitte versprich mir, dass du hierbleibst."

Jetzt ist seine Stimme schon wieder so sanft. Das tiefe männliche Timbre heizt dieses verdammte aufdringliche Summen in ihrem Becken erneut an. Oh nein!

Sie schluckt, nickt und schafft es, ein tonloses „Okay" über die Lippen zu bringen.

Er legt kurz die Hand auf ihre Schulter. „Bedien dich in der Küche, wenn du Durst oder Hunger hast, und falls was ist, ruf an. Meine Handynummer hast du ja."

„Mmh." Ihre Stimme klingt heiser.

Er macht Anzeichen aufzustehen, und sie will schon aufatmen, endlich von seiner Gegenwart befreit zu werden, da dreht er sich ihr noch mal zu. „Kira."

Ihr Blick zuckt hoch.

„Es ist in Ordnung, Angst zu haben, wenn das eigene Leben bedroht ist. Du musst das nicht vor mir verstecken."

Er wartet keine Antwort ab, drückt noch mal kurz ermutigend ihren Arm und verschwindet.

Nachdem die Tür hinter ihm ins Schloss gefallen ist, löst sich endlich die Spannung in ihr. Eine Weile liegt sie regungslos auf dem Rücken und starrt gegen die Decke. Ein ganz neues Gefühl breitet sich in ihrer Brust aus. Warm, angenehm, wie kleine Wellen auf dem Meer bei Windstille. Sie rollt sich auf die Seite und ihr Blick fällt auf einen Stuhl, auf dem eine ausgeblichene Jeans und ein T-Shirt liegen. Sie schnuppert am Kopfkissen. Seinem Kopfkissen. Oh! Mein! Gott!

# Kapitel 4

Als Kira aufwacht, scheint die tief stehende Sonne durch das Fenster herein. Irritiert sieht sie auf ihre Armbanduhr. Fast siebzehn Uhr. Sie hat tatsächlich über zwei Stunden lang fest geschlafen.

Im Haus ist es ganz still. Sie rappelt sich auf und betritt zögernd den Flur. Sie kommt sich vor wie ein Einbrecher. So was Blödes. Sie strafft sich und öffnet eine Tür. Das Bad. Sie benutzt die Toilette und klatscht sich eiskaltes Wasser ins Gesicht. Das tut gut. Ihr Haarknoten sieht aus wie ein verlassenes Vogelnest im Herbst. Schnell zieht sie die Spangen raus und frisiert sich neu. Überall liegen Pascals persönliche Sachen, seine Zahnbürste, ein Kamm, der Rasierapparat, ein benutztes Handtuch über der Duschwand. Und überall riecht es nach ihm. Oh Mann!

Kichernd schlendert sie rüber ins Wohnzimmer und betrachtet die erregenden Bilder und Gegenstände. Vorsichtig berührt sie mit den Fingerspitzen die imponierende Lederpeitsche, die wie ein Schmuckstück an der Wand hängt. Ihr Herz klopft schneller und das Summen und Kribbeln in ihrem Bauch setzt wieder ein. Seit der Pubertät träumt sie von Dominanz, Unterwerfung und Lustschmerz. Unzählige erotische BDSM-Romane hat sie geradezu verschlungen, aber sie hat sich nie erlaubt, real in diese Welt hineinzuschnuppern. Zum ersten Mal sieht sie die Gegenstände ihrer heimlichen sexuellen Fantasien vor sich und begegnet einem Mann, der all das mit ihr machen könnte. Sie kann nicht widerstehen, greift sich ein paar Handschellen mit Plüschüberzug, die an einem der Balken hängen, und setzt sich mit dem Objekt ihrer Begierde in der Hand auf die Couch.

Sie betastet die Ringe der kurzen Kette zwischen den beiden Manschetten, legt die linke Hand in einen der Ringe und schiebt den Riegel ein Stück zusammen. Es knackt und sie zuckt erschrocken zusammen. Shit! Sie hat das Ding verschlossen! Oh nein! Wie konnte das denn passieren? Der Schlüssel! Panisch sieht sie sich um, doch sie entdeckt nirgendwo etwas, was mit einem Schlüssel auch nur die entfernteste Ähnlichkeit hat.

In einem sinnlosen Anfall von roher Gewalt versucht sie, sich das Ding vom Handgelenk zu zerren, hat aber keine Chance.

Heiße und kalte Schauer laufen abwechselnd über ihren Rücken. Wenn er jetzt kommt! Wenn er sie so sieht! Allein bei der Vorstellung glüht ihr Gesicht schon. Oh Gott!

Sie wimmert leise auf und hetzt weiter suchend durch das Zimmer, durchwühlt die Papierstapel auf dem Sekretär, sieht in alle Regalfächer und schiebt die Zeitschriften auf dem Tisch hin und her.

Sie starrt auf Schranktüren und Schubladen. Aber sie kann doch nicht in seinen persönlichen Sachen wühlen? Wenn er sie dabei erwischt? Vielleicht hat er Kameras versteckt. Scheiße! Scheiße! Scheiße! Was soll sie nur tun?


Pascal sieht auf die Uhr. Siebzehn Uhr dreißig. Er hat alles geregelt. Finn, Anna und Max werden sich in den nächsten Tagen abwechselnd an die Fersen von Oliver David hängen. Anna und Max, die beiden Teilnehmer seines Kurses, die bereits über mehrjährige Berufserfahrung verfügen, hat er außerdem ins Hotel geschickt, damit sie sich als scheinbares Ehepaar ein Zimmer mieten. Das ist eine gute Praxisübung für die beiden. Ella wird morgen früh kommen und den ganzen Tag bei Kira bleiben, damit er sich selbst um seine Kursteilnehmer kümmern kann.

Er schließt die große Scheune ab und steigt ins Auto. Es bleibt genug Zeit zum Duschen und Essen, bevor er mit seinem Schützling ins Hotel fährt. Während der Fahrt denkt er an Kira und das Bild, das sie ihm auf seinem Bett geboten hatte. Er muss lächeln. Ihre Brustwarzen haben sich so hart durch den Stoff der Bluse und des BHs gedrückt, dass er kaum den Blick abwenden konnte, dazu ihr Kampf gegen ihn, die Resignation, der erst angespannte, dann herrlich weiche Körper, der sehnsüchtige und gleichzeitig ängstliche Blick, die süßen, bebenden Nasenflügel. Und wie sie sich dann auch noch mit der Zungenspitze die zitternde Unterlippe befeuchtet hat … Sie war erregt und sie war heiß, die kleine wilde Angstbeißerin. Er seufzt. Sie steht auf Dominanz und Unterwerfung, und ganz sicher ist sie unerfahren, weswegen sie hundertprozentig tabu für einen wie ihn ist.

Unwillkürlich schüttelt er den Kopf und presst die Lippen zusammen. Er muss aufpassen, ihr nicht zu nahe zu kommen. Er würde sie überrollen und zerquetschen, wie ein Panzer eine Haselnuss auf einem Waldweg.

Er hält noch kurz in einem Supermarkt, um fürs Abendessen einzukaufen, dann fährt er auf direktem Weg weiter nach Hause.

Aus seiner Wohnung dringt kein Laut ins Treppenhaus. Er schließt auf und betritt den Flur. „Nicht erschrecken, ich bin es", ruft er und wirft einen Blick ins Schlafzimmer. Das Bett ist leer. Er trägt die Einkaufstüte hinter den Küchentresen und legt sie auf dem Schrank ab. Als er sich umdreht, sieht er Kira auf der Couch sitzen, das Gesicht verzogen, als ob sie unter Zahnschmerzen leidet.

Sie trägt immer noch das volle Business-Outfit, inklusive der schwarzen, flachen Pumps. Er muss sich ein Augenverdrehen verkneifen. „Da bist du ja. Alles in Ordnung?"

Sie räuspert sich. „Ja. Ich … ähm … ich hab aus Versehen …"

Er mustert sie genauer. Ihre Wangen zeigen eine herrliche, kirschrote Färbung. Sein Blick gleitet tiefer und trifft auf diese albernen Plüschhandschellen, die ihm der letzte Kurs zum Abschied geschenkt hat. Sie hängen, seine Mundwinkel zucken, ohne dass er es verhindern kann, an ihrem Arm, und der liegt halb auf ihrem Schoß, als ob sie ihn am liebsten abhacken würde.

„Ja, ich weiß, total witzig", blafft sie ihn an. „Kannst du mich bitte von dem Ding befreien?"

Ihr Gesicht glüht jetzt derart, dass man bestimmt Spiegeleier drauf braten könnte. Er schlendert gemütlich vor den Tresen, lehnt sich mit dem Rücken daran und verschränkt die Arme vor der Brust. „Wer hat dir denn erlaubt, mit meinem Eigentum zu spielen?"

Ihr Blick ist Gold wert. Sie ist völlig verunsichert. „Ich …" Sie schluckt und klappt den Mund wieder zu. Gleich wird sie aufspringen und schreiend die Flucht ergreifen.

Er zwinkert. „Komm her."

Zögernd erhebt sie sich, läuft zaghaft auf ihn zu und bleibt einen Meter vor ihm stehen. Pascal winkt mit dem Zeigefinger. „Ganz hierher."

Ihre Gesichtsmuskeln zucken, sie runzelt wütend die Stirn und kneift die Lippen zusammen, aber sie gehorcht, stellt sich direkt vor ihn und hält ihm ihre leicht zitternde Hand entgegen. Ihr Blick ist fest auf seine Brust gerichtet, als ob dort ein Loch wäre, in das sie hineinkrabbeln wollte. Sein Schwanz zuckt. Er sollte sie befreien und diesen Moment danach ganz schnell vergessen. Jetzt. Fuck!

„Willst du es einmal richtig ausprobieren?"

Sie zuckt zusammen und ihr Gesicht ruckt hoch.

„Du wolltest doch wissen, wie es sich anfühlt, ich kann dich mal kurz richtig fesseln. Dann weißt du es."

Er greift locker mit zwei Fingern nach der freien herabhängenden Manschette und macht Anstalten, hinter sie zu treten, doch sie dreht sich blitzschnell mit. „Nein!"

Er muss aufpassen, dass er nicht versehentlich schmunzelt. „Nein? Bist du sicher? Wer weiß, wann sich dir wieder so eine Gelegenheit bietet."

Reflexartig tritt sie einen Schritt zurück, und er folgt ihr, ohne die Handschelle loszulassen. Sie geht weiter rückwärts, genau in die Richtung, in der er sie haben will. Ihre Brustwarzen schimmern hart durch den Stoff von Bluse und BH. Sie scheinen sich ihm geradezu entgegenzurecken. Ihr Mund ist leicht geöffnet, ihr Blick klebt an seinem, bis sie mit dem Rücken gegen einen der Holzpfeiler stößt und erschrickt. Mit einem schnellen gezielten Sprung steht er hinter ihr und greift nach ihrem freien Arm. Sie keucht und macht sich steif.

Pascal wartet und nach einem langen stillen Moment gibt sie nach und lässt sich den Arm nach hinten führen. Mit ruhigen Bewegungen fesselt er ihre Hände um das Holz herum aneinander.

Beim Klicken der Handschelle zuckt sie panisch mit dem Oberkörper vor, doch er fasst schnell an ihre Schultern und hält sie zurück. „Ganz ruhig. Tu dir nicht selber weh. Bleib einfach stehen. Du brauchst dich nicht zu schämen und keine Angst zu haben. Fühl nur in dich rein. Ich mach dich gleich wieder los."

Sie rührt sich nicht. Sein Daumen an ihrem Hals spürt ihren rasenden Puls. „Atme, Kira, es ist alles gut. Horch in dich rein. Sei einfach nur ehrlich zu dir."

Sie atmet nun deutlich aus und ihre verkrampften Nackenmuskeln werden weich. Er sieht an ihrem Hals, dass sie schluckt, und sein Schwanz drückt sich steinhart gegen seine Jeans.

Eine gefühlte Ewigkeit ist es ganz still. Pascal hat seine Hände zurückgezogen und steht irgendwo hinter ihr. Sie weiß, dass er sie beobachtet, und ihr Höschen ist feucht. In ihrer Klit pulsiert es und ihre Bauchmuskeln beben. Wenn er jetzt die Lederpeitsche von der Wand nimmt und ihr ankündigt, sie auszupeitschen, bis sie sich ihm unterwirft, sie würde nicht protestieren.

Plötzlich berühren seine Finger ihre Hände und sie zuckt. „Keine Panik, ich mach dich nur los."

Es klickt. Sie ist frei, tritt reflexartig einen Schritt vor und zieht die Arme an ihre Brust.

Pascal geht an ihr vorbei, ohne ihr ins Gesicht zu sehen, hängt die Handschellen wieder an ihren Platz und schlendert weiter zur Tür.

„Ich geh schnell duschen. Es wäre nett, wenn du die Lebensmittel auspackst und den Tisch deckst, dann können wir noch essen, bevor wir ins Hotel fahren."

Sie starrt auf seinen Rücken und räuspert sich. „Ja. Mach ich."

Er dreht sich kurz und zwinkert. „Teller und Besteck findest du im Schrank auf der linken Seite."

Dann ist er im Bad verschwunden und sie hört nur noch das Rauschen des Wasserstrahls aus der Dusche.

Es dauert eine Weile, bis sich ihre Sinne wieder beruhigen. Im gleichen Maße wächst die Wut. Wie kann er es wagen, so mit ihr umzugehen? Wie kann ihr blöder Körper es wagen, so zu reagieren? Wieso lässt sie die Erregung zu? Sie weiß nicht, wen sie mehr hasst, den Mann, ihre Geschlechtsorgane oder ihr Gehirn, das nicht so funktionieren will, wie es verdammt noch mal soll. Stinksauer beginnt sie, den Tisch zu decken.

Die Teller scheppern, als sie sie auf den Tisch stellt. Zum Glück zerbricht keiner, sonst würde er sie womöglich zur Strafe noch übers Knie legen. Sie hämmert die Stirn gegen den Kühlschrank. „Neeee- eiiiiinnnn!"

„Ist was passiert?"

Augenblicklich steht sie wieder aufrecht und dreht sich gesittet zu ihm um. „Nein. Alles in …" Shit. Er ist nackt. Nein, zum Glück nicht ganz. Er trägt eine Jeans. Reflexartig atmet sie auf und hält gleich darauf wieder die Luft an. Oben sieht sie auf Muskeln, nichts außer Muskeln, und was für welche. Sie keucht. Oh Gott! Nein! Sie hat gerade gekeucht! Er grinst, und er hat sich rasiert, und er riecht nach Aftershave, und seine Augen sind so blau wie der Ozean … *Seufz.*

Jetzt ist es genug. Das muss aufhören. Sie strafft sich und hebt das Kinn an. „Könntest du dir bitte etwas anziehen?"

Er lacht. „Ich bin nur herbeigeeilt, weil du wie ein geprügelter Schimpanse aufgeheult hast."

Er schlendert ins Schlafzimmer und kommt eine Minute später wieder zurück. Jetzt trägt er ein weißes Hemd, offen, und in seinen Augen blitzt es. Es reicht. Jetzt reicht es wirklich. Sie darf sich nicht dermaßen von ihm beeinflussen lassen.

Sie sieht ihm fest in die Augen. „Ich will so was nicht."

„Was denn?"

„Das weißt du ganz genau."

Er zwinkert. „Ich habe gesehen, dass es dich erregt. Meinen Körper anzusehen, dominiert zu werden, Handschellen zu tragen. Mach dir nichts draus."

„Es spielt überhaupt keine Rolle, was mich erregt oder nicht. Du sagst, alles nur in gegenseitigem Einvernehmen, aber ich habe es dir nicht erlaubt, so mit mir umzugehen", bringt sie mit eisiger Ruhe heraus.

Er sieht sie an. Lange. Sein Gesicht zeigt wiedermal keine deutbare Mimik. Könnte er nicht wenigstens auch mal nervös zucken? Oder wegsehen? Oder an den Fingernägeln kauen, irgendwas, das beweist, dass er ein Mensch ist? Shit!

Plötzlich nickt er. „Du hast Recht. Ich habe nicht nachgedacht. Es tut mir leid."

Kira fällt fast die Kinnlade herab, aber für ihn ist das Thema anscheinend erledigt. Er knöpft sein Hemd zu, betrachtet den halb fertig gedeckten Tisch, tritt an den Kühlschrank und holt Brotbelag heraus.

„Was möchtest du trinken?", fragt er beiläufig.

„Ich … ähm … egal. Wasser."

Er nickt, stellt Gläser auf den Tresen, schenkt ein und beginnt, sich ein Brot zu schmieren.

Immer wieder wirft sie ihm misstrauische Blicke zu, doch er benimmt sich gelangweilt normal, als ob sie jeden Tag so zusammensitzen würden. Eigentlich will sie aus Prinzip nichts essen, aber ihr Magen knurrt furchtbar.

Sie hat seit dem Morgen nichts gegessen, also greift sie schließlich doch zu. Das Kauen scheint eine beruhigende Wirkung auf sie zu haben, denn je länger sie beisammensitzen, desto mehr kann sie sich entspannen.

„Erzähl mir vom Hotel", sagt er irgendwann beiläufig. Sie zuckt mit den Schultern. „Du kennst es, du warst doch schon bei uns."

„Wie viele Zimmer habt ihr?"

„Vierzig."

„Was für Gäste?"

„Gemixt. Urlauber, die in der Lüneburger Heide wandern wollen, Firmen, die Tagungen bei uns veranstalten, manchmal auch Hochzeitsgesellschaften. Wir haben neben dem Restaurant und der Bar noch mehrere große Veranstaltungsräume, die man mieten kann."

Pascal nickt nachdenklich. „Hast du dort auch schon gearbeitet, bevor dein Vater gestorben ist?"

„Nein. Oliver hat im Hotel seine Ausbildung gemacht. Es war immer klar, dass er es übernimmt. Als das Testament eröffnet wurde, waren alle überrascht, dass ich auch geerbt habe."

Pascal sieht interessiert zu ihr hinüber. „Wo hast du gelernt?"

„Ich bin nach der mittleren Reife von der Schule abgegangen und habe in einem Hotel in Berlin meine Ausbildung absolviert. Mein Vater hat das vermittelt. Der Besitzer war ein Freund von ihm."

„Und deine Mutter?"

„Was ist mit meiner Mutter?", will sie fragen, doch es rutscht eher als angriffslustiges Fauchen heraus.

Er zuckt mit den Schultern. „Nichts. Nur so. Erzähl mir von ihr."

„Die hat mit dem Ganzen nichts zu tun." Sie starrt auf ihren Teller. Soll er doch an seiner Neugier krepieren.

Nach dem Essen räumen sie gemeinsam den Tisch ab.

Bevor sie die Wohnung verlassen, deutet Pascal auf die Handschellen. „Solltest du mal deine Neigungen ausprobieren wollen, lass dir nicht solche Spielzeugdinger anlegen. Die drücken fies in die Haut und verursachen Schmerzen, die nicht dem Lustgewinn dienen. Besser sind weich gepolsterte Manschetten, solche wie die da." Er deutet auf das Bild mit der knienden Frau an der Wand. „Okay?"

Sie starrt ihn an und wartet auf ein spöttisches, gehässiges Grinsen, doch nichts dergleichen passiert. Sie schluckt, bringt ein leises „Okay" zustande und geht an dem an der geöffneten Wohnungstür wartenden Pascal vorbei ins Treppenhaus.

Während der Autofahrt wirft Pascal ihr immer wieder unauffällige Blicke zu. *Ich habe es dir nicht erlaubt*, hat sie gesagt und ihm dabei furchtlos in die Augen gesehen. Keine devote Frau, die er bislang kennengelernt hat, hätte auf sein kleines freches Spielchen so reagiert, und das gefällt ihm an ihr mehr, als es gut für ihn ist. Was für ein Erlebnis muss es sein, wenn eine so starke Frau sagt: *Ich erlaube es dir.*

Schlag dir das aus dem Kopf, Engel, flucht er in Gedanken. Sie ist eine Anfängerin. Eine blutige Anfängerin. Sie braucht einen geduldigen, einfühlsamen Kerl, der sich mit leichten Klapsen auf den nackten Po zufriedengibt.

Wüsste sie, wie eine Frau aussieht, nachdem er sich mit ihr beschäftigt hat, würde sie schreiend vor ihm fliehen. Fuck! Außerdem steht er doch gar nicht auf Frauen, die in grauen Hosenanzügen und absatzlosen Pumps rumlaufen.

Sie erreichen das Hotel. Nachdem sie aus dem Auto gestiegen sind, sieht Kira ihn fragend an. Will sie ihm tatsächlich freiwillig die Führung überlassen? Er muss sich ein Schmunzeln verkneifen. „Zeig mir zuerst dein Appartement", sagt er.

Kira nickt und geht vorweg.

Nachdem sie aufgeschlossen hat, sieht er sich um. Es ist ein großer Raum, der in drei Abschnitte unterteilt ist. Links eine kleine Küchenecke mit Tresen, in der Mitte der Wohnbereich mit einer Glastür, hinter der sich eine kleine Terrasse befindet, rechts ein Schlafbereich, abgeteilt durch ein deckenhohes Regal.

Wenigstens hat sie ein breites Bett, denn er verbringt ungern Nächte auf unbequemen Wohnzimmermöbeln. Eine Tür ganz links führt sicher in das Bad. Systematisch analysiert er die Schlösser an der Wohnungs- und der Terrassentür.

Dabei fällt sein Blick auf die unteren Bretter des Regals. Er zwinkert ihr zu. „Nette Bücher hast du. Sogar *Die Geschichte der O*, der SM-Klassiker überhaupt. Wie hat er dir gefallen?"

„Arsch."

Er lacht. „Hey, das war eine ganz normale Frage zu einem Buch."

„Ja, ja." Ihre Mundwinkel verziehen sich. Sie muss auch grinsen. Mit einem genervten Stöhnen verdreht sie die Augen, was ihn noch mehr zum Lachen bringt.

„Okay. Wie geht es jetzt weiter?", fragt sie und verschränkt die Arme vor der Brust.

Er wird wieder ernst. „Du bist hier nicht sicher. Die Terrassentür kann jeder Profi innerhalb von Minuten öffnen, ohne dass hinterher etwas davon zu sehen ist. Und zur Wohnungstür passt wahrscheinlich sogar der Generalschlüssel vom Hotel, stimmt's?" Er deutet auf den Kühlschrank. „Es würde nur Minuten dauern, hier einzubrechen, um zum Beispiel deine Milch zu vergiften."

Sie nickt. „Ich wollte längst alle Schlösser im Hotel auf moderne elektronische Kartensysteme umstellen. Wir hatten schon Schwierigkeiten, den Versicherungsvertrag zu erneuern, weil hier alles nicht mehr zeitgemäß ist. Aber mein Bruder will nicht so viel Geld investieren."

Pascal nickt. „Okay, zieh dir was Freizeitmäßiges an und lass uns in die Bar gehen."

Kira zieht misstrauisch die Augenbrauen zusammen. „Was meinst du mit freizeitmäßig? Knallenge Miniröcke besitze ich nicht."

Er grinst. „Warum war mir das klar?"

Sie verdreht wieder die Augen.

„Mach das öfter. Das sieht lustig aus."

„Hat dir schon mal jemand gesagt, dass du …" Sie stockt. Ihre Wangen glühen.

Belustigt fragt er nach. „Was denn?"

„Nichts."

Mit einer schnellen Drehung flüchtet sie in den Schlafbereich und öffnet einen Wandschrank, zerrt Klamotten raus und verschwindet ins Badezimmer.

Als sie wieder herauskommt, trägt sie Jeans, flache Sandalen und eine weite blaue Bluse, deren Ränder über die Hose hängen. Pascal muss sich schon wieder das Lachen verkneifen. „Gab es das Zeug nicht in deiner Größe?"

„Wie bitte?"

„Es ist mindestens", er legt den Kopf schräg und kneift die Augen zusammen, „zwei Nummern zu groß."

„Ich mag es in meiner Freizeit bequem. Wenn dir das nicht passt, kann ich das auch nicht ändern. Dann vergessen wir am besten …"

Er hebt den Arm. „Halt! Nicht schon wieder eine Grundsatzdiskussion."

Sie schließt den Mund, aber ihr Blick bleibt verteufelt misstrauisch. Fuck! Wenn sie wüsste, wie viel Spaß ihm das macht.

Er verbietet sich jedes Grinsen und hebt in ergebender Geste die Hände.

„Frieden. Wir werden nicht glaubhaft sein, wenn du mich den Rest des Abends so ansiehst."

Es ist nicht voll in der Bar. Einige Köpfe heben sich, als sie hereinkommen. Pascal hat locker den Arm um ihre Taille gelegt. Kira nickt ihren Angestellten grüßend zu, dann wendet sie sich ihm zu. „Wollen wir am Tresen bleiben oder lieber einen Tisch nehmen?"

„Tisch", antwortet er.

Sie nickt. „Und was möchtest du trinken?"

„Ich bin für Rotwein, wenn du ein Glas mittrinkst."

Sie lächelt. „Ich trinke auch gern Rotwein."

Interessiert mustert er sie. Das war ein professionelles, aufgesetztes Kellnerinnen-Lächeln. Sie beugt sich zu dem jungen Typen hinter der Bar vor und gibt die Bestellung auf. Während sie sich zu den Tischen drehen, erhebt sich ein Mann auf der anderen Seite der langen Theke und schlendert näher. Es ist ihr Bruder. Pascal hat ihn mal gesehen, nur kurz, irgendwann mal, als er Ella abgeholt oder gebracht hat, weil Fury mal wieder nicht anspringen wollte. Damals wirkte er muskulöser, jetzt eher sehr schlank. Er trägt einen Anzug mit einem weißen Hemd, hat die fast schwarzen Haare nach hinten gekämmt. Der Blick aus seinen dunklen Augen und die herabgezogenen Mundwinkel drücken pure Ablehnung aus. Kiras Gesichtszüge verhärten sich. Pascal legt einen Arm um ihre Schulter, drückt sie einmal beruhigend sanft mit den Fingern und sieht ihrem Bruder gelassen entgegen.

Der mustert Kira kritisch von Kopf bis Fuß. „Guten Abend, Schwesterherz. Heute mal in Zivil?"

„Guten Abend, Oliver", antwortet sie ruhiger, als es zu ihrer Körperanspannung passen würde. Sie zeigt mit der Hand von einem zum anderen. „Darf ich vorstellen, Oliver David, Pascal Engel."

Pascal nickt ihm zu und Olivers Blick zuckt von ihm zu ihr. „Ich kenne Herrn Engel. Was ist los? Hast du dir jetzt wegen eines Kinderstreiches einen Bodyguard engagiert?" Er grinst spöttisch, aber Pascal verzieht keine Miene.

„Sie braucht mich nicht zu engagieren. Ihre Sicherheit liegt mir auch ohne Honorar am Herzen."

Oliver stößt ein leises Schnaufen aus. „Na dann, viel Spaß noch mit meiner sexy Schwester." Er betont das sexy auf eine Weise, die Pascal auf die Idee bringt, ihm die Faust in die grinsende Visage zu donnern.

„Lass mich doch einfach in Ruhe", presst Kira leise hervor und wendet sich um. „Kommst du?"

Eigentlich denkt Pascal noch über das mit der Faust nach, aber ihre Stimme klingt zittrig, fast flehend, und so folgt er ihr zum Tisch. Als sie sich setzen, sieht er ihre Hände zittern. Er legt seine über ihre. „Ganz ruhig. Nicht ärgern."

„Er kennt dich. Der Plan ist hinfällig." Ihre Stimme klingt furchtbar mutlos.

Pascal kann nicht anders, als seine Finger an ihr Kinn zu legen und sanft ihren Kopf zu drehen, damit sie ihn ansieht. Er schmunzelt. „Keineswegs. Es läuft alles nach Plan."

Sie drückt mit einem Arm unwillig seine Hand weg, aber ihre Augenbrauen zucken neugierig hoch. „Wieso?"

„Er soll wissen, dass er an dich nicht mehr rankommt, und sich auf mich als seinen Gegner fixieren. So wird er allen anderen gegenüber unvorsichtig und Max, Anna und Finn können ihn in aller Ruhe ausspionieren."

Er beobachtet unauffällig, wie Oliver sich wieder an den Tresen setzt, und tippt kurz eine Nachricht in sein Handy. Dann grinst er. „Gleich kommt Anna und flirtet mit ihm, damit er noch ein wenig bleibt, und Max ist bereits unterwegs in sein Appartement, um sich da mal etwas umzuschauen."

Kiras Mundwinkel zucken hoch. Sie zieht den Kopf ein und schlägt sich mit der Hand auf den Mund, sodass nur ein leises Gurgeln zu hören ist.

Er grinst und zwinkert. „Sie haben es schließlich mit Profis zutun, Frau Nowak", sagt er gespielt arrogant und sie kichert jetzt ganz offen. Als sie sich beruhigt, sieht sie ihn an und räuspert sich verlegen. „Danke. Ich meine, für das alles."

Er drückt ihre Hand. „Gern geschehen."

Der Barkeeper bringt ihnen eine Karaffe Wein und Gläser. „Ich gieße selber ein. Danke." Kira winkt ihn weg.

Sie füllt die Gläser. „Es ist mein Lieblingswein, ich hoffe, er schmeckt dir."

„Daran habe ich keinen Zweifel."

Ihre Blicke begegnen sich kurz, eine leichte Röte zieht über ihre Wangen und sie senkt schnell den Kopf.

# Kapitel 5

Kira schließt die Tür zu ihrem Appartement auf. Pascal betritt hinter ihr den Raum. Will er jetzt bei ihr schlafen? Aber sie hat doch nur ein Bett und die Couch ist viel zu kurz. Oh Mann, wieso ist sie ihm gegenüber denn bloß immer noch so unsicher? Dabei war er eben in der Bar wirklich nett gewesen. Er hat ihr von seinem Job erzählt und wie er Ella kennenlernte.

Sie räuspert sich. „Ähm … soll ich dir mal einen Schlüssel holen?"

Er zieht die Augenbrauen zusammen. „Was für einen Schlüssel?"

„Für ein Zimmer?", antwortet sie vorsichtig.

„Ich schlafe hier, dann bist du sicher."

„Aber …"

Er winkt ab. „Geh ins Bett." Ohne eine Antwort abzuwarten, entledigt er sich seiner Schuhe, macht es sich auf der kleinen Couch bequem und beginnt, auf seinem Smartphone herumzutippen.

Einen Moment bleibt sie noch unschlüssig stehen, dann geht sie ins Bad.

Sie zieht das längste Nachtshirt an, das sie hat, und krabbelt so schnell unter die Decke, dass er sie ganz sicher nicht darin gesehen hat. Nachdem sie die Nachttischlampe ausgeknipst hat, lugt sie misstrauisch in den Wohnbereich hinüber. Er sitzt immer noch auf der Couch und die kleine Lampe daneben ist jetzt das einzige Licht. Papier raschelt, er liest anscheinend die Tageszeitung, die vom Morgen noch auf dem Tisch gelegen hat. Als sie gerade schläfrig wird und ihr die Augen zufallen, kommt er herübergeschlendert und legt sich ganz selbstverständlich neben ihr auf das Bett. Ihr Gesicht zuckt in seine Richtung. Er hat die Arme hinter dem Kopf verschränkt und die Füße übereinander gekreuzt. Sein Blick ist gegen die Zimmerdecke gerichtet.

„Atme, Mädel. Ich krabbele schon nicht unter deine Decke." Er dreht kurz den Kopf und zieht eine Augenbraue hoch.

Kira spürt Hitze in ihren Wangen. Oh Mann! Mit einem Ruck dreht sie sich auf die andere Seite und ihm damit den Rücken zu. Eine Weile ist es still, ihre Muskeln entspannen sich und sie vergisst fast, dass er da ist.

„War das Verhältnis zwischen dir und deinem Bruder immer so feindselig oder erst, seitdem ihr das Hotel zusammen habt?", fragt er plötzlich in die Stille hinein.

Augenblicklich brodelt Zorn in ihr. Was für eine dämliche Frage! „Natürlich liebte mein Bruder mich heiß und innig, schließlich hat meine Mutter es ja NUR mit seinem Vater getrieben, während seine Mutter mit ihm schwanger war", stößt sie sarkastisch hervor.

„Hat dein Vater sich wegen deiner Mutter von Olivers Mutter getrennt?"

„Nein."

Sie atmet tief durch. Okay, er wird ja doch keine Ruhe geben, ehe er alles weiß. Ruckartig setzt sie sich auf, verkrampft die Hände ineinander und versucht, ihrer Stimme einen neutralen Ton zu geben. „Es war nur eine Nacht. Mein Vater hatte einen Streit mit seiner schwangeren Ehefrau und ging in eine Bar, um sich zu betrinken. Dort hat er meine

Mutter getroffen. Es passierte das, was jeden Tag in den Bars dieser Welt passiert. Sie haben geflirtet, sie wollten Sex miteinander, sie log ihm vor, die Pille zu nehmen." Kira schluckt, strafft sich innerlich und versucht, auch den Rest möglichst unbeteiligt zu erzählen. „Leider war sie so sorglos, dass sie die Schwangerschaft erst bemerkte, als es zu spät war, um abtreiben zu lassen." Es ist still, und sie glaubt, seinen Blick auf ihrem Rücken zu fühlen.

„Wie viel Kontakt hattest du zu deinem Vater und seiner Familie?", fragt er ruhig.

„Wir leben in einer Kleinstadt. Oli und ich sind in die gleiche Schule gegangen. Er hat dafür gesorgt, dass alle wussten, wie ich entstanden bin." Sie zuckt mit den Schultern. „Mit seiner Mutter hatte ich nichts zu tun. Sie ist ja auch früh gestorben. Krebs. Mein, also, unser Vater war fair. Ihm tat das alles leid. Er hat immer für meinen Lebensunterhalt bezahlt, wir haben uns regelmäßig gesehen, und er hat mir einen wirklich guten Ausbildungsplatz besorgt, als ich unbedingt von hier wegwollte, anstatt weiter zur Schule zu gehen. Er hat mich auch in Berlin oft besucht. Er war fast wie ein richtiger Vater zu mir."

„Wie ist er gestorben?"

Sie seufzt. „Ganz plötzlich und unerwartet am Schreibtisch. Es war das Herz." Leise fügt sie hinzu: „Er hat immer gehofft, dass seine beiden Kinder sich eines Tages verstehen, deshalb wohl auch das gemeinsame Erbe. Aber es funktioniert nicht."

„Wie ging es deiner Mutter dabei?"

„Sie hat das alles so gut wie möglich ignoriert."

„Ignoriert?", hakt er ungläubig nach.

Kira brummt ungeduldig. „Meine Mutter war immer nur auf der Suche nach dem wohlhabenden

Traumprinzen, der sie liebt, beschützt und versorgt. Gesucht hat sie mit Vorliebe in Bars und Diskotheken. Jeder Typ, der mit ihr ins Bett stieg, war dieser Traumprinz, zumindest bis er sie wieder verlassen hat", sie lacht ironisch auf, „meistens am nächsten Morgen. Dann war sie maßlos enttäuscht und ist am nächsten Abend wieder abgestürzt."

„Was macht deine Mutter heute?"

Sie zuckt mit den Schultern und senkt den Kopf.

„Du weißt es nicht?"

„Ich habe sie nicht mehr gesehen, seit ich für meine Ausbildung nach Berlin gegangen bin."

„Aber sie wohnt noch hier in der Stadt?"

„Ich denke schon."

Es ist still. Warum muss er es auch so genau wissen? Kann er sich nicht denken, dass sie darüber nicht gerne redet? Arschloch! Kira ist stinksauer. Sie fühlt sich wie das sprichwörtliche Fass, das nur noch einen Tropfen braucht, um überzulaufen. Er soll jetzt bloß nicht irgend so einen Scheiß reden. Mitleidige Blicke wird sie erst recht nicht ertragen. Sie kann ihn nicht ansehen.

Plötzlich liegt seine Hand warm an ihrer Taille. „Hey, komm mal her zu mir", sagt er leise und das ist der Tropfen.

„Nicht!", keift sie, wehrt ihn ab und will aufspringen, doch mit einem geübten, blitzschnellen Griff hat er sie zurückgezogen und bäuchlings aufs Bett geworfen. „Halt. Hiergeblieben."

Panisch schlägt sie um sich, er beugt sich über sie, greift nach ihren Armen, presst sie neben ihrem Körper auf die Matratze und hält sie in dieser Zwangslage fest. Ihr Herzschlag donnert ganz oben in ihrem Hals. Stocksteif liegt sie da, die Wange aufs

Kissen gedrückt, den Blick starr auf die Badezimmertür gerichtet.

„Ich weiß, du hast es mir nicht erlaubt. Wie du merkst, ich scheiß drauf. Also hör auf zu zappeln, du hast sowieso keine Chance", knurrt er.

Sie keucht und braucht eine Weile, um den Sinn seiner Worte zu verstehen, doch statt schockiert und panisch zu reagieren, fühlt sie plötzlich eine kaum auszuhaltende ziehende Sehnsucht tief im Brustkorb.

Er lockert den Griff etwas und streicht mit den Daumen sanft über ihre Unterarme. „Ich lass dich jetzt los. Solltest du es wagen, auch nur die kleinste Bewegung zu machen, werde ich dich bestrafen, und glaub mir, diese Strafe wird sich nicht mit dem Kinderkram vergleichen lassen, den du in deinen SM-Schnulzen gelesen hast." Ohne eine Antwort abzuwarten, entfernt er sich.

Kira liegt ganz still. Sie denkt nicht mehr, alle Sinne sind auf ihn konzentriert und in ihrer Lustperle puckert es. Sie ist feucht, und er wird ihre Erregung bemerken, ob sie das will oder nicht. Sie hört die Tür ihres Kleiderschrankes klappern, wendet aber nicht den Kopf. Dann ist er auch schon wieder da. „Die Hände auf den Rücken." Seine Stimme ist nicht die kleinste Nuance freundlicher.

Kira gehorcht mit zittrigen Bewegungen. Sie hat furchtbare Angst, nein, sie hat nicht wirklich Angst, obwohl er so stark ist, dass er sie mit bloßen Händen töten könnte, bevor auch nur der Hauch eines Hilferufes aus ihrer Kehle dringen würde. Es ist eine seltsame Mischung. Kann man Angst haben und sich gleichzeitig sicher fühlen? Er fesselt sie mit einem weichen Schal. Nun hat sie es auch noch freiwillig getan, sich ihm mit Haut und Haaren ausgeliefert.

Sie muss sich doch wehren! Warum protestiert sie nicht? Ihre Disziplin versagt, ihr Wille ist ausgeschaltet, sie fühlt nur noch, ohne sich zu wehren. Erstaunt registriert sie in ihrem Inneren Ruhe. Sie wird ruhiger, der Zorn verliert an Nahrung, wie bei einem Feuer, wenn nicht genug Sauerstoff im Raum ist. Anstatt laut wird es in ihrem Kopf immer leiser, und in ihrem Unterleib beginnt es, aufdringlich zu summen. Erregendes Feuer breitet sich zwischen ihren Beinen aus. Es ist wie beim Lesen der Romane. Sie hätte nicht gedacht, dass sich dieses Gefühl auch in der Realität so prompt einstellt. Dabei wird er sie doch jetzt sicher quälen, irgendwie. Fast sehnt sie Schmerz herbei, damit sie endlich nicht mehr darüber nachdenken muss, was sie sich gerade von ihm gefallen lässt.

Nachdem er sich wieder neben sie gelegt hat, zieht er sie so zu sich, dass sie bequem in seiner Armbeuge liegt. „So, kleine Haselnuss. Da du gefesselt bist und sowieso keine andere Wahl hast, kannst du jetzt aufhören, darüber nachzugrübeln, ob du dich anfassen lassen willst oder kannst oder darfst." Er zögert einen Moment, dann seufzt er. „Was auch immer. Entspann dich." Er zieht sorgfältig die Decke über ihren Körper und drückt einen sanften Kuss auf ihre Haare.

Kira braucht eine Weile, um zu kapieren, dass er nichts mit ihr vorhat. Sie fühlt sich seltsam. Ihr ganzer Körper bebt und glüht innerlich. Es ist sexuelle Erregung, aber irgendwie nicht nur. Sie rührt sich nicht. Pascal dreht sich halb zu ihr um und zieht ihr Gesicht dicht an seine Brust. Sein Geruch legt sich wie ein warmer Mantel um ihre Gedanken. Ist das Geborgenheit? Mit den Fingern der freien Hand kämmt er ihre Haare zurück und streichelt dann immer wieder in gleichmäßigem Rhythmus über ihre Haut.

Sie kann sich nicht daran erinnern, jemals so zärtlich umarmt worden zu sein. Wann in ihrem Leben hat sie jemand gestreichelt? Es fühlt sich so gut an. Darf sie sich dem ausliefern? Ist es gefährlich? Aber sie hat ja gar keine Wahl. Sie kann doch gar nichts dagegen tun. Sie kann nicht anders, sie muss die Wärme seiner Hand absorbieren, wie trockener Acker weiche Regentropfen.

Erst als ihre Muskeln zittern, merkt sie, dass ihr Körper immer noch angespannt ist. Stück für Stück wagt sie es, loszulassen, bis sie endlich schlaff in seinen Armen liegt. Die sexuelle Erregung hat sich gelegt, seit sie verstanden hat, dass er nichts will, außer sie in seinem Arm zu halten. Es kehrt tiefer Frieden und wohltuender Gleichmut in ihr ein. Sie verspürt eine angenehme Scheißegal-Stimmung.

„So ist es gut, kleine Haselnuss", flüstert er an ihrem Ohr. „Mach die Augen zu und schlaf. Ich bin da und pass auf dich auf."

„Ich bin nicht klein und auch keine Nuss", murmelt sie träge und fühlt das sanfte Beben seines Brustkorbs, als er leise lacht.

„Deine Augen haben die Farbe einer Haselnuss", wispert er mit den Lippen an ihrer Stirn, „... und deine harte Schale muss jemand knacken, der vorsichtig genug ist, damit dein weiches Herz darunter heil bleibt", fügt er in Gedanken hinzu und löst sachte den Schal, als er sicher ist, dass sie tief und fest schläft.

Kira erwacht, weil jemand an die Tür klopft. Sie zuckt hoch und sieht, wie Pascal öffnet und Ella mit einem großen Frühstückstablett und einem fröhlichen Guten Morgen auf den Lippen hereinkommt.

Erschrocken starrt sie zur Uhr an der Wand. Schon acht! So lange hat sie seit Jahren nicht geschlafen. Sie schlägt die Decke zurück und sieht den Schal auf der Matratze liegen. Sofort ist die Erinnerung präsent und mit ihr Scham und Zorn. Sie vollführt eine Art Hechtsprung, um im Bad zu verschwinden, bevor die beiden mitbekommen, dass sie aufgewacht ist. Sie braucht erst mal Zeit für sich allein. Unbedingt. Nachdem sie die Tür hinter sich abgeschlossen, hat, kann sie aufatmen und sich ihren Gedanken und Gefühlen stellen. Während sie duscht, lässt sie den vergangenen Abend vor ihrem inneren Auge ablaufen und versucht, ihre Gefühle zu analysieren. Sie ist sauer, stinksauer, denn wieder hat er ihr seinen Willen aufgezwungen. Sie vermisst jetzt schon fast körperlich schmerzhaft das Gefühl, sich in seinen Armen geborgen zu fühlen. Und genau das ist das Problem. Es tut jetzt schon so weh. Sie könnte heulen vor Wut. Was denkt er sich dabei? Wie soll sie denn allein klarkommen, wenn er so einen Scheiß mit ihr macht? Wer nimmt sie in den Arm, wenn er nicht bei ihr ist? Eine Kindheitserinnerung überfällt sie mit aller Macht. Es war einer dieser Morgen gewesen. Ihre Mutter war nach Alkohol stinkend nach Hause gekommen, als Kira sich gerade für die Schule fertig machte. Sie hatte sie angeschrien, warum sie sich wie eine widerliche Nutte benehmen würde.

„Ich kann nicht anders", hatte ihre Mutter gesagt und hilflos mit den Schultern gezuckt. „Ich bin so einsam. Jeder braucht das doch, Liebe und Sex. Ohne kann man nicht leben."

Kira hatte verbittert den Kopf geschüttelt. „Andere können auch allein leben, ohne jede Nacht in einer Bar abzustürzen."

Ihre Mutter hatte schrill gelacht. „Die eine Frau kann es, die andere nicht. Ich kann es nicht. Wenn du einmal richtig verliebt warst, bist du süchtig nach allem, was dazugehört. Es ist wie mit Drogen. Hat man es erst mal probiert, dann geht es nicht mehr ohne."

Mit einem resoluten Griff stellt Kira die Dusche ab. Nein, sie darf sich diesen Sehnsüchten nicht hingeben.

Niemals hätte sie sich erlaubt, so bei ihm zu liegen. Er hat sie gezwungen und nun muss sie mit dieser scheiß Sehnsucht umgehen. Bestimmt dauert es Wochen, bis sie sich wieder im Griff hat. Es ist wie mit einer leckeren Speise, die man nicht vermisst, solange man nicht an sie denkt, doch hat man einen Teller vor sich stehen und einmal von ihr gekostet, dann will man mehr. Aber es gibt kein Mehr.

Es poltert laut an der Tür. „Komm raus, Feigling", tönt seine tiefe Stimme trocken.

„Du Arsch!", flüstert sie hasserfüllt in Richtung des dunklen Holzes. Wie kann ein Mensch nur so arrogant und selbstherrlich sein? Wütend steigt sie aus der Dusche, trocknet sich ab und zieht sich den Morgenmantel über. Als sie die Tür öffnet, drehen Pascal und Ella ihr die Gesichter zu.

Kira strafft sich. Ein „Guten Morgen" krabbelt halbwegs freundlich über ihre Lippen. Ella grüßt fröhlich zurück, Pascal starrt sie mit Röntgenaugen an. „Komm her, setz dich zu uns."

„Darf ich mich erst anziehen?", fragt sie gereizt.

„Nein", antwortet er, „erst besprechen wir den Tag, denn ich muss weg. Meine Gruppe wartet."

Grummelnd lässt sie sich neben ihm auf die Couch fallen. Ella gießt ihr Kaffee ein. „Keine Sorge. Im Hotel läuft alles. Ich bin seit sechs Uhr hier."

Kira stutzt. „Hättest du nicht heute frei?"

„Wir haben doch gestern verabredet, dass ich komme."

Kira nickt. „Ja. Aber doch nicht zum Arbeiten und so früh."

Ella grinst. „Kein Problem."

„So, die Damen, das ist der Plan für heute." Er sieht von Ella zu Kira. „Dein Bruder hat vorhin schon das Hotel verlassen. Max ist hinterher, gemeinsam mit Finn werden sie ihn abwechselnd durch den Tag begleiten. Mal sehen, was er so treibt. Ihr beiden bleibt zusammen, egal ob hier oder draußen."

Kira will protestieren. Was soll ihr passieren, wenn Oli außer Haus ist? Pascal scheint ihre Gedanken lesen zu können, denn bevor sie den Mund aufmacht, sieht er sie eindringlich an. „Wir dürfen nicht außer Acht lassen, dass unser Verdacht falsch sein könnte und jemand anders dir schaden will." Sein Blick wandert wieder zu Ella. „Anna ist oben in ihrem Zimmer. Ihr ruft sie, falls ihr sie braucht, sonst nicht. Niemand muss wissen, dass ihr euch kennt. Klar?"

Ella nickt. „Klar. Wann kommst du wieder?"

„Ich weiß es noch nicht. Auf jeden Fall bin ich über Nacht wieder hier."

Kira durchzuckt ein elektrischer Schlag. Sie holt Luft, um zu protestieren, doch bevor ihr die erste wütende Silbe herausflutscht, hat er schon in ihr Haar gepackt und ihr Gesicht zu seinem herumgedreht. „Wir unterhalten uns heute Abend. Sehr ausgiebig. Komm nicht auf die Idee, dem ausweichen zu wollen."

Ohne eine Antwort abzuwarten, steht er auf, greift sich seinen Schlüsselbund und verlässt mit kurzem Gruß das Appartement.

Als die Tür hinter ihm ins Schloss gefallen ist, sackt Kira mit einem tiefen, genervten Stöhnen in sich zusammen, was Ella ein albernes Kichern entlockt. „Manchmal möchte man ihn treten, töten und vierteilen, nicht?"

„Ja", seufzt Kira, ihr aus tiefstem Herzen zustimmend.

Ellas Augen werden schmal und sie legt den Kopf schräg. „Er mag dich. Ist da was zwischen euch?"

„Nein!"

Sie zuckt mit den Schultern. „Schade, wäre mal was interessantes Neues gewesen."

Kira nimmt sich ein Brötchen und schneidet es auf. „Wie meinst du das?"

„Ich habe Pascal noch nie verliebt erlebt. Das meine ich."

„Er ist nicht verliebt. So ein Quatsch", protestiert Kira grimmig. Was soll das überhaupt? Wieso tut ihre Angestellte plötzlich so, als ob sie engste Freundinnen wären. Das war ein Fehler, das mit dem Du. Dummer Fehler in einem blöden sentimentalen Moment. Aber … ach Mist, irgendwie ist sie auch froh. Sie mag Ella, sie sind im gleichen Alter, wären eigentlich Kollegen und würden sich garantiert super verstehen, wenn sie in diesem Scheißladen nicht die Chefin spielen müsste. Wenn sie ganz ehrlich ist, will sie das Hotel nicht mehr. Die Verantwortung lastet zu schwer auf ihr. Als Angestellte war das Leben viel einfacher.

Ella holt sie aus ihren Gedankengängen zurück. „Na … ich weiß nicht … Auf jeden Fall mag er dich, sonst würde er das nicht alles für dich tun", meint sie gleichmütig.

Kira stöhnt. „Ich bin ihm auch wirklich dankbar, aber muss er dabei so ein ungehobelter, arroganter, selbstherrlicher Klotz sein?"

Ella winkt lachend ab. „Ich weiß, was du meinst. Er steht darauf, Frauen übers Knie zu legen. Was erwartest du?"

Kira zuckt zusammen und Ella verdreht die Augen. „Komm schon, du warst in seiner Wohnung. SM! Er spielt gern und damit gleich alles Diesbezügliche geklärt ist: Tim ist auch so einer und im Keller haben wir ein Spielzimmer." Genüsslich beißt sie in ihr Brötchen.

Kira spürt Hitze in sich aufsteigen. Sie räuspert sich. „Ähm … das heißt, dann bist du …"

„Ich bin das passende Gegenstück, ja." Sie grinst frech. „Und du? Was bist du?"

„Ich?"

„Ja, du."

Kira winkt unwillig ab. „Nichts. Ich habe nichts mit so was zu tun."

Ella verzieht, augenscheinlich den Triumph genießend, das Gesicht zu einem süffisanten Grinsen. „Und was sollte dann die Aktion mit den Handschellen?"

Kira fällt das Brötchen aus der Hand und sie schlägt die Hände vors Gesicht. „Was? Er hat das erzählt? So ein Arsch!"

Ella tätschelt ihr lässig die Schulter. „Bleib cool, ändern kannst du sowieso nichts mehr. Du bist längst durchschaut."

Kira sieht vorsichtig auf und begegnet Ellas übermütig blitzenden Augen. „Sei ihm nicht böse. Er hat es mir nur erzählt, weil er wollte, dass ich mich dir gegenüber oute. Damit du jemanden zum Reden hast." Sie wird ernst. „Nur wenn du willst, natürlich."

Pascal bleibt im Eingang stehen und sieht sich suchend um. Ella hatte getextet, dass sie und Kira im Restaurant zu Abend essen. Ah! Da, in der Ecke. Sie sitzen vor ihren leeren Tellern und unterhalten sich angeregt. Er geht los. Bei ihrem Anblick lächelt er. Kira grinst verschmitzt und gestikuliert. Jetzt lacht sie lauthals. Sie albert über irgendetwas herum und sieht verdammt schön aus, ganz anders als sonst, wenn sie so verkrampft und misstrauisch guckt. Sie trägt auch die Haare offen. Das lässt sie weicher wirken. Ihm wird verdammt warm ums Herz. Er mag sie. Irgendwie hat diese Frau geschafft, was keine andere bisher zustande gebracht hat. Sie hat sich in sein Herz geschlichen. Er macht Sachen, die er sonst nie machen würde, wie am Abend, die Aktion in ihrem Bett. Er hatte es einfach nicht ertragen können, sie so einsam zu sehen. Fuck! Wo soll das bloß hinführen? Mit solchem Gefühlskram kann er nicht umgehen. Konnte er noch nie! Bringt nur Ärger. Außerdem ist er definitiv nicht der Richtige für eine wie die kleine Haselnuss, er ist viel zu unsensibel. So ein Mädel braucht Geduld. Er kann das Wort gerade mal schreiben! Aber es sein?

Er seufzt. Wie sie wohl in einer Stunde guckt? Es wird nicht einfach zu verdauen sein, was sie gleich erfahren muss.

Ella hat ihn entdeckt. Sie lächelt und nun wendet ihm auch Kira das Gesicht zu. Sie hat rote Wangen. Er muss schmunzeln. Sicher hat Ella einiges aus dem devoten Nähkästchen ausgeplaudert. Die beiden Frauen werden sich gegen ihn und Tim verbünden. Das gibt die ersten grauen Haare. Garantiert. Ella allein reicht ja schon. Aus dem schüchternen, hilflosen Mäuschen ist eine ganz schön freche Ratte geworden, aber eine süße. Und wenn sie dann zu zweit sind … Unwillkürlich schüttelt er den Kopf. Fuck! Was für bescheuerte Gedanken kreisen da eigentlich in seinem senilen Hirn herum!

Er hat den Tisch erreicht.

„Na, was gibt's Neues?", fragt Ella munter.

„Du kannst nach Hause fahren. Ab Morgen geht wieder alles seinen normalen Gang."

„Oh. Habt ihr so schnell …?"

Er nickt und legt Kira eine Hand auf die Schulter. „Dein Bruder wartet auf uns. Er hat dir was zu erzählen."

Ihre Gesichtszüge verhärten sich sofort. Mit gerunzelter Stirn versucht sie, in seinem Gesicht zu lesen. Er schüttelt den Kopf. „Komm mit, er soll es dir selber sagen."

Die beiden Frauen stehen auf. Ella umarmt Kira. „Wenn du mich brauchst, melde dich. Egal wofür und jederzeit. Okay?"

Kira nickt. „Danke, Ella."

Pascal legt den Arm um sie, als sie losgehen. Dieses Mal protestiert sie nicht mal, wahrscheinlich merkt sie es gar nicht. Sie ist mit den Gedanken schon bei ihrem Bruder. „Wohin?"

„Getränkelager."

Sie hält den Blick starr geradeaus gerichtet, während sie den Flur entlang zur Kellertreppe laufen. Pascal reibt ermutigend über ihren Oberarm und zieht sie noch enger an sich heran. „Keine Angst. Es wird alles gut."

Sie presst die Lippen so fest zusammen, dass sie zittern.

Als sie das Lager erreichen, zögert Pascal es nicht mehr heraus. Er drückt die Türklinke und schiebt Kira vor sich her in den kargen Kellerraum. In der Mitte auf einem Stuhl hockt ihr missratener Halbbruder. Er hat rote Augen, weil er geheult hat. Finn lehnt gelangweilt, mit vor der Brust verschränkten Armen, daneben an der Wand. Auf der anderen Seite hat Max sich auf zwei übereinandergestapelten Bierkisten gemütlich niedergelassen. Alle sehen ihnen entgegen, als sie reinkommen. Kira bleibt stocksteif stehen und reißt keuchend die Augen auf. „Was habt ihr ihm getan?"

Finn hebt die Hand. „Nichts, Lady. Ich schwöre. Wir haben ihm nur mitgeteilt, dass er heute den ganzen Tag lang Gesellschaft hatte. Und schon fing er an zu heulen. Einfach so."

Max grinst. „Eigentlich schade, ich hätte ihm gerne noch ein bisschen Angst gemacht."

Pascal räuspert sich. „Okay, Oliver. Dann erzähl deiner Schwester mal von deinem netten Hobby."

Sie runzelt die Stirn und sieht fragend von ihm zu ihrem Bruder. „Oli?"

Er schnieft laut. „Es tut mir leid, Kira. Wirklich."

„Was ist denn passiert?"

Er schlägt die Hände vors Gesicht. „Ich hatte Pech. Ich wollte es ja zurückgeben. Alles. Ich wollte dich nicht bescheißen. Wirklich. Das musst du mir glauben."

Sie schüttelt den Kopf. „Ich verstehe nicht."

„Er ist ein Zocker", hilft Max, „ein Spieler."

„Du hast die Bücher gefälscht, weil du Geld für Glücksspiele brauchst?", fragt sie ungläubig und ihr Bruder nickt niedergeschlagen.

„Seit wann?"

Oliver hält den Kopf gesenkt. „Schon lange, aber früher nicht so viel. Seit Papa gestorben ist, ist es nach und nach immer mehr außer Kontrolle geraten." Er stöhnt. „Ich wollte schon längst aufhören! Ich wollte nur noch so lange weitermachen, bis ich genug gewonnen hätte, um alles wieder zurückzuzahlen."

„Wie viel hast du verspielt?"

Er zuckt mit den Schultern. „Ich weiß nicht. Meistens nicht so viel, fünfhundert oder tausend, manchmal auch zweitausend."

„Meistens? Im Monat?"

„Pro Woche."

„Tausend oder zweitausend jede Woche?"

Er nickt und wühlt verzweifelt durch seine Haare. „Es tut mir leid. Ehrlich. Ich mache eine Therapie. Ich schwöre! Ich höre auf damit."

Sie nickt, wirkt fast geistesabwesend. „Ja. Das wäre wohl gut."

Sie dreht sich langsam von ihm weg und macht Anstalten, den Raum zu verlassen, doch Pascal fasst sie sanft am Arm. „Warte." Er wendet sich wieder ihrem Bruder zu. „Da fehlt doch noch was, oder?"

Oliver stößt ein Wimmern aus. „Das mit dem Auto war eine Kurzschlussaktion. Ich wollte dir nichts tun. Ich habe nicht nachgedacht. Ich war in Panik. Du wurdest immer misstrauischer, ich wollte dich nur ablenken, erschrecken, irgendwas. Ich habe nicht darüber nachgedacht, wie gefährlich so was ist. Es tut mir leid. Wirklich, wirklich leid."

Kira verschränkt die Arme vor der Brust und umfasst mit den Händen ihre Oberarme so fest, dass die Knöchel weiß hervortreten. Sie schwankt kurz, zuckt aber unwillig zurück, als Pascal sie stützen will.

Sie schluckt. „Ich gehe. Du kannst das Hotel allein haben."

Oliver reißt den Kopf hoch. „Nein! Das geht nicht! Du musst bleiben!"

„Ich kann das so nicht mehr. Ich schenke dir meinen Anteil."

Er schüttelt wild den Kopf. „Bitte, Kira. Du darfst jetzt nicht gehen. Bleib Papa zuliebe. Ich mache eine Therapie. Gleich morgen melde ich mich an. Du musst bleiben und das Hotel führen. Ich werde nie wieder irgendetwas gegen dich unternehmen. Bitte glaub mir und bleib. Ich schaffe das nicht allein."

Sie legt kurz ihre Hand an ihren Hals, als ob sie Atemnot hätte. „Wir reden morgen noch mal darüber. Ich kann das jetzt nicht entscheiden."

Ruckartig dreht sie sich zur Tür.

Pascal begleitet sie in ihr Appartement. Kira protestiert nicht, aber er ist sich auch nicht sicher, ob sie seine Anwesenheit überhaupt wahrnimmt. Sie setzt sich in einen Sessel, oder besser gesagt, sie hockt sich völlig verkrampft auf die Kante des Sessels, als ob sie jeden Moment wieder aufspringen und weglaufen will. Sie hat die Schultern hochgezogen und ihr Blick ist auf den Fußboden gerichtet. Die Finger ihrer linken Hand reiben hart die der rechten.

Pascal setzt sich auf die Lehne der Couch und beobachtet sie eine Weile schweigend. Sie macht keine Anstalten, sich zu entspannen. Er legt die Hand auf ihre Schulter. „Hey, es wird alles gut."

Unwillig schüttelt sie ihn ab und strafft sich. „Lass mich. Vielen Dank, dass du mir geholfen hast, aber jetzt … ich muss allein sein. Ich muss nachdenken. Bitte geh jetzt. Und schick mir eine Rechnung. Ich will das bezahlen."

Schon wieder diese Abschottung. Was soll denn das? Traut sie ihm denn immer noch nicht? Er schluckt den Ärger runter und zwingt sich, ruhig zu bleiben, hockt sich vor sie und legt sanft seine Hände auf ihre Unterarme. „Du musst das nicht alles allein schaffen."

Mit einem Ruck reißt sie die Arme hoch. „Doch! Genau das muss ich! Kannst du nicht einmal tun, was ich will? Lass mich in Ruhe! Geh! Bitte!"

Er weiß, dass er nicht rational handelt. Würde er seinen Verstand gebrauchen, müsste er gehen, aber sein Verstand ist gerade auf Urlaub, zumindest was sie betrifft, also geht er nicht. Innerlich fluchend gibt er dem Drang nach und zieht sie rigoros in seine Arme. Natürlich beginnt sie, wild zu strampeln.

„Ruhe jetzt", fährt er sie an, „oder muss ich dich erst wieder fesseln?"

Sie versteift sich und keucht, als er sie hochhebt und zum Bett schleppt. Er legt sich mit ihr im Arm lang hin und hält sie fest in seiner Umklammerung. Wahrscheinlich benimmt er sich wie ein bockiges

Kind, das ein Stofftier wieder hergeben soll, das es gerade erst gefunden hat. Scheiß drauf.

Er küsst ihre Schläfe und murmelt tröstende Worte, bis sie nach einer Weile endlich nachgibt. Sie drückt die Stirn gegen seine Brust und schmiegt sich weich an seinen Körper. Na also. Wird doch.

Schon wieder kann sie nicht widerstehen, lässt sich von seiner Kraft in diese Illusion von Sicherheit und Geborgenheit einlullen. Ihre Nase berührt sein Hemd. Oh Gott, sie möchte seine Haut fühlen, überall, unbedingt. Ihre Augen klappen zu. Sie hat sich doch sowieso schon verraten, er weiß längst von ihren Neigungen, jetzt ist alles egal. Sie streckt sich in seiner Umarmung, hebt den Kopf und ihre Nase berührt seinen Hals. Ihre Hand tastet nach seinem Hemd und beginnt, es aufzuknöpfen. Ihre Lippen finden Haut, warme, weiche Haut, die sie sanft küsst. Seine Umklammerung löst sich, er lässt sich auf den Rücken fallen und sie beugt sich über ihn. Das Hemd ist jetzt offen und sie streicht über seine feste, kräftige Brust, robbt halb über ihn, küsst seine Schlüsselbeine, seinen Hals und sein Kinn. Seine Hände wandern ihren Rücken hinab bis auf ihre Lende.

„Hey, kleine Haselnuss, was wird das hier?", fragt er leise an ihrem Ohr.

Sie drängt sich stöhnend enger an seinen Körper. Sie kann jetzt nicht antworten, was soll sie auch sagen? Sie weiß es nicht. Sie will vergessen und in ihn hineinkrabbeln, will fühlen, nicht denken. Ihr Bein drängt sich zwischen seine, und sie spürt durch seine Jeans hindurch seine Erektion, die sich fest gegen ihre Leiste drückt.

Keuchend hebt sie den Kopf und schiebt sich etwas höher. Ihre Lippen finden seinen Mund, sie presst ihren Brustkorb gegen seinen, drängt mit der Zungenspitze zwischen seine Lippen, bis sein Mund sie einlässt. Sein heißer Atem trifft ihr Gesicht, als er stöhnt.

Plötzlich hebt er sie an, schiebt sie neben sich und rollt sich über sie. Stöhnend sucht sie wieder nach seinem Mund, während ihre Finger sich in seinen Rücken bohren. Sie schließt fest die Augen. Alles, was sie wahrnimmt, ist seine Wärme, sein schwerer Körper, seine Kraft und sein Geruch, der sie einlullt und die Realität ans Ende des Universums katapultiert. Sie presst ihren Unterleib fordernd gegen seinen, reibt sich an seinem harten Schwanz. Pascal reißt mit einem Ruck ihre Bluse auf und schiebt den BH rüde nach oben, sodass ihre Brüste frei vor ihm liegen. Seine Hände umgreifen, kneten sie, sein Mund legt sich über eine der Brustwarzen. Er saugt und heißes Sehnen durchzieht ihren Körper. Sie keucht, wimmert und windet sich unter ihm.

„Runter mit den Klamotten", stöhnt er und zerrt ihr alles vom Leib, bis sie splitternackt unter ihm liegt und der harte Jeansstoff seiner Hose über ihren Bauch reibt. Seine linke Hand hält ihren Kopf im Nacken, seine rechte schiebt sich unter ihre Lende. Seine Lippen pressen sich auf ihre, seine Zunge schlängelt sich in ihren Mund. Wild, mit fahrigen Bewegungen nimmt sie alles, was sie von ihm bekommen kann. Er hebt den Kopf und sieht sie an. Sie kneift die Augen zu, sie will ihn nicht ansehen, um der Wirklichkeit ja nicht zu begegnen.

Seine große Hand liegt warm auf ihrem Bauch, rutscht auf ihren Venushügel, seine Finger zwängen sich zwischen ihre Beine, ihre Oberschenkel zittern.

„Willst du mich hier, Haselnuss?", fragt er heiser und drückt sein Knie zwischen ihre.

Sie stöhnt und presst sich fest gegen seine Hand. Pascal ist stark, seine Beine zwingen ihre mühelos auseinander und seine Fingerspitzen streichen zwischen ihren Schamlippen entlang. Nur einen Moment, dann stockt er, seine Hand verschwindet und er stößt ein genervtes Stöhnen aus.

„Nicht aufhören", jammert sie und drückt ihren Unterleib hoch.

Pascal greift nach ihren Armen und zwingt sie über ihren Kopf. Mit einer Hand hält er sie dort, die andere legt sich fest an ihr Kinn. „Mach die Augen auf."

Oh nein! Er soll doch weitermachen, bitte, bitte einfach weitermachen.

„Augen auf, Kira", wiederholt er deutlich angepisst.

Ihr Körper versteift sich, ihre Lider springen auf. Sie starrt direkt in gefrorenes Blau und versucht, den Kopf wegzudrehen, doch sein Griff ist gnadenlos. Plötzlich ist sie außer Atem, als wäre sie kilometerweit gerannt. In ihrer Kehle bildet sich ein dicker Kloß.

„Was soll das für ein seltsames Spiel werden? Du bist trocken, Baby, und völlig verkrampft."

„Das … das … macht nichts. Bitte hör nicht auf", fleht sie panisch, und Pascal schließt für einen Moment die Augen. Dann streichen seine Lippen sanft über ihre Wange. „Sch … ganz ruhig. Atme mal tief durch und entspann dich. Komm zu dir."

Er wartet ab. Sein Zeigefinger an ihrem Unterkiefer malt kleine Kreise, bis sie sich langsam beruhigt. Scham und Niedergeschlagenheit breiten sich in ihr aus. Sie möchte sich am liebsten unter dem Bett ganz klein zusammenrollen.

„Du bist nicht erregt, Kira. So ist Sex nicht schön."

Sie schluckt, versucht, seinem Blick auszuweichen, weiß nicht, was sie ihm darauf antworten könnte.

„Hast du einen Orgasmus, wenn du mit einem Mann schläfst?"

Sie presst die Lippen fest aufeinander und macht, ohne darüber nachzudenken, einen unsinnigen Befreiungsversuch. Völlig unbeeindruckt küsst er sanft ihre zitternden Lippen.

„Hey, kleine Haselnuss. Du kannst Erregung nicht erzwingen, du kannst sie nur zulassen."

Sie presst die Augen wieder zu und schüttelt den Kopf.

Er seufzt. „Ich weiß, genau das kannst du eben nicht, stimmt's?", fragt er sanft, lockert den Griff an ihrem Kinn und sie dreht den Kopf weg. Sorgsam, als hätte er alle Zeit der Welt, streicht er ihre Haare aus dem Gesicht.

„Was erregt dich in den Romanen, Kira?"

Sie schluckt. „Fesseln", haucht sie so leise, dass er es nur versteht, weil es im Raum so still und sein Gesicht ganz nah an ihrem ist.

Seine Lippen streicheln hauchzart die Haut über ihrem Jochbein. „Was noch?"

„Schmerz", wispert sie.

„Was für Schmerz?"

„Starker Schmerz."

„Was meinst du mit stark?"

„Bis man gezwungen ist, sich ihm hinzugeben." Ein Zittern läuft durch ihren Körper. „Bitte", haucht sie.

„Sieh mich an, Kira. Um was bittest du mich? Willst du dich mir anvertrauen?"

Ihr Herz poltert ganz oben in ihrem Hals, als sie den Kopf dreht und ihn ansieht. Beim Blick in das durchdringende Blau seiner Augen hämmert es immer stärker durch ihren ganzen Körper. Seine Augen sehen direkt in ihr Innerstes. Sie spürt es. Sie gehört ihm. Sie ist so machtlos gegen ihr Sehnen wie eine Fliege gegen einen Elefanten. Das Blut pulsiert heißer durch ihre Adern, sammelt sich in ihrem Unterleib und lässt ihre Lustperle anschwellen. Warme Feuchtigkeit sammelt sich zwischen ihren Beinen. „Ja, das will ich", flüstert sie und erschauert.

Er betrachtet sie mit undurchdringlicher Mimik. Fast möchte sie um ein Lächeln bitten, ein Streicheln, aber kein Wort findet den Weg aus ihrer trockenen Kehle.

„Nicht bewegen", brummt er, lässt ihre Arme los und beugt sich über sie. Er richtet den Oberkörper auf. Ihre Beine sind zwischen seinen Knien gefangen. Ihr Mund fühlt sich an, als hätte jemand Sand hineingeschüttet. Pascal greift nach ihrer Bluse und fesselt mit dem oberen Teil und den langen Ärmeln ihre Hände über ihrem Kopf. Sie sieht, wie sein Blick auf ihre Brüste hinabgleitet, dann wieder hoch wandert und ihren trifft. Seine Miene ist ausdruckslos. Sie hasst ihn dafür, dass er das immer so kann. Plötzlich zittert sie.

„Angst, kleine Haselnuss?"

Sie beißt die Zähne zusammen und schüttelt den Kopf.

Er grinst. „Hätte ich an deiner Stelle auch. Ich mag keine Lügen."

Wut explodiert in ihr. Sie öffnet den Mund, doch sein Finger landet auf ihren Lippen. „Nicht. Still jetzt. Sonst bekommst du heute weit mehr Schmerz zu spüren, als du dir in deinen feuchten Fantasien je vorgestellt hast."

Sie erstarrt zur Salzsäule. Er verzieht spöttisch die Lippen, drückt ihr einen sanften Kuss auf die Nasenspitze, dann wird alles dunkel. Er hat sich den Schal gegriffen, der von der letzten Nacht noch auf der Matratze lag, und ihn über ihre Augen geschoben. Er verknotet ihn sorgfältig so an ihrem Hinterkopf, dass er beim Liegen nicht drückt. Eine Weile ist es so still, dass sie sich selbst hektisch atmen hört. Pascal sitzt nach wie vor über ihren Beinen, aber er bewegt sich nicht. Ihre Brustwarzen kribbeln, werden so hart, dass es fast wehtut. Als seine großen Hände sich um ihre Rippen legen, zuckt sie zusammen und keucht gleich darauf überrascht auf, weil seine Lippen an einer Brustwarze saugen. Sie spürt seine Zähne an ihrem Nippel, und reflexartig schnellen ihre Arme nach vorn, um in der nächsten Sekunde schon wieder hart über ihrem Kopf auf die Matratze gepresst zu werden.

„Keine Bewegung, Haselnuss. Ich sage das nicht noch mal", knurrt er und streicht mit den Händen ihre Arme entlang zurück auf ihren Körper. In ihrem Bauch flattern Schmetterlinge und es löst sich irgendetwas. Sengende Hitze wird freigesetzt und breitet sich wellenartig in ihr aus, dringt in ihre Lustperle und ihre Vagina, die sich weitet und gleichzeitig anzuschwellen scheint. Wieder bewegen sich seine Lippen über ihre Brüste, diesmal sanfter, wie ein zarter Federstrich. Sie zittert, bebt, wölbt sich ihm entgegen, hört sich wimmern und ihn stöhnen. Seine Hände heben ihren Brustkorb an, während er ihre Nippel abwechselnd mit den Zähnen schmerzhaft reizt und mit der Zunge zärtlich liebkost.

Stromstöße jagen durch ihren Körper und rauben ihr den Verstand. Sein Mund bewegt sich tiefer, er leckt über die Haut zwischen ihren Brüsten bis zu ihrem Bauchnabel, während Bartstoppeln sie kratzen und sein heißer Atem eine Gänsehaut auf ihrem ganzen Körper erzeugt.

Er hebt sein Gesicht, aber ihr Körper bebt weiter. Irritiert fühlt sie an den Bewegungen der Matratze, dass er aufsteht. „So liegen bleiben, Haselnuss. Ich bin gleich wieder da."

Er entfernt sich, und sie möchte an ihm kleben bleiben, ihn anflehen, jetzt nicht zu gehen. Ihre Arme zucken und ihre Beine wollen sich anziehen, damit sie sich ganz klein zusammenrollen kann, aber sie zwingt sich, unbeweglich liegen zu bleiben. Eine Tür klappt, Schritte, die Matratze senkt sich am Rand. Kleine Gegenstände fallen auf ihren Bauch und sie stößt einen überraschten, leisen Schrei aus.

„Beine breit", brummt er und drängt sich zwischen ihre Knie. Sie fühlt seine Wärme an ihren Oberschenkeln. Er hat sich ausgezogen und jede Berührung seiner Haut auf ihrer prickelt heiß. Kira hat keine Zeit, darüber nachzudenken, ob sie Angst hat oder nicht, sie kann gar nicht denken, sie weiß gerade nicht mal mehr, wie sie heißt. Ihre Sinne und sämtliche Gehirnzellen sind vollständig von seinem Tun gefangen.

Überdeutlich spürt sie seine warmen großen Hände an den Innenseiten ihrer Schenkel, direkt unter ihrer heißen Mitte. Seine Daumen streifen von beiden Seiten ihre Klitoris, fahren dann langsam zwischen den Schamlippen entlang und ziehen sie schließlich auseinander. Noch nie hat sie Berührungen so intensiv wahrgenommen wie diese. Sie spürt kühle Luft am Eingang ihrer Vagina, deren äußerer Muskelring sich sehnsüchtig weitet. Kleine Nervenzellen prickeln. Ihr Rücken wölbt sich ganz von allein, ihre Bauchmuskeln zucken.

„Die Fesselung und die Unterwerfung gefallen dir ganz offensichtlich. Gleich werden wir sehen, ob auch realer Schmerz nach deinem Geschmack ist." Seine Hände verschwinden vom Zentrum ihrer Lust, eine legt sich schwer auf ihre gefesselten Handgelenke. Etwas Hartes kratzt über ihre rechte Brustwarze. Kira zuckt, versucht zu begreifen, was er macht, da schießt bereits ein scharfer, fieser Schmerz durch ihren Nippel, weiter durch ihren Körper und gepaart mit heißer Lust direkt in ihre Klitoris. Bevor sie vollständig erfassen kann, was passiert, stimuliert er den anderen Nippel, kratzt, zupft, zieht, und dann wieder dieses gemeine, alles durchdringende Kneifen. Klammern. Sie begreift, es müssen Nippelklemmen sein. Sie stöhnt laut, ihr Körper bebt, sie versucht stillzuhalten, denn jede Bewegung sendet neue rauschende Wellen in ihre Klit. Sie ist erregt wie nie zuvor. Seine Finger berühren ihre geschwollenen Schamlippen, kleine Sterne zerplatzen vor ihren Augen. Pascal streicht durch warme, cremige Nässe, dringt mit zwei Fingern sacht in ihre Vagina ein, wo ihre Muskeln ihn weich pulsierend empfangen.

Nie zuvor hat sie auch nur annähernd Ähnliches erlebt. Die neuen Eindrücke benebeln ihren Verstand. Sie spürt summenden Schmerz, gepaart mit

Hitzewellen, und immer wieder diese leichten, ziehenden, elektrisierenden Stimulationen, die jede Zelle in ihr zum Vibrieren bringen. Sie tragen sie empor in unbekannte Sphären jenseits allen Denkens. Seine Finger stoßen tiefer, sein Daumen reizt hart ihre Klitoris und eine Flutwelle überrollt ihren Körper, raubt ihr jede Kontrolle. Zittern, Beben, Wimmern und Aufbäumen sind eins, bis ganz langsam leichte Entspannung einsetzt und sie versteht, dass das ein Orgasmus gewesen sein muss, der sie gerade in ein willenloses, unkontrolliertes Wesen verwandelt hat, nicht zu vergleichen mit den lächerlich seichten Höhepunkten, die sie sich selber regelmäßig verschafft.

Ihr Atem beruhigt sich halbwegs, doch immer noch sind seine Berührungen und diese Wellen überall, halten sie in einem Erregungspegel, der ihr zu viel zu werden droht.

Unbeweglich liegt sie da und hört ihn leise lachen. „Sehr schön, kleine Haselnuss. Du bist definitiv äußerst empfänglich für Lustschmerz und Qual. Das wollen wir doch gleich noch ein weiteres Mal genießen, nicht wahr?"

Sie hört Papier rascheln, begreift nicht wirklich, dann spürt sie etwas Rundes, Dickes am Eingang ihrer Vagina. Sie will sich dem instinktiv entgegendrücken und stöhnt, schreit jedoch im gleichen Moment auf, weil ein neuer fieser Schmerz in ihre Brüste schießt. Er verdreht eine Klammer mit dem darin gefangenen Nippel fest und gnadenlos. Sie bäumt sich auf, doch seine Hand hält ihre Arme unerbittlich über ihrem Kopf und damit ihren Körper unter seinem. Zwischen ihren Beinen ist kochende Hitze, Tränen explodieren in ihren Augen, während sich sein harter Schwanz unnachgiebig in sie hineinschiebt. Er weckt dieses Ziehen und Vibrieren in ihrem Körper erneut und diesmal ist es noch stärker, noch drängender. Sein Schwanz füllt sie aus, und Glücksgefühle rauschen durch ihre Adern, vermischen sich mit dem Schmerz. Glück und Schmerz, Euphorie und Leid, Fliegen und Versinken verschwimmen zu einer süchtig machenden irrationalen Mischung.

„Pas…", stöhnt sie und schreit erneut auf, weil er nun die andere Brustwarze quält. Ihr Körper windet sich und sie hört den Mistkerl genussvoll stöhnen. Er beginnt, sich zu bewegen, zieht sich zurück, schiebt sich erneut tief in sie hinein. Er gleitet sanft hinaus und hinein, füllt sie im nächsten Moment aber schon wieder unerbittlich und vollständig aus. Ihr Körper gehört nicht mehr ihr, jede Zelle reagiert nur noch auf die Empfindungen, die er nach seinem Belieben in ihr auslöst. Mit quälender Langsamkeit bewegt er sich immer wieder, dreht die Hüfte, richtet sich mal mehr, mal weniger auf, streicht zart über ihre Haut, lässt unerwartet neuen Schmerz durch ihre Brustwarzen schießen. Sie weint jetzt ungehemmt, die Tränen sammeln sich heiß in ihren Augenwinkeln und rinnen über ihre Wangen. Schmerzhaftes Sehnen nach mehr und sehnsüchtiges Betteln um ein Ende sind eins, bis sie glaubt, in Ohnmacht zu fallen. „Jetzt, Kira, komm für mich und mit mir, kleine Haselnuss." Seine Stimme klingt tief, heiser und noch einmal heizt ein fieses Brennen in ihren Brüsten die Vibrationen fontänenartig an, schleudert sie in den dunklen Himmel der Lust empor. Sterne explodieren vor ihren Augen, ihr Körper zerfällt und sein Schwanz wird noch härter, scheint mit jedem heißen neuen Stoß zu wachsen. Pascal richtet sich auf, versteift sich und stöhnt hart, fast animalisch. Ihre inneren Muskeln verkrampfen sich um ihn, er zuckt, stöhnt, stößt noch einmal und noch mal und ein drittes Mal zu, dann atmet er aus, hält still und sein Körper sinkt auf ihren herab. Kira schwebt in einem wunderbaren, warmen, dunklen Nichts. Ganz langsam beruhigt sich ihr Atem. Sie fühlt, wie sein Schwanz in ihr weicher wird. Irritiert bemerkt sie, dass der scharfe Schmerz sich gewandelt hat, zu einem fast angenehmen schwachen Ziehen. Er muss die Klammern gelöst haben, irgendwann während sie willenlos irgendwo im Universum, weit weg von dieser Welt, herumgeschleudert wurde. Sanfte Küsse auf ihren Lippen besänftigen ihre überreizten Nerven.

„Mach die Augen auf, Kira, sieh mich an."

Zögernd gehorcht sie, erstaunt, denn tatsächlich ist keine Dunkelheit mehr um sie herum und ihre Arme sind frei. Er hat sich mit den Ellenbogen rechts und links neben ihrem Kopf aufgestützt und seine Finger streichen über ihre Wangen. Er lächelt, sanft, liebevoll, viel zu liebevoll.

Sie bricht in ungehemmtes Weinen aus. Tränen fließen, sie schluchzt wild, völlig kraftlos, haltlos, willenlos.

Ihre Arme suchen fahrig Halt an seinem Körper und seine Hände streichen immer wieder ihre Haare entlang der Schläfen nach hinten. „Sch … alles gut, alles gut. Keine Angst. Alles ist gut", säuselt er immer wieder beruhigend in ihr Ohr, bis sie sich allmählich wieder fängt. Schließlich zieht er sich sanft aus ihr zurück.

Ihre überreizten Nerven lassen ihre Klit zucken und sie wimmert erneut auf, dann liegt Pascal neben ihr und zieht sie fest in seine Umarmung.

Pascal lässt das Kondom neben dem Bett auf den Boden fallen. Um die Entsorgung muss er sich später kümmern, denn er kann Kira noch nicht allein lassen. Immer noch schütteln letzte trockene Schluchzer ihren Körper und sie zittert. Er zieht die Decke über sie beide, hält sie weiter fest an sich gedrückt und streicht mit den Lippen immer wieder sanft über ihre Stirn. Minuten vergehen, vielleicht eine halbe Stunde, aber er hat Geduld. Es wundert ihn nicht, dass sie so heftig weint. Der Stress der letzten Tage hat sie dünnhäutig und sensibel gemacht, es brauchte nicht viel, ihre Kontrollmechanismen vollständig auszuhebeln, sodass die aufgestauten Gefühle nun mit voller Wucht aus ihr herausdrängen.

Als das Schluchzen endlich aufhört, seufzt sie erschöpft. „Oh Gott."

Er lächelt. „Der hatte eigentlich weniger damit zu tun."

Sie brummt irgendetwas Unwilliges, drückt ihre Stirn gegen sein Schlüsselbein und legt die Hand auf seine Brust.

Er legt seine darüber. „Hey, wie geht's dir jetzt?"

Sie kichert etwas überdreht und stöhnt. „Es war irre, aber ich werde erst in drei Tagen wieder aufstehen können."

Amüsiert wuschelt er durch ihre Haare. Sie ist jetzt genau so, wie er eine Frau nach einer Session mag, völlig offen und entspannt. Mit etwas Wehmut denkt er daran, dass sie sich spätestens am Morgen wieder in ihr Schneckenhaus zurückziehen wird.

„Das kommt dir jetzt nur so vor", beruhigt er sie.

„Bist du immer so gut darauf vorbereitet, spontan Frauen zu quälen?", fragt sie träge.

Er stutzt. „Wie meinst du das?"

„Na, diese Dinger, du hast sie ja anscheinend in der Hosentasche dabei, diese Klemmdinger."

Er schmunzelt. „Die stammen von dir, meine Liebe."

„Ich besitze so was nicht."

„Na, dann schau mal zur Seite."

Sie dreht den Kopf und lugt auf den Nachtschrank. „Wäscheklammern? Das waren Wäscheklammern? Oh nein, wie peinlich!"

Amüsiert betrachtet er ihr Gesicht. „Das ist dir peinlich? Dass es Wäscheklammern waren?"

„Das muss so blöd ausgesehen haben! Wäscheklammern! Wie stillos! Mein erstes SM-Erlebnis mit Wäscheklammern! Du Schuft!"

Sie boxt gegen seinen Brustkorb, während er den Kopf in den Nacken fallen lässt und in hemmungsloses Lachen ausbricht. Als er sich beruhigt hat, sieht er, dass schon wieder Tränen aus ihren Augen laufen. Er schiebt sie ein Stück zurück, legt die Finger unter ihr Kinn, damit sie den Kopf hebt und er sie forschend mustern kann. „Du weinst jetzt nicht wirklich wegen der Wäscheklammern, oder?"

Sie schüttelt unwillig den Kopf und wischt sich mit den Händen über die Augen. „Nein, es ist alles in Ordnung. Keine Ahnung warum das schon wieder losgeht. Ich heule sonst nie und jetzt hört es einfach nicht mehr auf."

Er küsst ihre Nasenspitze. „Du bist erschöpft. Ich hole jetzt etwas zu trinken und dann schläfst du. Morgen geht es dir besser."

„Ich weiß nicht. Ich weiß irgendwie überhaupt nichts mehr."

Er legt die Finger über ihre Lippen. „Denk nicht nach. Du bist jetzt viel zu müde und durcheinander. Morgen werden wir in Ruhe über alles reden."

Er steht auf, entsorgt das Kondom im Bad und bringt ein feuchtes Handtuch mit. „Hier, kühl dir die Augen."

„Danke", seufzt sie und drückt es sich auf das Gesicht.

Nachdem er auch Mineralwasser besorgt und sie trinken gelassen hat, legt er sich wieder zu ihr und streichelt sie in den Schlaf. Bald werden ihre Atemzüge tief und regelmäßig. Nachdenklich betrachtet er ihr Gesicht. Es ist jetzt ganz entspannt und wirkt viel jünger als sonst. Wie soll das bloß weitergehen? Verdammt, er will sie. Er will sie für sich, er will sie jede Nacht in seinem Bett und er will sie über seinen Knien und kniend vor seinem Schwanz. Noch nie wollte er eine Frau so sehr wie sie. Am liebsten möchte er sie jetzt sofort in seine Arme heben, in sein Schlafzimmer entführen und einschließen, damit er sie vor der ganzen Welt beschützen kann und kein anderer Mann mehr an sie rankommt. So ein Scheiß!

Er hat ihr heute nicht ernsthaft wehgetan. Härtere Spielereien würden sie vermutlich so sehr schockieren, dass sie bis nach Australien vor ihm fliehen würde. Aber reicht es ihm, wenn sie ihm nicht mehr geben kann?

Er seufzt und streicht sanft durch ihre weichen, seidigen Haare. Sie stöhnt leise und drückt sich im

Schlaf wohlig an seinen Körper. Ihr niedlicher kleiner Fuß drängt zwischen seine Beine und ihre prallen Brüste drücken gegen seine Rippen. Ihre Nippel sind rot und geschwollen. Er möchte Kira wecken und sie noch einmal nehmen. Aber das macht er nicht. Sie ist viel zu erschöpft und wird am Morgen verwirrt sein, wenn ihr Verstand realisiert, was sie heute mit sich hat machen lassen. Er wird für sie da sein und vielleicht … vielleicht möchte sie mehr mit ihm probieren. Fuck! Er will verdammt noch mal der sein, von dem sie mehr bekommt. Niemand anders soll sie anfassen. Allein die vage Vorstellung einer anderen Männerhand auf ihrem Körper macht ihn schon wahnsinnig. Er will der sein, der sie nach und nach an ihre Grenzen führt, er will beobachten, wie sie sich selber kennenlernt, sicherer wird, ihre Neigungen genießen kann, ohne sich zu schämen.

„Verdammt, Engel, bau bloß keinen Scheiß ."

„Mmh?", murmelt sie und ihm wird bewusst, dass er laut gedacht hat.

„Nichts, kleine Haselnuss. Alles gut. Schlaf."

# Kapitel 6

Angenehmer Kaffeeduft zieht ihm in die Nase. Pascal streckt sich genussvoll stöhnend und öffnet die Augen. Ein Blick auf die Wanduhr sagt ihm, dass es halb sieben ist. Der Platz neben ihm ist leer, Geschirr klappert in der Küchenecke. Dann kommt Kira auch schon auf ihn zu. Sie hat sich bereits vollständig angezogen und trägt zwei Kaffeebecher in der Hand.

Forschend mustert er ihr Gesicht. Es sieht nicht gequält oder zweifelnd aus, sondern geschäftig. Sie lächelt. Ist es ein echtes Lächeln? Nein, eher das aufgesetzte der Hotelchefin, passend zum grauen Hosenanzug und dem strengen Haarknoten am Hinterkopf.

„Guten Morgen", sagt sie und reicht ihm einen der Becher. „Ich habe Milch reingetan. Ich hoffe, das war richtig."

Er setzt sich ein Stück auf, lehnt sich entspannt gegen die Rückenlehne des Bettes und nickt. „Guten Morgen, Kira. Goldrichtig. Danke." Er trinkt einen Schluck, ohne sie aus den Augen zu lassen. „Warum bist du schon auf?"

Sie setzt sich auf den Rand der Matratze, ganz nach hinten, fast ans Fußende, und zuckt gleichgültig mit den Schultern. „Gewohnheit."

„Wie geht's dir?"

Sie wirft ihm einen kurzen Seitenblick zu und ihre Wangen bekommen etwas Farbe. „Gut, alles in Ordnung."

„Warum sitzt du dann da hinten und nicht hier bei mir?"

Sie lächelt neckisch. „Damit du mich nicht anfasst."

Er neigt den Kopf und forscht in ihrer Mimik, aber da ist tatsächlich nichts, was nach Unsicherheit, Scham oder Reue aussieht. Sie ist zu glatt, sie macht ihm etwas vor, da ist er ganz sicher.

„Warum darf ich dich nicht anfassen?"

„Weil ich nicht will."

„Kira, spiel mir nichts vor. Rede mit mir."

Sie strafft sich und lächelt wieder so oberflächlich. „Das habe ich vor."

Er zieht die Augenbrauen hoch. „Dann leg mal los."

Sie trinkt einen Schluck und starrt einen Moment auf den Fußboden. Dann räuspert sie sich. „Ella sagt, du gehst in einen SM-Club, in dem alles anonym ist, weil du nur Sex ohne Verpflichtungen willst. Stimmt das?" Sie sieht ihn nicht an.

„Ja, das ist richtig", sagt er ruhig, „aber ..."

Sie hebt die Hand. „Ich will das auch."

Pascal ist selten überrascht, und wenn, sieht man es ihm nicht an. Dieser Moment ist einer der sehr wenigen in seinem Leben, in dem ihm im wahrsten Sinne des Wortes die Gesichtszüge entgleisen. „Du willst mit in den Club?"

„Nein! Nicht in deinen. In einen anderen. Wo findet man solche ... ähm ... Vereine und wie kommt man da rein?"

Er schüttelt unwillig den Kopf. „Kira, was soll das? Das willst du doch nicht wirklich."

„Ich will genau das, was du machst. Frei sein und anonyme Treffen ohne Verpflichtungen."

„Du bist durcheinander. Komm, setz dich zu mir."

„Nein! Ich bin nicht durcheinander. Im Gegenteil. Ich weiß endlich, was ich will! Das letzte Nacht, also, das war irre. Ich dachte immer, es reizt mich nur in der Fantasie und in der Realität wäre es ganz anders, aber das stimmt nicht. Es ist der Hammer! Ich will das, es ist das, was ich brauche, genauso wie meine Unabhängigkeit. Ich bin so wie du. Ich will diese Art Sex ohne Gefühlsduseleien. Ich will das genießen, ohne meine Freiheit aufzugeben."

Ohne Gefühlsduseleien? Pascal schluckt und starrt sie an, als wären ihr über Nacht Hörner gewachsen. So wie er? Ohne Gefühlsduseleien? Die spinnt doch! Kopfschüttelnd starrt er in ihr Gesicht. Sie meint das ernst. Kein Zweifel. Er räuspert sich.

„Hör mal, Kira, ich glaube nicht, dass ..." Er beugt sich vor, um sie anzufassen, aber sie springt auf, als ob er Gift an den Fingern hätte.

„Versuch nicht, mir das auszureden. Du kennst mich nicht. Ich will auch gar nichts von dir, nur einen Tipp, wie ich so einen Club finde, also nicht irgendeinen, sondern einen, dem man vertrauen kann."

Er lehnt sich wieder zurück und atmet langsam aus, um die Ruhe zu bewahren. „Okay, ich kann dich ja mal mitnehmen."

„Nein! In deinen Club will ich nicht. Da kennst du mich ja. Ich will es hundertprozentig anonym."

Verdammt! Das gefällt ihm nicht, nein, ganz und gar nicht. Die Vorstellung, irgendein Typ spielt mit seiner Haselnuss ... Fuck! Was hat sie gesagt? Wie du, ohne Gefühlsduseleien? Wie kann sie so was sagen? Nach dieser Nacht? Er ist doch kein Holzklotz! Jetzt bloß nicht laut werden. Wenn er schreit, wird sie erst recht auf stur schalten.

„Ich verstehe dich, aber das ist zu gefährlich", sagt er ruhig. „Du könntest an die falschen Typen geraten. Wenn du dich ausprobieren willst, ohne Verpflichtungen, ohne Gefühle, kannst du das auch mit mir. Wo ist das Problem?"

Sie verschränkt die Arme vor der Brust und zieht unzufrieden die Augenbrauen zusammen. „Das ist nicht anonym."

Langsam geht ihm die Geduld aus. „Warum muss es unbedingt anonym sein? Soll dir irgendein Scheißkerl, der dir total unsympathisch ist, den Arsch versohlen? Meinst du, das gefällt dir? In so einem Club laufen keine Traumprinzen rum. Da treffen sich total hässliche, langweilige Bürotypen und fette, nach Schweiß stinkende Loser, die ihren Hass auf Frauen abreagieren! Du hast ja keine Ahnung!"

Sie kichert. „Solche wie du, nicht? Und du fährst da hin, um die hässlichsten und dümmsten Frauen zu treffen. Alles klar."

Langsam wird er sauer. Richtig sauer. „Habe ich letzte Nacht irgendetwas gemacht, was dir unheimlich war? Rede mit mir, Kira."

„Nein, das hast du nicht. Im Gegenteil", antwortet sie leise und senkt kurz den Kopf, dann strafft sie sich auch schon wieder und sieht ihm fest ins Gesicht. „Das ist ja das Problem. Da sind … ähm …", sie zerquetscht fast ihren Kaffeebecher und muss den Blick erneut senken, „Gefühle für dich", stößt sie aus. Ihre Wangen zucken. „Und ich will keine Gefühle", motzt sie barsch und macht jetzt ein Gesicht, als wollte sie jeden Moment zur Bekräftigung trotzig mit dem Fuß aufstampfen.

„Okay." Er trinkt bedächtig einen Schluck Kaffee. Jetzt nicht brüllen. Bloß nicht brüllen. „Wir schließen alle Sentimentalitäten aus. Wir treffen uns genauso anonym wie in einem Club. Es ist sinnvoller, erst in einen Club zu gehen, wenn man seine Neigungen gut kennt und genau weiß, was für Spielarten einem gefallen. Also nutze meine Erfahrung, um dich auszuprobieren."

Sie runzelt die Stirn. „Es würde genauso ablaufen wie in einem Club?"

Er nickt. „Jap. Genauso. Wir verabreden uns per SMS, treffen uns in Tims Keller und am Morgen fährst du wieder nach Hause. Ich sorge dafür, dass dich niemand kommen und gehen sieht."

„Ich bleibe auf keinen Fall über Nacht. Wir treffen uns für so eine … ähm … eine …"

„Session", hilft er aus.

Sie nickt. „Wir treffen uns für eine Session, danach fahre ich wieder nach Hause."

„Direkt nach einer Session bist du zu erschöpft. Ich verbringe im Club auch die Nächte mit meinen jeweiligen Partnerinnen."

Sie wirft ihm einen argwöhnischen Seitenblick zu. „Stimmt das auch?"

„Ich schwöre!"

„Wir schlafen aber nicht in einem Bett."

Er verdreht die Augen. „Ich schlafe auf der Couch. Meine ist größer als deine. Das geht."

„Also gut. Wir verabreden uns per SMS, haben eine Session, ich ruhe mich bei dir aus und fahre, bevor es hell wird, also bis spätestens vier Uhr, weg. Und ansonsten kennen wir uns nicht."

„Ansonsten sind wir Freunde."

„Wir kennen uns nicht!"

„Kira! Das ist albern! Wenn wir uns begegnen, werde ich nicht durch dich hindurchgucken, als ob ich dich noch nie gesehen habe!"

„Aber nicht wie Freunde, Umarmung mit Wangenkuss und so ein Scheiß. Das will ich nicht."

„Was?" Entgeistert gafft er sie an.

„Wie Bekannte. Ohne Berührungen."

Er resigniert. „Okay. Wie Bekannte. Ohne Berührungen. Sonst noch was?"

Sie runzelt konzentriert die Stirn. „Mmh … Nein, ich glaube nicht."

Er stöhnt. „Na, was für ein Glück."

Sie hetzt zur Tür. „Ich muss jetzt arbeiten. Lass dir Zeit und bediene dich im Hotel am Frühstücksbüfett, bevor du fährst."

„Darf ich mit dir reden, wenn ich dich da treffe?"

Sie scheint die bissige Ironie in seiner Frage nicht herauszuhören. „Nein", antwortet sie fest. „Aber Ella ist heute Morgen da, die leistet dir bestimmt gern Gesellschaft."

Bevor er noch etwas sagen kann, hat sie das Appartement verlassen.

Pascal starrt auf die geschlossene Tür.

Hat er gerade nackt im Bett sitzend mit seiner im grauen Hosenanzug vor ihm stehenden Sub darüber gefeilscht, wann er sie anfassen darf?

Lieber Gott, mach, dass es nur ein Albtraum war!

Nachdem Kira die Tür ihres Appartements hinter sich zugeschlagen hat, läuft sie ein paar Schritte, als ob Pascal hinter ihr her wäre, zwingt sich dann aber zum zivilisierten Gehen und ruhigen Atmen. Bevor sie irgendjemandem gegenübertritt, muss sie unbedingt ihre Fassung wiederfinden. In was hat sie sich da bloß gerade verwickeln lassen? Sie wollte doch von ihm loskommen! Und nun lässt sie ihn noch näher an sich ran? Es ist, als hätte er sie mit unsichtbaren Ketten an sich gefesselt. Alles in ihr sehnt sich nach Nähe zu diesem Kerl, und seit letzter Nacht möchte sie von ihm entführt und irgendwo gefangen gehalten werden, wo er für sie sorgt und mit ihr macht, wozu er gerade Lust verspürt. Diese Sehnsucht macht ihr Angst. Es ist, als hätte er in der Nacht eine Gefängnistür geöffnet und ihre geheimen Wünsche freigelassen, die sie nun wie eine Flut unausweichlich in den Abgrund reißen.

Das Chaos in ihrem Kopf ist nur wegen dieser Art Sex entstanden. Und nur weil er der Erste ist, vor dem sie ihre Neigungen zugegeben hat, zieht es sie so sehr zu ihm. Da ist sie ganz sicher. Hätte sie mit anderen Männern gleiche Erfahrungen gemacht, hätte er nicht diese Macht über sie. So ein raffinierter Mistkerl! Er hat ihre Club-Pläne einfach niedergewalzt, ohne dass sie die Kraft hatte, der Verlockung, ihm nahe zu sein, zu widerstehen. Schon wieder hat sie sich manipulieren lassen.

Äußerlich hat sie sich in der Gewalt, als sie die Rezeption erreicht, aber ihr Herz klopft weiterhin so laut und aufdringlich, dass sie trotzdem noch Angst hat, ihre Angestellten könnten sie komisch ansehen. Aber das nützt ihr nichts. Als sie am Morgen so lange neben Pascal wach gelegen und nachgedacht hat, hat sie nicht nur beschlossen, ihre sexuellen Neigungen auszuleben, sie hat sich ebenfalls vorgenommen, im Hotel einige Änderungen durchzusetzen. Sie will das durchziehen, bevor sie der Mut verlässt und sie doch noch einen Rückzieher macht. An der Rezeption weist sie die junge Frau Hartmann an, alle Mitarbeiter, die gerade abkömmlich sind, für eine kurze Besprechung in einen der Konferenzräume zu rufen.

Mit feuchten Händen und zitternden Knien macht sie sich selber auf den Weg, stellt sich vorn ans Fenster und wartet, bis alle da sind und sie erwartungsvoll ansehen.

Sie räuspert sich. „Liebe Mitarbeiter, mein Bruder wird für eine Weile nicht im Hotel arbeiten. Ich muss in dieser Zeit allein die Verantwortung übernehmen. Wie einige bereits wissen, war ich bis zum plötzlichen Tod meines Vaters selber nur eine normale Angestellte in einem Hotel in Berlin und habe in Bezug auf das Management eines solch großen Betriebes nur sehr wenig Erfahrung. Und um ehrlich zu sein, gefällt es mir auch nicht besonders, andere herumzudirigieren." Aus den Augenwinkeln sieht sie, dass sich die Tür öffnet, ein Mann eintritt und sich neben den Eingang an die Wand lehnt. „Ich bin darauf angewiesen …" Sie stutzt. Das ist Pascal! Was zum Teufel hat er hier zu suchen? Ihr Kopf ist wie leer gefegt. Fassungslos starrt sie in seine Augen, bis einige Angestellte misstrauisch werden. Die einsetzende allgemeine Unruhe holt sie in die Realität zurück. Sie räuspert sich und nimmt alle Kraft zusammen, um den Blick von ihm zu lösen. „Ich bin darauf angewiesen, dass Sie alle mich unterstützen, dass wir alle mehr zu einem Team werden." Allgemeines Gemurmel setzt ein und sie hebt die Hand, um sich erneut Gehör zu verschaffen. „Ich möchte, dass wir alle hier im Hotel zum netteren *Du* übergehen und in Zukunft vielleicht etwas freundschaftlicher miteinander verkehren. Ich hoffe, ihr seid damit einverstanden." Zustimmendes Nicken gibt ihr Mut, weiterzureden. „Damit es sich für alle lohnt, möchte ich ein System der Gewinnbeteiligung und Mitbestimmung für die Mitarbeiter einführen. Dazu kann ich aber erst Näheres erläutern, wenn ich mich selber informiert habe, wie so etwas funktioniert."

„Was ist mit Ihrem Bruder?", fragt jemand aus der Menge.

„Mit deinem Bruder", korrigiert sie freundlich. Sie zwinkert. „Wer sich verspricht, muss einen ausgeben."

Alle lachen.

„Mein Bruder ist krank und fällt eine Weile aus."

Es werden noch einige Fragen geklärt, dann schließt sie die provisorische Zusammenkunft und die Mitarbeiter verlassen in kleinen Gruppen den Raum.

Kira beobachtet, dass Pascal Ella am Arm fasst und zurückhält. Augenblicklich ist sie stocksauer. Sie haben abgemacht, dass er sich nicht in ihr Leben einmischt. Was, verdammt noch mal, hat er hier zu suchen?

Als alle anderen den Raum verlassen haben, schließt er die Tür, drängt Ella mit dem Rücken gegen die Wand und stützt sich mit einer Hand lässig neben ihrem Kopf ab, während die andere ihr Kinn hält. „Liebe Ella, als ich dich bat, mit Kira zu reden, was meinte ich wohl, worüber ihr reden sollt?"

Kira fühlt Wut in sich aufsteigen. Was bildet er sich ein, Ella so zu behandeln? Dominantes Gehabe im Schlafzimmer, schön und gut, aber öffentlich mit der Partnerin seines Freundes so umzugehen, das ist ja wohl die Höhe.

Ella drückt mit den Händen gegen seinen Brustkorb, was ihn allerdings nicht im Geringsten beeindruckt. Kira will ihr empört zu Hilfe eilen, da verzieht Ellas Mund sich zu einem frechen Grinsen. „Ich habe ihr alle Fragen beantwortet, die sie gestellt hat, ganz wie der allmächtige Herr Monstermacho es befohlen hat."

„Du kleine Mistkröte solltest von dir erzählen, nicht von mir!"

Ella kichert. „Sie hatte aber mehr Fragen über dich, Engelchen."

Er nähert sich ihrem Gesicht und flüstert ihr etwas ins Ohr, woraufhin Ellas Wangen umgehend zu glühen beginnen. „Ratte", zischt sie mit Inbrunst.

Er grinst und lässt sie los. „Hau ab, bevor ich meine gute Erziehung vergesse", brummt er laut und öffnet die Tür für sie.

Ella streckt ihm frech die Zunge raus und rennt an ihm vorbei, bevor er ihr einen Klaps auf den Po geben kann, für den seine Hand gerade Schwung holt.

Pascal schließt in aller Ruhe die Tür, dreht sich um und schenkt Kira einen durchdringenden Blick. Sie sieht rot. „Mach sofort auf und verschwinde. Wir haben vereinbart, dass …"

„Still! Hör auf zu keifen. Wir sind allein, es wird also deinem guten Ruf nicht schaden, wenn wir wie zivilisierte Menschen ein paar Worte miteinander reden", motzt er sie an.

„Darum geht es nicht! Du bist …"

Ehe sie sich versieht, liegt eine schwere Hand in ihrem Nacken, die andere auf ihrem Mund. Er starrt sie an, als ob er darüber nachdenkt, auf welche Art er sie umbringen wird. Ihre Hände krampfen sich um seinen Unterarm, ihre Knie werden weich wie Watte. Als hätte er einen siebten Sinn, der ihm sagt, wann er es geschafft hat, sie aus dem Konzept zu bringen, gibt er ihren Mund frei. „Geht's jetzt?"

Sie keucht und will gleich wieder loskeifen, doch seine Mimik und seine Augen sorgen dafür, dass ihr die Worte im Hals steckenbleiben. Sie presst die Lippen zusammen und schluckt.

„Wann hast du das mit deinem Bruder besprochen?", fragt er ruhig.

„Gar nicht. Entweder er akzeptiert es oder ich bin weg", brummt sie genervt.

Er lächelt. „Sehr gut. Ich mag starke Frauen."

Sie verdreht die Augen. Pascal zwinkert und streichelt liebevoll über ihre Wange. Verdammt. So geht das nicht. Ihr Blick verschwimmt. Tränen! Auch das noch. Was macht er denn bloß mit ihr? Verzweifelt schüttelt sie den Kopf. „Bitte, Pascal, halte dich an unsere Abmachung, sonst … sonst kann ich das nicht", fleht sie leise.

„Du kannst viel mehr, als du denkst, Haselnuss. Versprich mir, dass du dich meldest, sollte dein Bruder doch noch Schwierigkeiten machen."

„Das geht dich jetzt nichts mehr …"

„Versprich es!"

Sie stöhnt. „Ja. Ich verspreche es."

„Gut. Und dann ist da noch was." Er schmunzelt. „Wenn man in einen Club eintritt, gibt man detailliert an, was man mag und was man nicht mag und was man vielleicht gar nicht ertragen kann. So etwas brauche ich von dir, bevor du dich mir anvertraust. Schreib also eine Liste und dann setzen wir uns zusammen und reden darüber."

Sprachlos starrt sie ihn an.

Er wendet sich zur Tür und legt die Hand auf die Klinke. Doch bevor er sie endlich von seiner Gegenwart erlöst, dreht er sich noch mal um. „Kira, solltest du es wagen, einen Rückzieher zu machen, komme ich her und schleppe dich wie einen Mehlsack über meinen Schultern quer durch das Hotel zu unserer ersten Session."

Er küsst sie hauchzart auf die geschlossenen Lippen. „Melde dich, wenn du deine Liste fertig hast, kleine Haselnuss."

„Und wie läuft es mit deinen Kursen?"

Tim lehnt sich entspannt im Gartenstuhl zurück, nachdem er für Pascal und sich Bierflaschen geöffnet hat. Sie prosten sich zu und trinken.

„Bestens", antwortet Pascal, „ich sollte eine richtige Schule gründen. Es kommen neben den Firmen, die mir ihre Mitarbeiter zur Fortbildung schicken, auch immer mehr private Interessenten, die zufällig von mir gehört haben."

Tim nickt. „Mach das. Es lohnt sich bestimmt, und mit Finn hast du doch einen fähigen Trainer, der dir einiges an Grundlagenarbeit abnimmt."

Pascal winkt schmunzelnd ab. „Ja, wenn er nicht gerade nach Ellas Anleitungen Hausmeister spielt."

Tim lacht. „Ich weiß, meine kleine Fledermaus kann gut Arbeit verteilen, und Finn ist treuherzig genug, sie zu lassen. Woher kennst du ihn eigentlich?"

„Aus dem Rosenclub." Er zwinkert. „Wir haben die gleichen Vorlieben."

Tim zieht die Augenbrauen hoch. „Ach, er steht auch auf aufmüpfige Frauen und glühende Ärsche?"

Pascal wiegt nachdenklich den Kopf hin und her. „Ja, sieht so aus. Wir reden aber nicht darüber."

Die Wohnungstür klappert.

„Bin da!" Ellas Stimme klingt wie immer fröhlich und frech.

„Wir sind auf der Terrasse", ruft Tim. „Feierabendbier. Komm her, ich hab dir schon eins mit hingestellt."

„Gute Idee. Wer ist wir?", fragt sie beim Näherkommen und gibt sich auch gleich selbst die Antwort. „Ach, Pascal, das trifft sich gut. Ich habe ein Paket für dich."

Sie lässt mit einem Seufzer der Erleichterung einen anscheinend schweren Pappkarton neben ihm auf den Boden plumpsen, beugt sich vor, um Tim zu küssen, und setzt sich auf den freien Gartenstuhl zwischen den Männern.

„Für mich?" Pascal runzelt die Stirn. „Was ist das?"

Sie zuckt mit den Schultern und grinst. „Es ist von Kira, und ich musste ihr versprechen, nicht reinzusehen."

Er schmunzelt. „So, musstest du, und du hast dich natürlich auch daran gehalten."

Sie zwinkert und ihr Grinsen reicht jetzt von einem Ohr zum anderen. „Natürlich."

Pascal wendet sich Tim zu. „Deine kleine Freundin wird immer frecher. Sie erlaubt sich neuerdings so einiges, was auf eine sehr mangelhafte Erziehung hindeutet."

Tim steht auf, tritt hinter Ellas Stuhl und legt ihr die Hände auf die Schultern. „Ja, Fledermaus, ich hab schon gehört, du konntest den Mund über Pascals Privatleben nicht halten, und nun kommt noch eine Indiskretion gegenüber deiner Chefin dazu? Ts, ts, ts, ich befürchte, dein Arsch wird ziemlich leiden, wenn die Quittung dafür fällig ist."

Pascal grinst. Ellas Gesicht leuchtet umgehend knallrot auf. Was für ein erhebender Anblick. Unsicher lugt sie zu ihrem Freund herauf.

„Ihr habt schon Bier getrunken", stellt sie trotzig fest, als hätte sie Angst, die Männer könnten vergessen, dass der Verzicht auf Alkohol vor einer Session ungeschriebenes Gesetz zwischen ihnen ist.

Tim lacht. „Keine Bange, Fledermaus. Vorfreude ist die schönste Freude, und diese Session wird so schlimm für dich, dass ich sie dir nicht zumute, wenn du am nächsten Tag um sechs Uhr arbeiten musst." Ellas Blick kehrt sich deutlich nach innen. Pascal grinst. „Jetzt überfliegt sie im Geiste ihren Dienstplan."

Tim senkt den Kopf und setzt eine verschwörerische Miene auf. „Das nützt dir nichts. Erstens hat Pascal Beziehungen zu deiner Chefin und kann dafür sorgen, dass Pläne geändert werden, zweitens warten wir natürlich, bis auch er Zeit hat, um zuzusehen. Schließlich war er der Leidtragende deiner Redseligkeit. Du solltest einfach in der nächsten Zeit davon ausgehen, dass es jederzeit so weit sein kann."

Er tätschelt ihr die Wange, setzt sich wieder und Pascal sieht, dass Ella die Oberschenkel zusammenpresst. Jede Wette, dass sie gerade feucht geworden ist. Sie setzt sich demonstrativ aufrechter und rümpft die Nase.

„Okay, ihr Sadistenpack. Habt euren Spaß. Aber jetzt ...", sie grinst wieder frech und legt die Handflächen wie zum Gebet gegeneinander, „bitte, Pascal, mach das Paket auf. Bitte, bitte."

Misstrauisch forscht er in ihrer Miene, dann schlägt er vorsichtig eine Klappe des Kartons auf und lugt hinein. Darin liegen Bücher. Taschenbücher. Das kann doch nicht … Er reißt den Karton ganz auf und verschiebt einige Buchrücken. Tatsächlich. Mindestens zehn BDSM-Kitschromane, und er weiß auch sofort, wo er die schon mal gesehen hat.

„Was zum Henker …", er greift rein und holt drei Bücher raus, „… soll das?"

Jede Menge kleiner, gelber Haftnotizen kleben zwischen den Seiten.

Ella kichert. „Da liegt auch ein Briefchen drin."

Pascal wirft ihr einen tödlichen Blick zu, doch sie lässt sich nicht einschüchtern. Mit einer gezielten Handbewegung zieht sie einen weißen, gefalteten Zettel aus dem Karton und wedelt damit vor seiner Nase herum. Mit einem schnellen Griff hat er ihn ihr abgenommen und faltet ihn auf. Umrahmt von zahlreichen Smileys und gezeichneten Herzchen enthält er einen kurzen handgeschriebenen Text.

*Mein Herr und Gebieter (hihi),*
*statt einer Liste habe ich dir ein paar Stellen in meinen Romanen markiert, die mich besonders angezogen haben. Falls das eine oder andere doch zu viel für mich sein sollte, sage ich dir einfach Bescheid, wenn du aufhören sollst, okay? Huch, ich hab schon richtig Angst vor dem großen Dominus! Ich könnte übrigens nächsten Dienstag oder Donnerstag gegen zwanzig Uhr. Ganz viele Küsschen vom Haselnüsschen.*

Fassungslos begafft Pascal den Zettel, bis Tim ihn ihm ungeduldig aus der Hand reißt und selber liest.

Dann entgleisen ihm die Gesichtszüge. Er legt den Kopf in den Nacken und beginnt gemeinsam mit

Ella so ausgiebig haltlos zu grölen, bis ihnen die Tränen aus den Augen kullern.

Pascal findet das überhaupt nicht lustig. Er trinkt einen großen Schluck Bier. Nein, ganz sicher ist das kein guter Witz. Noch ein Schluck Bier.

Kopfschüttelnd betrachtet er den Bücherkarton. „Die Frau treibt mich in den Wahnsinn. Ganz sicher. Die wird mein Untergang."

Ella keucht. Außer Atem wischt sie sich mit dem Handballen die Tränen von den Wangen und hält sich den Bauch. „Darf ich die Bücher lesen, nachdem du deine ..." Sie prustet schon wieder los und braucht Minuten, um sich erneut zu fassen. „... nachdem du deine Arbeitsanweisungen auswendig gelernt hast?"

„Du darfst meine Handschrift auf deinem Arsch lesen, wenn du nicht sofort mit der Gackerei aufhörst", knurrt er und setzt an, um den restlichen Inhalt der Bierflasche in einem Zug zu leeren.

# Kapitel 7

Kira ist ein nervliches Wrack.

Die Verabredung abzusagen traute sie sich nach seiner Mehlsackdrohung nicht, also hatte sie diese Idee mit den Büchern. Sie war ganz sicher gewesen, wenn er so ein Paket und einen dermaßen bescheuerten Brief dazu bekommt, wird er sich augenrollend von ihr abwenden und sie hat ihre Ruhe.

Pustekuchen. Er hat ihr eine höfliche SMS geschrieben, dass der Dienstag bei ihm auch ganz ausgezeichnet passe, er sie gegen acht als seinen Gast erwarte und sich sehr darauf freue, sie wiederzusehen.

Das ist nun mehrere Tage her und sie hat seitdem keine Nacht mehr durchgeschlafen. Heute ist Dienstag. Sie zittert seit dem Morgen und hat schon zwei Tassen und ein Milchkännchen fallen gelassen. Nun steht sie frisch geduscht vor dem Kleiderschrank. Was zum Teufel zieht man zu einer SM-Session an, wenn man weder High Heels noch enge Miniröcke, geschweige denn Lederklamotten besitzt? Nicht mal Reizwäsche hat sie. Sie hätte einkaufen gehen müssen. Am besten sollte sie ihn anrufen und sagen, dass sie krank ist. Mist. Das funktioniert nicht. Er müsste ja nur Ella fragen. Die hat sie heute putzmunter im Hotel rumlaufen sehen.

Sie schmeißt sich mit einem Pferdegewieher-ähnlichen Gejammer auf ihr Bett und boxt verzweifelt das Kopfkissen. Gleich halb acht, sie muss sich jetzt entscheiden.

Sie atmet tief durch. Nicht unterkriegen lassen. Sie wird das jetzt durchziehen, denn es wird sowieso das erste und letzte Mal sein, dass sie so etwas macht. Pascal wird sie sowieso auslachen, egal was sie anzieht, weil sie sich sowieso völlig dämlich anstellen wird.

Entschlossen springt sie auf, wirft sich das erstbeste schlichte T-Shirt über, steigt in ein weißes Baumwollhöschen und zieht mit grimmigen, schnellen Bewegungen eine weite Jeans darüber hoch. Flache Sandalen und die Haare als einfacher Zopf am Hinterkopf vervollkommnen das Bild der lächerlichen, naiven, dummen, weltfremden … ach … irgendwas. Ohne noch weiter nachzudenken, verlässt sie das Appartement und springt ins Auto.

Nachdem sie vor dem Haus geparkt hat, traut sie sich nicht auszusteigen. Bei ihrem Glück wird ihr bestimmt Ella über den Weg laufen. Wie peinlich!

Die Haustür geht auf. Pascal kommt heraus, bleibt mit vor der Brust verschränkten Armen ans Treppengeländer gelehnt stehen und sieht zu ihr hinüber. Er ist ganz in Schwarz gekleidet. Unter seinen halb aufgekrempelten Hemdsärmeln wirken seine Arme noch muskulöser als sonst. Was für eine Katastrophe. Sie passt zu ihm wie eine Klavierschülerin zu einem Mafiaboss. Er wird sie nach Belieben fertigmachen und auslachen. Wenn die Nacht doch bloß schon vorbei wäre.

Sie steigt aus, schließt mit fahrigen Händen das Auto ab und läuft mit weichen Knien zu ihm hinüber. Er rührt sich nicht, bis sie vor ihm steht. Oh Gott! Dieser Blick! Pures Eis.

Sie räuspert sich. „Guten Abend."

Er schmunzelt. „Guten Abend, Kira. Ich dachte schon, du wolltest doch im letzten Moment noch kneifen."

Der Spott in seiner Stimme macht sie wütend. Plötzlich ärgert es sie maßlos, dass er so mit ihren Gefühlen spielen kann. Verdammt! Warum lässt sie sich das gefallen? Nein! Sie wird es sich nicht gefallen lassen. Der blöde arrogante Sack wird nicht viel Spaß mit ihr haben. Trotzig hebt sie das Gesicht und begegnet mutig seinem Blick. „Ich pflege meine Verabredungen einzuhalten."

„Wie schön." Er deutet mit der Hand in Richtung Tür. „Bitte. Nach dir."

Stolz marschiert sie an ihm vorbei auf die Treppe nach oben zu. Pascal räuspert sich. Sie stutzt und dreht sich um. Er steht immer noch an der Tür und zeigt mit dem Zeigefinger demonstrativ nach unten. „Hier geht's lang."

Kira beißt die Zähne zusammen und läuft an ihm vorbei auf die Treppe zu, die in den Keller führt. Ihre Hand krallt sich am Geländer fest. Er darf auf keinen Fall sehen, wie unsicher sie ist.

„Gleich die zweite Tür links. Geh einfach rein", sagt er hinter ihr.

Sie reißt die Tür auf, marschiert mutig vor und bleibt dann doch stocksteif stehen. Der Raum scheint sehr groß zu sein, genau weiß sie es nicht, weil rechts und links alles in Dunkelheit versinkt. Nur vor ihr ist es hell. Sehr hell. Ein hölzernes An-dreaskreuz und eine quadratische mit einer Art Gummimatte ausgelegte Fläche wird von Scheinwer-fern angestrahlt, als ob es eine Bühne wäre, auf der Schauspieler ein Theaterstück aufführen werden. Ketten mit gepolsterten Manschetten hängen in

Kopfhöhe von der Decke und auf dem Boden liegt eine Peitsche. Es ist eine lange, angsterregende, lederne Peitsche, die an eine todbringende Schlange erinnert. Aus versteckten Lautsprechern erklingt leise Geigenmusik, was die Atmosphäre noch bedrohlicher erscheinen lässt.

Hinter ihr klappt die Tür zu. Sie zuckt zusammen und macht einen unkoordinierten halb gedrehten Schritt zur Seite und starrt ihm ins Gesicht. Er versperrt ihr den Fluchtweg. „Was ist, Haselnuss, Angst?"

„Natürlich nicht", presst sie hervor.

Er lächelt. „Wie schön. Dann brauchen wir ja nicht mehr viel zu reden und können gleich beginnen."

In ihrem Kopf rasen die Gedanken. Müsste er ihr nicht ein Safeword geben? So war das doch in den Büchern. Sie traut sich aber nicht, ihn zu fragen, nickt stattdessen zögernd.

„Geh da vorn hin. Stell dich ins Licht, dahin, wo die Kette hängt, mit dem Rücken zum Kreuz."

Seine Stimme klingt gelassen, als wäre es überhaupt keine Frage, dass sie ihm gehorcht. Okay. Nur keine Blöße geben. Mutig tritt sie vor. Als sie sich ihm unter den Scheinwerfern zudreht, blendet sie das Licht, sodass sie ihn nicht mehr sehen kann.

„Zieh das T-Shirt aus."

Ihre Hände ballen sich so fest zu Fäusten, dass sich ihre Fingernägel in ihre Handflächen bohren.

Stell dich nicht so an. Das gehört dazu und er hat schon alles von dir gesehen, sagt sie sich eindringlich im Geiste, reißt sich mit einem Ruck das T-Shirt über den Kopf, wirft es zur Seite und hebt trotzig das Kinn. Einen Moment ist es ganz still.

„Jetzt die Jeans und die Schuhe."

Sie streift die Hose runter, fällt fast beim Ausziehen der Sandalen, kann sich gerade noch fangen, dann ist auch diese Hürde überwunden. Wieder Stille. Kira presst die Lippen so fest zusammen, dass sie zittern. Pascal räuspert sich. „Okay, das entzückende Höschen darf ebenfalls dran glauben."

So ein Arsch! Sie möchte ihm die Augen auskratzen, aber stattdessen schleudert sie ihm den Slip entgegen, nachdem sie ihn sich vom Leib gezerrt hat.

Pascal steht im Schatten und betrachtet sie. Er weiß, dass sie ihn nicht sehen kann. Zu beobachten, wie sie mit eisernem Willen versucht, ihre Angst vor ihm zu verbergen, erregt ihn in höchstem Maße. So viel Disziplin hat er selten bei einem Menschen erlebt. Ihr Körper bebt unter hektischen, kurzen Atemzügen, und ihre Brustwarzen sind hart, vermutlich allerdings mehr aus Panik als aus Erregung. Sie hat einen schönen Körper mit einem flachen Bauch, ist aber nicht mager, sondern verfügt über ästhetisch perfekt proportionierte Rundungen auf attraktiven, langen Beinen.

„Ich frage dich noch einmal und erwarte eine ehrliche Antwort. Hast du Angst, Kira?"

Sie zuckt kurz zusammen, ihre Finger arbeiten. Einen Moment lang ist es totenstill. „Nein", presst sie hervor und ihre Augenbrauen ziehen sich zusammen. Sie versucht, trotz der blendenden Scheinwerfer in seine Richtung zu sehen.

Er starrt sie an. Sein Schwanz ist steinhart. Zu sehen, wie ihre Panik langsam wächst, ist reinster Zucker für seine sadistische Seele. Alle Muskeln ihres

Körpers sind angespannt und er erkennt hektische Schluckbewegungen an ihrer Kehle.

„Dreh dich um."

Sie gehorcht schweigend, schwankt kurz, fängt sich aber sofort wieder. Statt gegen blendende Scheinwerfer sieht sie jetzt auf das imposante Andreaskreuz und die lange Peitsche, die er hübsch dekorativ auf dem Boden davor platziert hat. Er schlendert zur Seite und schaltet die Spots aus, damit ihr Körper nur noch im Kegel eines Deckenstrahlers steht. Sie zuckt, sobald er sich bewegt, zwingt sich aber, nicht den Kopf zu drehen.

Mit einem plötzlichen kräftigen Fußtritt befördert er den Bücherkarton aus dem Schatten direkt vor ihre Füße. Sie schreit auf und springt erschrocken einen Schritt zurück.

Leise tritt er hinter sie, während sie noch den Karton anstarrt. Als sein Atem ihren Nacken trifft, bekommt sie eine Gänsehaut. Wieder ballt sie die Hände zu Fäusten, bewegt sich aber nicht. Er berührt ihre Schultern und sie zuckt zusammen, atmet keuchend ein. Mit den Fingerspitzen streicht er zart ihre Oberarme entlang nach unten. Sie zittert.

„So, du hast also keine Angst. Dann brauchen wir ja tatsächlich nicht zu reden, sondern können gleich losspielen. Anregungen hast du mir ja genug gegeben. Besonders Striemen verursachende Peitschen haben es dir ja laut deiner zahlreichen Post-its sehr angetan. Die mag ich übrigens auch. Die Peitschen", er macht eine wohldosierte Kunstpause, „nicht unbedingt die kleinen gelben Haftzettelchen."

Ihre Wangenmuskeln beben. Pascal legt seine Hand an ihren Hals und fühlt ihren rasenden Puls. Wieder macht sie einen keuchenden, viel zu kurzen

Atemzug. Er fasst um sie herum und umkreist mit den Fingern ihre Brüste. Unwillkürlich zuckt sie zurück und drückt sich mit dem Rücken gegen seinen Körper. Erschrocken beugt sie sich wieder vor. Sie keucht immer abgehackter und ihre Oberschenkel zittern. Treibt er das Spiel so weiter, wird sie eine Panikattacke erleiden. Andererseits muss sie aber etwas lernen, wenn sie nicht eines Tages bei irgendeinem anderen Scheißkerl in ihr Verderben rennen will.

Er tritt vor sie, bückt sich und greift nach der Peitsche. Ihre Augen werden riesengroß. Pascal macht einen Schritt zurück und lässt die lederne Schnur leicht durch die Luft schwingen. Das war's. Mit einem erstickten Schrei zieht sie die Arme vor den Körper, krümmt sich und fällt auf die Knie.

„Nein! Oh Gott, nein! Bitte nicht!", fleht sie hektisch, jetzt am ganzen Körper unkontrolliert wild zitternd.

Er legt die Peitsche in aller Ruhe zur Seite und verschränkt die Arme vor der Brust. „Sieh mich an."

Sie schreit leise auf und zieht schützend die Hände über den Kopf.

„Sieh mich an, Kira, ich tue dir nichts."

Zögernd hebt sie ihm das Gesicht entgegen. Sie weint jedoch nicht. Verdammt, ist diese Frau hart. „Verstehst du jetzt, warum es wichtig ist, sich vor einem solchen Spiel gut kennenzulernen und über Neigungen offen zu sprechen?"

„Ja", haucht sie.

„Was hast du falsch gemacht?"

Sie schluckt. „Ich war zu feige, mit dir offen zu reden. Es tut mir leid", flüstert sie erstickt und senkt wieder den Kopf.

„Was noch?", fragt er ungerührt.

„Ich habe gelogen, als du mich gefragt hast, ob ich Angst habe."

Das Zittern hört auf, aber immer noch hält sie die Hände schützend vor den Körper. Er hockt sich vor sie, legt Daumen und Zeigefinger an ihr Kinn und hebt es an, um ihr in die Augen zu sehen. „Möchtest du dich anziehen und gehen?", fragt er ruhig.

Sie starrt ihn regungslos an, dann atmet sie zitternd aus. „Nein."

Erst jetzt merkt er, dass er angespannt die Luft angehalten hat, während er auf ihre Antwort wartete.

„Dein Safeword ist Eiszeit. Du kannst mich damit jederzeit stoppen. Du wirst es nur benutzen, wenn es wirklich notwendig ist, aber du wirst auch nicht zögern, es zu benutzen, sollte es notwendig sein. Versprichst du mir das?"

„Ja. Das verspreche ich", wispert sie, ohne den Blick zu senken.

„Wie heißt dein Safeword?"

„Eiszeit."

„Hast du jetzt noch Angst vor mir?"

Sie schluckt. „Ja. Aber anders."

Er streicht sanft über ihre Wange. „Bist du erregt, Kira?"

Ihr Gesicht glüht, als hätte er mit seiner Frage auf einen Lichtschalter gedrückt und einen roten Scheinwerfer angeschaltet.

Sie schließt die Augen. „Mmh."

„Sieh mich an. Auf einer Skala von null bis fünf, wie sehr?"

Sie öffnet die Augen. „Fünf", haucht sie.

Er lächelt und ihre Mundwinkel zucken ebenfalls ganz kurz. Er umfasst ihre Oberarme und zieht sie mit sich hoch. Als sie vor ihm steht, legt er eine Hand in ihren Nacken und küsst weich ihre Lippen. Sie öffnet den Mund und seufzt sehnsüchtig. Pascal leckt kurz über ihre Unterlippe, dringt in ihren Mund ein und umkreist für einen Moment ihre Zunge. Schüchtern legen sich ihre Hände an seine Taille. Pascal beendet den Kuss und amüsiert sich über ihr unzufriedenes Brummen. Er zieht ihr Gesicht an sein Schlüsselbein und legt den Mund an ihr Ohr.

„Ich werde dich jetzt für deine Lüge und deine Feigheit bestrafen. Ich werde deine Hände fesseln und dich schlagen, jedoch nicht mit der Peitsche, ich werde nicht deine Haut verletzen, aber du wirst weinen."

Sie atmet schneller, drückt ihre Stirn noch fester gegen seinen Körper und ihre Hände verkrampfen sich in seinem Hemd. Sehr gut. Sie drängt sich an ihn, nicht von ihm weg.

„Ist es auf der Skala jetzt immer noch die Fünf, Haselnuss?", fragt er leise.

„Die Zehn", flüstert sie und stößt ein irres, hektisches Kichern aus.


Kira denkt nicht mehr. Sie will ihn, seinen Körper, seinen Geruch, seine Wärme, seine Kraft, seine zärtliche Stimme, die Unterwerfung und den Schmerz, den er ihr verspricht. Sie will alles, was sie kriegen kann.

Er führt sie ein Stück zur Seite. Im Dämmerlicht erkennt sie einen gepolsterten Hocker ähnlich einer Klavierbank, aber breiter und kürzer. Pascal greift zur Seite in ein Regal und breitet ein Laken über der Sitzfläche aus. „Leg deinen Oberkörper hier rüber."

Sie gehorcht und beugt sich nach vorn über das Möbelstück. Die Fläche ist genau so groß, dass nur der Körper aufliegt, Kopf, Beine und Hände aber herabhängen. Ihre Knie berühren nicht den Boden.

Pascal hockt sich erst rechts, dann links neben ihr hin und befestigt jeweils weiche, dick gepolsterte Manschetten an ihren Handgelenken.

Es ist still. Auch die Musik ist aus. Kira starrt wie hypnotisiert auf seine Hände. Seine Bewegungen sind ruhig und kontrolliert. Er macht das definitiv nicht zum ersten Mal, eine Erkenntnis, die sie auf seltsame Art beruhigt. Da ist wieder diese faszinierende Mischung aus widersprüchlichen Gefühlen, Angst vor dem Schmerz und gleichzeitig Vertrauen, die Gewissheit, sich bei ihm in Sicherheit zu befinden.

Jede Hand wird mit einem Karabinerhaken an einem Ring befestigt, der sich jeweils auf halber Höhe an den Beinen des Hockers befindet. Dann steht Pascal auf und bewegt sich um sie herum. Kira kann den Kopf nirgends ablegen, trägt ihn einen Moment lang mit Muskelkraft, um zu sehen, was Pascal macht, doch das ist zu anstrengend. Schließlich lässt sie ihn hängen und starrt auf den Fußboden. Das Licht über ihr wird heller. Dann stellt Pascal sich breitbeinig so dicht hinter sie, dass der raue Stoff seiner Hose die Rückseiten ihrer Oberschenkel berührt. Er bewegt sich nicht, und sie ist sicher, dass er ihren nackten Po betrachtet. Wahrscheinlich überlegt er, mit welchem fiesen Schlaginstrument er sie quälen wird. Ihr Herz trommelt so laut und schnell gegen den Brustkorb wie Hagelkörner bei einem Unwetter gegen das Fenster, gleichzeitig pulsiert es aufdringlich in ihrer längst geschwollenen Lustperle.

Die entwürdigende Position, in der sie sich befindet, scheint ihre Erregung noch zusätzlich anzupeitschen. Sie kann ein Stöhnen nicht unterdrücken. Ach, lächerlich! Sie will es gar nicht unterdrücken. Sie drückt sich schamlos mit dem Hintern gegen seine Beine, soweit die Fesseln das zulassen. Niemals hätte sie gedacht, dass eine solche Situation sie so sehr enthemmen könnte.

Pascal starrt auf die helle samtene Haut seiner Gespielin. Sie ist erregt, sie ist ganz bei ihm. Seit er sie gefesselt hat, benimmt sie sich nicht mehr wie die ängstliche, verschämte Anfängerin, sondern sie steht zu ihren Gefühlen. Sie hat alle Skrupel über Bord geworfen und zeigt ihm ihre Erregung. Sie vertraut ihm. Eine Erkenntnis, die unerwartet intensive Gefühle in ihm auslöst. Was ist das? Rührung? Vielleicht sogar Dankbarkeit? Jedenfalls fühlt es sich ganz anders an als sonst, wenn eine Frau auf seine Zuwendungen wartet. Es ist wie bei Trapezkünstlern hoch unter einer Zirkuskuppel. Sie springt mit Schwung kopfüber in einen Salto und vertraut darauf, dass ihr Partner sie sicher auffängt, mit dem Unterschied, dass Kira bei ihm darauf vertraut, obwohl sie noch nie die Erfahrung machen durfte. In ihm regt sich weit mehr als nur sexuelle Erregung.

Er hockt sich hin und streicht hauchzart mit einem Finger Kreise auf ihre prallen Pobacken. Sie hat das nicht erwartet, zuckt im ersten Moment überrascht, seufzt aber gleich darauf sehnsüchtig, als sein Finger gemächlich zwischen ihre Schenkel wandert. Sie spreizt die Beine, macht ein Hohlkreuz und versucht, ihm ihre intimste und jetzt glänzend feuchte Körperregion schamlos entgegenzustrecken. Er umkreist ihre Klitoris, streicht quälend langsam an ihren Schamlippen entlang, bis sie ungeduldig stöhnt. „Pascal, bitte."

Er lacht leise. „Meine kleine Haselnuss ist ja doch nicht so schüchtern, wie sie immer tut. Sie scheint mir definitiv ein ganzes Stück versauter und gieriger zu sein, als ich angenommen habe."

Als hätte er ihr einen Stromschlag verpasst, zuckt sie zusammen und drückt die Beine wieder gegeneinander. Ihr Körper verkrampft, nein, versteinert geradezu, kein Ton ist mehr von ihr zu hören.

Pascal tritt neben sie und hockt sich hin, sodass sein Gesicht ihrem ganz nah ist. Er legt eine Hand auf ihre Schulter. „Was ist los, Haselnuss, habe ich etwas Falsches gesagt?"

Sie rührt sich nicht, er hört nur ihr heftiges Atmen.

„Kira, wenn ich dir eine Frage stelle, erwarte ich eine Antwort."

Sie dreht ruckartig den Kopf zur anderen Seite und schweigt beharrlich.

Mit einer schnellen Bewegung packt er ihren Zopf. Ihr Kopf zuckt hoch und sie jault auf. Ihre Augen blitzen ihn voller Wut an. „Du mieser, gemeiner Hund", flüstert sie inbrünstig.

Er grinst. „Du weißt schon, dass das gerade nicht dein Safeword war?"

„Ich hasse dich", zischt sie und ruckt mit dem Kopf zur Seite.

Er lässt ihre Haare los. „Nein, Schätzchen, jetzt hasst du mich noch nicht. Aber gleich wirst du es, das verspreche ich dir."

Er tritt wieder hinter sie und knetet einen Moment lang ihre Pobacken. Dann beginnt er, sie zu schlagen. Seine flache Hand klatscht wohldosiert abwechselnd rechts und links auf ihren Po. Kira zieht zischend die Luft ein, versucht, es ohne Regung auszuhalten, aber allmählich intensiviert er die Stärke der Schläge und sie verliert immer mehr die Kontrolle. Erst zuckt sie vermehrt, wimmert und stöhnt. Als er auf die empfindlichen Übergangsbereiche zu ihren Oberschenkeln zielt, sprengt er die restlichen Schranken. Schreie und lautes Fluchen werden von Aufbäumen und Tränen mit verzweifeltem Schluchzen abgelöst, bis sie als aufgelöstes Häuflein Elend vor ihm liegt.

Seine Hand sucht sich ihren Weg zwischen ihre Beine und willig öffnet sie sich ihm, als wäre es ein Trost für sie, ihn dort zu fühlen. Sie schluchzt immer noch herzzerreißend, aber sie ist auch deutlich erregt, ihre Lustperle und ihre Schamlippen sind geschwollen und cremig feucht. Seine Finger gleiten ohne Widerstand in ihre Vagina. Kira seufzt, weint und stöhnt, drückt sich seiner Berührung verzweifelt entgegen.

Sein Schwanz duldet keinen Aufschub mehr. Beim nächsten Mal wird er sich mehr Zeit lassen, jetzt muss er sie spüren, jetzt will er sich sofort tief in ihr vergraben.

Mit zwei schnellen Griffen hat er die Karabiner an ihren Handgelenken geöffnet, zieht sie hoch, hebt sie in seine Arme und trägt sie zur Couch. Er legt sie flach auf den Rücken.

„Nicht bewegen", knurrt er, zieht sich Hose und Hemd aus und streift ein Kondom über. Weitere Anweisungen braucht sie nicht. Sie spreizt willig die Beine und legt die Arme um seinen Nacken, als er sich über sie beugt. Ihre Mitte ist so nass, dass er ungehindert in sie eindringen kann. Ihr warmes, weiches, geschwollenes Fleisch schmiegt sich eng um seinen Schwanz. Pascal stöhnt und zieht ihren Oberkörper näher an sich. Ihre Augen sind halb geschlossen, sie weint nicht mehr, aber ihr Gesicht wirkt entrückt. Sie denkt nicht, sie gehört ihm, ganz, wie es in einer guten Session sein muss. Auf ihren Wangen glitzern noch die letzten Tränen. Sanft küsst er sie fort, saugt an ihrer Unterlippe und sie öffnet den Mund.

Ihre Zungen treffen sich und umschlingen sich gierig. Ihre Brüste drücken sich heiß gegen seine Rippen. Er kippt das Becken und stößt tief in sie hinein, ohne den Kuss zu beenden. Kira wimmert und wölbt sich ihm entgegen.

Er zieht sich zurück, um gleich darauf wieder zuzustoßen. Er wird immer gieriger, will sie nur noch auf animalische Art besitzen und markieren. Er kniet sich hin, hebt ihre Beine auf seine Schultern, packt sie um die Taille und dringt noch tiefer in sie ein.

Sie schreit kurz auf. Heftige Zuckungen ihrer Muskeln kündigen ihren Orgasmus an, und er fühlt, wie es in ihr um seinen Schwanz herum enger wird, seine Hoden ziehen sich zusammen, sein Körper versteift sich, und er lässt laut stöhnend seinen Orgasmus zu, lässt sich im wahrsten Sinne des Wortes von ihren vaginalen Muskeln melken. Ihr heißer Atem trifft sein Gesicht, als er noch mehrmals heftig in ihr zuckt und bebt, bis ihre Muskeln ihn langsam loslassen und sein Schwanz weicher wird.

Sie lässt die Beine sinken, atmet keuchend, ihr Brustkorb bebt, und es dauert lange, bis sie ruhiger wird.

Auch er braucht eine Weile, um sich zu sammeln. Seine Arme zittern neben ihrem Kopf, und er muss sich konzentrieren, um nicht viel zu schwer auf sie hinabzusinken. Er schließt kurz die Augen und wartet, dass sein Kreislauf sich beruhigt, dann löst er sich von ihrem Körper.

Er kann sich nicht erinnern, jemals von einem so heftigen und unkontrollierten Orgasmus geschüttelt worden zu sein und dabei den der Frau so intensiv wahrgenommen zu haben. Ein ziemlich irres Erlebnis, das sie ihm da geschenkt hat, die kleine wilde Haselnuss.

Kira brummt unzufrieden, als er sich entfernt. Ihre Hände suchen nach ihm. „Nicht gehen."

„Keine Angst, bin sofort wieder da."

Er entsorgt schnell das Kondom und kommt mit Mineralwasser, Gläsern und einem großen Laken zurück.

Er setzt sich zu ihr, zieht sie fest in seinen Arm und deckt sie beide zu. Seufzend kuschelt sie sich an ihn. Mit einem Arm stützt er sie, mit dem anderen gießt er die Gläser voll und hält ihr eins an den Mund. Sobald ihre Lippen das Wasser berühren, greift sie zu und trinkt gierig alles aus.

„Danke", seufzt sie und lässt sich wieder gegen seinen Brustkorb fallen. Eine Weile liegen sie still beieinander. Irgendwann dreht sie sich in seinen Armen und starrt mit leerem Blick gegen die Zimmerdecke.

Pascal schüttelt sie sanft. „Alles in Ordnung mit dir?"

„Mein Hintern fühlt sich an, als hätte ich auf einer heißen Herdplatte gesessen, und ich habe mich benommen wie eine läufige Hündin, sonst geht's aber", antwortet sie ironisch trocken.

„Hey, Haselnuss. Es ist nichts passiert, wofür du dich schämen müsstest."

Ihr Körper versteift sich. „Doch, ich schäme mich. Ich bin genauso schwach und triebgesteuert wie meine Mutter. Einfach ekelhaft." Sie setzt sich ruckartig auf und legt das Gesicht in die Hände. „Ich will jetzt gehen."

Er zieht sie zurück. „Keine Chance, Kira. Wir haben eine Abmachung."

„Ich bin nicht erschöpft. Ich brauche mich nicht auszuruhen."

„Doch, das bist du." Er küsst sie auf die Stirn. „Wir gehen jetzt in meine Wohnung. Keine Diskussion, nützt dir sowieso nichts."

Er steht auf und zieht sich schnell an. „Leg die Arme um meinen Hals, ich trage dich, dann musst du nicht mit den nackten Füßen auf dem kalten Boden laufen."

„Ich brauche meine Sachen."

„Erst mal brauchst du ein warmes Bett. Deine Klamotten bringe ich dir nachher."

Sie ist zu erschöpft, um weiter zu protestieren, und lässt sich in die Wohnung tragen. Er legt sie in sein Bett und deckt sie sorgfältig zu. Sofort dreht sie ihm den Rücken zu und rollt sich ganz klein zusammen.

Nachdenklich betrachtet er sie. Es ist still. Sie bewegt sich nicht, und es gefällt ihm ganz und gar nicht, wie sie sich vor ihm verschließt. Aber wenn er ihr jetzt zu sehr seine Nähe aufzwingt, wird er sie vielleicht ganz verscheuchen.

„Was ist? Willst du da Wurzeln schlagen? Ich dachte, du wolltest meine Sachen holen?", fragt sie plötzlich laut und abfällig, ohne ihm den Kopf zuzudrehen.

„Okay, wie du willst." Genervt verlässt er den Raum und schließt leise die Tür hinter sich.

„Was?" Irritiert sieht Kira auf.

Vor ihr steht Hannes aus der Küche. „Ich fragte, ob wir heute noch Gulaschsuppe zum Einfrieren kochen sollen? Der Chef hat nichts gesagt, bevor er Feierabend gemacht hat."

„Welcher Chef?"

Hannes verdreht die Augen. „Jonas, der Koch."

Sie atmet tief durch. Natürlich, der Koch. „Tschuldigung, Hannes, ich war gerade mit den Gedanken woanders. Ja, wenn ihr Zeit habt, kocht Suppe, eingefroren hält sie sich ja lange genug, kann also nicht verkehrt sein."

Er trottet davon und sie wendet sich wieder dem Computer zu. Sie sitzt jetzt bereits seit einer Stunde hier in dem kleinen Rezeptionsbüro und kontrolliert die Reservierungen der nächsten Wochen, um zu entscheiden, ob sie weitere Marketingaktionen starten sollte. Aber sie kann sich nicht konzentrieren.

Seit sie sich am Morgen, früh um fünf, aus Pascals Wohnung geschlichen hat, ist sie schlecht gelaunt. Ihr Körper schmerzt vom Muskelkater. Bei jeder Bewegung wird sie an die Nacht erinnert, und sie schämt sich für das, was sie mit sich hat machen lassen, vor allem, weil sie es so genossen hat.

Sie hat es nicht nur ausgehalten, sie hat es gierig aufgesogen, alles – das Gefühl unterworfen und fixiert zu werden, den Schmerz und die Geilheit, die Hemmungslosigkeit und den Mann, der ihr das alles gegeben hat. Sie verzehrt sich jetzt schon nach mehr davon, wird jetzt schon wieder feucht, wenn sie nur daran denkt. Außerdem hält er sich nicht an ihre

Abmachung und das macht sie wahnsinnig wütend. Er hat angerufen, und weil sie nicht rangegangen ist, hat er zwei SMS geschickt. Sie hat sie nicht geöffnet. Jedes Mal, wenn sie nur seinen Namen las, brummelten die Schmetterlinge in ihrem Bauch. So ein Scheiß! Sie ist wirklich wie ihre Mutter. Es sind die Gene. Andere Frauen können ihre Triebe steuern, damit sie sie nicht beherrschen. Die Stimme ihrer Mutter ist wieder da. *Es ist wie eine Sucht. Hat man es einmal gefühlt, braucht man es immer wieder,* hört sie sie im Geiste sagen. Ihre Mutter war so und sie ist auch so. Jetzt ist es Pascal, zu dem es sie zieht, aber wenn der das Interesse an ihr verliert, wird es nicht mehr lange dauern, dann hängt sie abends betrunken in einer Bar herum und wartet darauf, von irgendeinem Typen benutzt zu werden.

Plötzlich klopft jemand an den Rahmen der offenen Bürotür. Sie sieht auf. Ella steht dort und nickt grinsend mit dem Kopf in Richtung Eingangstür. „Achtung, Engelchen-Alarm!", flüstert sie augenzwinkernd und ist gleich darauf auch schon wieder verschwunden.

Augenblicklich ist Kira stinksauer. Voller Hass springt sie auf und läuft hinter den Tresen. „Was willst du hier?"

Annika Hartmann, die Pascal gerade freundlich begrüßen will, zuckt zusammen und wirft ihr einen schockierten Blick zu. Pascal zieht amüsiert die Augenbrauen hoch. „Ähm … guten Tag?"

„Ich übernehme das hier", sagt Kira zu Annika, und die kleine Rezeptionistin rennt mit deutlich erleichtertem Gesichtsausdruck ans andere Ende des langen Tresens.

„Wir haben eine klare Abmachung. Was soll das?", zischt Kira ihn an.

Mit hartem Griff packt er ihr Handgelenk. Sein Gesichtsausdruck wechselt innerhalb von einer Sekunde von belustigt zu hochgradig angepisst. „Behandele mich nicht wie ein Arschloch, Kira, sonst könnte ich mich auch so benehmen."

Sie presst die Lippen fest aufeinander und starrt schweigend zu ihm auf.

Sie starrt ihn an, als ob sie ihn ermorden will, und er ist drauf und dran, sie sich über die Schulter zu werfen und in eine ruhige Ecke zu schleppen, um die Hitze auf ihrem Arsch aufzufrischen.

Plötzlich senkt sie den Kopf, lässt die Schultern sinken und wehrt sich nicht mehr gegen seinen Griff an ihrem Arm.

„Du hast recht. Ich benehme mich unmöglich", sagt sie trocken und gefasst.

Er lässt sie los und atmet tief durch. „Was ist mit dir? Warum hast du meine Nachrichten nicht beantwortet?"

Sie schüttelt den Kopf. „Es hat nichts mit dir zu tun."

„Natürlich hat es mit mir zu tun und wir müssen darüber reden."

Sie zieht gequält die Augenbrauen zusammen. „Da gibt es nichts zu reden. Es ist allein mein Problem."

„Kira, ich war der aktive Part in unserem Spiel, und wenn es dir danach nicht gut geht, fühle ich mich beschissen. Das ist nicht fair. Komm heute Abend zu mir und wir sprechen in Ruhe darüber. Okay?"

Sie sieht ihn zweifelnd an, nickt dann aber, zwar zögernd, aber einsichtig. „Ja. Okay, ich komme."

„Gut." Er drückt ermutigend ihre Hand, nickt Annika kurz zu und verschwindet.

# Kapitel 8

Nachdem Kira das Auto geparkt hat, läuft sie auf die Haustür zu. Diesmal steht er nicht da und wartet auf sie. Obwohl er es nicht angedroht hat, ist sie sicher, wenn sie jetzt kneift, wird er sich zurückziehen und sie nicht mehr wiedersehen wollen. Und das will sie nicht. Bei allen Zweifeln und allem Hass auf sich selbst, fühlt sie allein bei dem Gedanken, er könnte wieder aus ihrem Leben verschwinden, bereits eine so schneidend schmerzhafte Sehnsucht in der Brust, dass es kaum auszuhalten ist.

Zaghaft drückt sie auf den Klingelknopf. Es summt und sie betritt das Treppenhaus. Beim Blick auf die Stufen nach unten fühlt sie ein Kribbeln zwischen den Beinen, schüttelt unwillig den Kopf und steigt zielstrebig nach oben. Die Wohnungstür steht offen.

„Hallo?", fragt sie leise.

„Ich bin hier. Küche", ruft er lässig.

Sie schließt die Tür hinter sich, betritt das Wohnzimmer und entdeckt ihn im Küchenbereich. Er dreht ihr den Rücken zu und schnippelt Gemüse. Seine Haare sind noch nass, anscheinend hat er gerade erst geduscht. Er trägt ein enges weißes T-Shirt und ausgeblichene Jeans. Über der linken Schulter hängt ein Geschirrhandtuch. Unter dem dünnen T-Shirt-Stoff erkennt sie deutlich das Spiel seiner Rückenmuskeln. Ihr Blick rutscht zu seiner Taille. Seine Jeans wird von einem breiten Ledergürtel gehalten. In einer Szene in einem ihrer Romane zieht der Dom so einen Gürtel aus seiner Hose und schlägt damit seine Sub. Plötzlich wünscht sie sich nichts sehnlicher, als jetzt diesen Schmerz zu fühlen. Erschrocken über die Gedanken, aber irgendwie auch fasziniert, starrt sie das braune Leder an.

„Hey! Da bist du ja." Er guckt kurz über die Schulter in ihre Richtung und lächelt.

„Hallo."

Er sieht noch mal zurück, runzelt die Stirn, lässt dann das Messer fallen und wischt sich die Hände am Handtuch ab, während er auf sie zugeht. Seine Mundwinkel zucken. „Bist du verlegen?"

„Ähm … nein, warum?"

Er hat sie erreicht, nimmt ihr die Handtasche und den Autoschlüssel aus der Hand und legt beides beiseite. Er streichelt warm über ihre Oberarme, zieht sie an sich und küsst sie kurz und leicht auf die geschlossenen Lippen. „Weil du gerade rot wirst." Er zwinkert. „Verrate mir deine unanständigen Gedanken, Haselnüsschen."

Unwillkürlich muss sie kichern. „Und das aus dem Munde eines Engelchens."

Er verdreht die Augen. „Ella hat definitiv einen schlechten Einfluss auf dich."

Seine Nähe und das freundschaftliche Geplänkel lassen die Anspannung in ihr weichen. Ohne darüber nachzudenken, lehnt sie sich mit der Stirn und den Handflächen an seine Brust. Er umarmt sie fest, hält sie einen Moment und legt seine Wange an ihre Haare. Als sie sich voneinander lösen, nickt er lächelnd. „So gefällst du mir deutlich besser als heute Vormittag."

Sie zuckt mit den Schultern. „Ich weiß. Es tut mir leid."

Er dreht sich wieder der Küchenarbeitsplatte zu. „Ich habe einen Auflauf gemacht. Kann gleich in den Ofen. Willst du uns ein Glas Wein einschenken?"

Sie lächelt zaghaft. „Ja. Gerne."

„Sieh mal in den Kühlschrank. Da stehen mehrere Flaschen. Mach einfach auf, was dir schmeckt. Gläser findest du da vorn im Schrank, obere Tür."

Sie verbringen eine angenehme, entspannte Stunde miteinander. Pascal erzählt Anekdoten aus seiner Zeit als Bodyguard für Prominente, und Kira berichtet, wie sich das Verhältnis zu ihren Angestellten verbessert, seit sie ihre kleine Rede gehalten hat. Sie essen, scherzen und sie fühlt sich immer wohler, was sicher auch an den zwei Gläsern Wein liegt, die sie inzwischen getrunken hat.

Schließlich räumen sie gemeinsam das Porzellan in den Geschirrspüler. Dann stellt er den Wein und die Gläser auf den kleinen Tisch im Wohnzimmer und legt leicht die Hand zwischen ihre Schulterblätter, um sie in Richtung Couch zu schieben. „Lass es uns gemütlich machen."

Ein Schauer läuft ihr über den Rücken. Beim Hinsetzen fällt ihr Blick wieder auf seinen Gürtel. Oh Gott!

Er lässt sich neben ihr auf einen Sessel fallen und grinst. „Warum wirst du rot, Kira? Dachtest du gerade an die Plüschhandschellen?"

„Nein." Sie kichert. „An deinen Gürtel." Erschrocken schlägt sie sich die Hand vor den Mund. Scheiße! Sie hätte keinen Wein trinken sollen.

Er grinst. „Das ist ein schöner Gürtel, nicht wahr? Und sehr vielseitig einsetzbar."

Sie vergräbt das Gesicht in den Händen. „Ich habe das grad nicht gesagt. Du hast das nicht gehört."

„Das habe ich sehr wohl gehört, und es freut mich außerordentlich, dass dieser Gürtel dich beeindruckt. Ich mag ihn auch sehr gerne."

„Ohhhhh … neiiiiin … Das ist soooo peinlich."

Er lacht. „Erzähl mir von deinem Bruder. Benimmt er sich?"

Sie zieht die Hände vom Gesicht und nickt, dankbar für den Themenwechsel. „Ja, wir haben uns ausgesprochen. Oli sagt, er ist erleichtert, dass es endlich rausgekommen ist." Sie seufzt und atmet tief aus. „Sein Hausarzt hat ihm einen Therapieplatz in einer Klinik vermittelt. Er fährt morgen und wird wohl eine Weile wegbleiben."

„Es freut mich, dass er vernünftig geworden ist und sich helfen lässt."

Sie nickt. „Ich bin auch froh." Nachdem sie einen Schluck Wein genommen hat, dreht sie das Glas versonnen zwischen den Fingern. „Für ihn war es die ganzen Jahre auch nicht leicht."

„Wie meinst du das?"

Sie zuckt mit den Schultern. „Na ja. Sein Vater ist fremdgegangen, als seine Mutter schwanger war. Wir leben in einer Kleinstadt. In der Schule wusste jeder, dass wir Halbgeschwister sind."

Er runzelt die Stirn. „Ich dachte, er selber hat dafür gesorgt, dass es bekannt wird."

Sie lächelt traurig. „Er hat dafür gesorgt, dass meine Mutter als die Schuldige galt."

„Erzähl mir von deiner Mutter."

„Das habe ich doch schon."

„Erzähl mir mehr."

Sie windet sich innerlich. „Da gibt es nicht mehr zu sagen."

Er lehnt sich zurück und rückt seine Hose zurecht. Unwillkürlich zuckt sie zusammen. Pascal wirft einen genervten Blick in Richtung Zimmerdecke, steht auf und öffnet den Gürtel. Kira läuft es heiß und kalt den Rücken hinunter. Er wird doch jetzt nicht … Wie hypnotisiert starrt sie ihn an, während er mit einem schnellen Ruck das bedrohliche Element aus den Schlaufen der Hose zieht. Er grinst.

„Keine Angst, Haselnuss. Ich werde deine Wünsche bezüglich dieses Schlaginstruments nicht vergessen. Aber du wirst noch darauf warten müssen. Für die Anwendung eines so edlen Leders kenne ich zum gegenwärtigen Zeitpunkt deine Schmerzgrenzen noch nicht gut genug. Ich lege ihn ab, weil du mir ein wenig zu sehr darauf fixiert zu sein scheinst." Er geht ein paar Schritte, öffnet die Schlafzimmertür und wirft den Gürtel achtlos aufs Bett.

Er setzt sich wieder und zwinkert. „So, jetzt kannst du dich besser auf unser Gespräch konzentrieren, nicht wahr?"

Sie starrt ihn immer noch an, fassungslos und stumm. Gibt es eine Steigerung von: vor Scham im Boden versinken wollen?

Kopfschüttelnd hockt er sich vor sie. „Du bist viel zu verkrampft. Wir machen es uns heute gemütlich und lernen uns besser kennen. Mehr nicht." Er zieht ihr die Schuhe aus und hebt ihre Beine auf die Couch. Mit prüfendem Blick mustert er sie, dann beugt er sich vor und löst mit bewundernswertem Fachwissen über die Technik von Haarspangen blitzschnell den Knoten an ihrem Hinterkopf. Zufrieden nickt er. „So ist es besser."

Er setzt sich neben sie, legt die Füße bequem auf den Sessel und zieht ihren Oberkörper hoch an seine Brust. „Jetzt erzähl mir von deiner Mutter."

Kira kommt sich vor wie ein kleines Kind. Das ist einfach lächerlich, so halb auf seinem Schoß zu liegen. Sie versteift sich und will ihn wegschieben, doch sein starker Arm hindert sie mit Leichtigkeit daran. „Hiergeblieben, oder brauchen wir die schönen kuscheligen Handschellen?"

„Nein!"

Er lacht und sie resigniert seufzend. Es hat ja doch keinen Sinn, sich gegen ihn zu wehren. Außerdem riecht er gut, und es fühlt sich verdammt angenehm an, an seiner starken Brust zu lehnen. Aber entspannen geht irgendwie doch nicht. Sie versucht, es durch Flapsigkeit zu überspielen. „Okay, du Quälgeist. Was willst du wissen?"

„Wie alt war deine Mutter, als sie mit dir schwanger wurde?"

„Zweiundzwanzig."

„Was hat sie gemacht, während sie dich großzog? Hatte sie einen Job?"

„Sie hatte wechselnde Jobs, im Supermarkt an der Kasse, als Serviererin, Putzfrau, alles Mögliche."

„Hatte sie keine Berufsausbildung?"

„Nein, sie hatte auch keinen Schulabschluss. Ihr einziger Ehrgeiz war es, abends in Diskotheken oder Kneipen Männer aufzureißen. Als ich klein war, habe ich mehr bei meiner Großmutter übernachtet als zu Hause."

„Warum war deine Mutter so?"

Gereizt schüttelt sie den Kopf. „Keine Ahnung!"

„Hast du sie nie gefragt?"

„Natürlich habe ich das. Sie hat geantwortet, sie sehne sich nach Liebe und hole sich eben, was sie kriegen kann."

„Und diese Antwort hat dir gereicht?"

Kira seufzt. „Sie meinte, wenn ich alt genug sei und nur einmal etwas mit einem Mann gehabt habe, nur einmal richtig verliebt sei, werde ich es genauso machen. Schließlich haben wir die gleichen Gene."

„Hast du deine Großmutter geliebt?"

Sie zuckt mit den Schultern. „Ich weiß nicht. Sie war ziemlich verbittert, weil ihr Mann früh gestorben ist, und hat immer gemeckert, wenn meine Mutter mich über Nacht bei ihr abgeliefert hat. Vor dem Einschlafen hat sie mir dann gepredigt, ich solle bloß aufpassen, wenn ich Jungs kennenlerne, damit es mir nicht wie meiner Mutter ergeht."

Kira versinkt in Erinnerungen und Pascal stört sie nicht dabei. Sie wundert sich. Sie hat noch nie so viel erzählt und es fühlt sich gar nicht richtig unangenehm an. Auch schmiegt ihr Körper sich jetzt ganz von selbst an seinen an. Es ist irgendwie … nett, sich wie ein Kind zu fühlen. In Gedanken versunken malt sie mit dem Zeigefinger kleine Kreise auf seinem T-Shirt. „Als ich sechzehn war, hatte ich das schlimmste Erlebnis mit meiner Mutter. Ich war mit Freundinnen aus der Schule in einen Tanzschuppen gegangen, der gerade in war. Wir haben sie dort getroffen. Sie war halb nackt, betrunken und hing einem Typen am Hals, der anscheinend viel jünger war als sie. Meine Freundinnen waren schockiert und ich bin rausgerannt und danach nie wieder mit Schulkameradinnen abends unterwegs gewesen." Sie seufzt. „Ich wollte nur noch weg und war sehr froh, als mein Vater mir den Ausbildungsplatz in Berlin besorgt hat."

Pascal hat Mitleid. Er kann sich gut vorstellen, wie sie sich als junges Mädchen gefühlt haben muss. „Du bist nicht wie deine Mutter", sagt er leise.

Genervt zuckt sie hoch, dreht ihm den Rücken zu. Er lässt sie und wartet geduldig.

„Am Anfang habe ich gedacht, ich muss nur stur genug sein, dann werden sie schon aufhören, mich mit meiner Mutter aufzuziehen. Doch wenn ich mich in der Schule geschminkt und etwas Fetziges angezogen habe, wurde gleich gelästert. Sie verglichen mich mit meiner Mutter oder fragten, ob ich mit ihr in die gleiche Kneipe gehe, und wenn ich mit einem Jungen getanzt habe, sagten die anderen ihm, er solle aufpassen, dass ich ihm kein Kind andrehe, das ginge schnell in unserer Familie. Ich habe mich dann immer mehr zurückgezogen." Sie atmet tief aus. „Jetzt bin ich froh darüber. Ich hatte gute Zensuren, weil ich abends aus Langeweile gelernt habe. Auf die Art habe ich einen guten Ausbildungsplatz bekommen und jetzt eine sichere Zukunft vor mir."

„Das würde sich nicht ändern, wenn du einen festen Freund hättest."

„Vielleicht erst nicht, aber wenn die Beziehung nicht hält, dann schon", sagt sie heftig. „Bei mir machen die Leute keinen Unterschied, ob ich einen festen Freund für eine Weile habe oder jeden Abend einen anderen Typen abschleppen würde. Im Hotel arbeiten mehrere Angestellte, die meinen Bruder und mich aus der Schulzeit kennen oder deren Familien damals in meiner Nachbarschaft wohnten und alles über das Leben meiner Mutter und mir mitbekommen haben. Weißt du, wie schnell die alten Sprüche und Gerüchte wieder aufleben würden? Kein Mensch hätte mehr Respekt vor mir." Sie lacht schrill auf. „Und dann auch noch so was wie mit dir! Ella scheint es ja nicht zu stören, wenn über sie geredet wird, aber ich könnte das nicht ertragen."

Er stutzt. „Was wird denn über Ella geredet?"

Sie winkt ab. „Irgendwann musste sie sich mal während der Arbeit umziehen, weil sie sich Kaffee über die Hose gegossen hatte, da sahen zwei Kolleginnen Striemen auf ihrem Hintern. Sie hat nur grinsend mit den Schultern gezuckt. Seitdem kriegt sie manchmal einen lockeren Spruch zu hören, was sie nicht stört. Sie lacht darüber. Bei mir wäre das aber anders. Ich bin die Chefin und habe eine Vergangenheit, auf die sich alle stürzen würden, wenn sie wüssten, dass ich nicht widerstehen kann und so was mich … mich …"

„Und dir das Spiel mit dem Lustschmerz gefällt", beendet er ihren Satz. Er zieht sie wieder an seine Brust. „Ich verstehe deine Angst vor dem Gerede, aber hab keine Angst vor deinen Gefühlen. Nur weil du Sehnsüchte hast, bist du nicht wie deine Mutter. Jeder Mensch sehnt sich nach Nähe, Liebe und Sex. Und beim Sex sind die Menschen nun mal unterschiedlich gepolt. Das ist normal und macht niemanden zu einem schlechten Menschen."

Er legt seine Hand an ihren Hals und hebt ihr Kinn an, um ihr einen Kuss geben zu können. Ihr Gesicht drückt Unsicherheit aus.

„Jeder Mensch mag sich vielleicht danach sehnen, aber eine normale Frau kann Sehnsüchte kontrollieren und sich beherrschen. Meine Mutter konnte das nicht und ich bin ihre Tochter. Es ist wie mit einer

Droge. Manche Menschen können sie ausprobieren und wieder weglassen, andere werden abhängig, wenn sie den Rausch einmal kennengelernt haben. Du verstehst das sicher nicht, aber ich habe schreckliche Angst davor, dass das zwischen uns nicht geheim bleibt", gibt sie leise zu.

„Ich bin ganz sicher, dass du nicht wie deine Mutter bist. Ich glaube, du hast nur Angst davor, dass du so werden könntest, und diese Angst verstehe ich. Ich verspreche dir, niemand wird über uns reden. Nur Tim und Ella wissen Bescheid. Ich werde ihnen morgen noch mal ganz ausdrücklich erklären, wie wichtig dir Diskretion ist. Sie halten sich daran. Du kannst dich darauf verlassen. Es sind wirklich sehr gute Freunde. Ella lässt zwar gerne freche Sprüche raus, aber Fremden gegenüber macht sie das nicht. Du kannst ihr hundertprozentig vertrauen. Ellas Jugend war auch nicht einfach. Bevor sie mit Tim zusammengekommen ist, hatte sie große Probleme mit ihren Neigungen. Irgendwann wird sie dir sicher mal alles erzählen."

„Okay."

Zum ersten Mal kuschelt sie sich in seinem Arm wirklich entspannt an ihn, und er möchte die Zeit anhalten, damit der Moment nicht vergeht.

Als Pascal die Augen aufschlägt, ist er einen Moment lang verwirrt. Kira liegt mit dem Kopf auf seinem Schoß, schläft fest und zersägt Bäume, besser gesagt, ganze Wälder. Sie müssen gemeinsam auf der Couch eingenickt sein. Anscheinend hat ihr Schnarchen ihn geweckt. Schmunzelnd betrachtet er sie. Sie liegt da wie ein Kind, das niedliche Gesicht entspannt an seinen Bauch gepresst, die Hände vor die Brust gezogen, die Beine angewinkelt. Nicht zu fassen, er, der unbelehrbare Einzelgänger verliebt sich und erwischt ausgerechnet eine Frau, die im Schlaf Geräusche macht wie Ellas antiquarischer Aufsitzrasenmäher, wenn er nach der Winterpause das erste Mal anspringen soll. Verliebt? Hat er gerade tatsächlich verliebt gedacht? Fuck. Er seufzt und streicht Kira zärtlich ein paar Haare aus dem Gesicht. Ja. Lässt sich wohl nicht leugnen. Es hat ihn erwischt.

Vorsichtig hebt er ihren Oberkörper an und steht auf. Sie brummt unzufrieden. „Komm, Haselnuss, ab ins Bett, da liegst du bequemer.“

„Was?“, fragt sie schläfrig.

„Halt dich fest, kleiner Rasentraktor. Ich trag dich.“

Sie schlingt die Arme um seinen Nacken und lehnt den Kopf an seine Brust, als er sie hochhebt. „Wer? Was ist? Wie spät ist es? Muss ich nach Hause?“

„Es ist erst halb eins. Mach einfach die Augen wieder zu. Ich weck dich früh genug.“

Als er sie auf der Matratze ablegt und ihre Jeans aufknöpft, klappen ihre Lider ganz auf. „Was machst du?“

„Es schläft sich ausgezogen bequemer.“ Ohne ihre Zustimmung abzuwarten, zieht er ihr mit einem Ruck die Hose aus, beugt sich über sie und legt die Hände an ihre Taille. „Arme hoch.“

Sie gehorcht, wirft dabei einen Blick zur Seite, und ihre Augen bleiben auf dem Gürtel kleben, der immer noch neben ihr auf der Matratze liegt. Augenblicklich atmet sie schneller und ihr Bauch bebt unter seinen Fingern. Amüsiert schiebt er ihre Bluse hoch über ihren Kopf. Sie trägt einen dünnen, schlichten weißen Soft-BH. Die Brustwarzen drücken sich hart durch den Stoff. Sanft fährt er mit den Fingern darüber und umkreist sie, beobachtet dabei ihr Gesicht. Jetzt starrt sie ihn an, ihr Mund öffnet sich und ihre Zungenspitze leckt über die Unterlippe. Augenblicklich zuckt sein Schwanz. „Wo lernt ihr Frauen so was?"

„Was denn?", fragt sie heiser und versucht, ihre Arme aus den Blusenärmeln zu befreien.

„Das mit der Zunge. Bleib liegen, nicht bewegen."

Sie kichert leise. „Ich weiß nicht, wovon du sprichst. Ich kriege die Bluse nicht aus."

Er schiebt die Hände unter ihren Körper und öffnet geschickt den BH. Das Kichern wird zu einem breiten, frechen Grinsen. „Das mit den Verschlüssen hast du aber schon ausgiebig geübt, Engelchen."

„Darauf kannst du wetten, und auch darauf, dass jeder freche Spruch von dir in meinem Gedächtnis haften bleibt und mir wieder einfallen wird, wenn ich dich das erste Mal mit diesem Gürtel verwöhne. Und jetzt halt still, ich will dich wehrlos."

Ein Schaudern läuft durch ihren Körper. Pascal richtet sich kurz auf und benutzt den BH, um ihre Hände über ihrem Kopf an das Bettgestell zu fesseln.

Er steht auf und zieht sich schnell aus. Sein Schwanz springt fast aus der Hose, als er sie öffnet, und ihr Blick heftet sich darauf.

Ihre Brüste scheinen sich ihm entgegenzustrecken, als er sich wieder über sie beugt. Er legt die Hände jeweils um eine dieser wunderbaren, weichen Halbkugeln und knetet sie sanft. Seine Lippen fahren über ihren Mund, er knabbert an ihrer Unterlippe, leckt dann ihre Kehle entlang nach unten.

„Schläge mit dem Gürtel brennen übrigens höllisch", flüstert er, bevor er leicht in einen Nippel beißt. Sie reckt sich, windet sich unter ihm und stößt ein leises Wimmern aus.

„Dein Arsch wird fünf Tage lang brennen. Mindestens. Mach die Beine breit, Kira", redet er mit bebenden Lippen über ihrer Haut weiter. Wieder beißt er in einen Nippel und sie schreit leise auf.

„Die Beine breit, Kira", wiederholt er ungeduldig knurrend. Sie gehorcht umgehend und er rutscht mit seinen zwischen ihre. Jetzt kreist seine Zunge um ihren Bauchnabel herum. „Ich benutze gerne den Gürtel, ich kann den Tag kaum erwarten, an dem du dafür bereit bist", raunt er und sie wölbt ihm schamlos stöhnend ihr Becken entgegen. Er robbt etwas weiter runter, streicht mit den Händen über ihren Bauch und mit den Daumen durch die empfindlichen Linien entlang der Leisten. Ihre Muskeln zucken und sie brummt ungeduldig.

„Wirst du mir Bescheid sagen, wenn du bereit dafür bist?", fragt er vergnügt.

„Ich bin bereit", haucht sie und er lacht leise.

„Jetzt? Hast du keine Angst?"

„Ja. Nein. Doch."

„Nein, Süße, noch nicht, aber du bist sehr bereit für meinen Schwanz, wie ich sehe."

Er fährt mit den Fingern zwischen ihre Schamlippen und zieht sie weit auseinander. Sie ist feucht und ihre Klit geschwollen. Ihre Perle glänzt im warmen Licht der gedimmten Deckenlampe. Er beugt sich vor, legt die Lippen darüber und beginnt, an ihr zu saugen. Kira wimmert, zuckt hoch, kann ihm aber nicht entkommen, denn er hält sie an ihrer Taille fest und saugt weiter quälend hart an ihrer Klit, bis sie beginnt, um Gnade zu betteln.

„Ich werde mit dem Gürtel die Innenseiten deiner Beine und deine Mitte schlagen, Kira", verspricht er und pustet über ihre feuchten Labien. Sie schreit auf. Ihre Beine spreizen sich noch weiter, und ihr zuckender Bauch weist darauf hin, dass sie kurz vor einem Orgasmus stehen muss.

Er dringt mit zwei Fingern in ihre Vagina ein und beobachtet ihr Gesicht. Sie hat die Augen geschlossen, wirft den Kopf hin und her, während ihre Arme an den Fesseln zerren. „Willst du kommen, Kira?"

„Ja, bitte", stöhnt sie und er zieht kalt lächelnd seine Finger zurück. „Noch nicht", sagt er gleichmütig und amüsiert sich köstlich über ihr wütendes Fauchen. Heute wird er sich nicht zu einem schnellen Fick hinreißen lassen, heute will er alles an seinem süßen Mädchen genießen.

Er küsst sich die Innenseite ihres rechten Schenkels entlang nach unten bis zum Knie. „Sag, Liebling, möchtest du am Andreaskreuz stehen, wenn ich dich das erste Mal mit dem Gürtel schlage?"

„Ja."

Er küsst sich wieder hinauf. „Alternativ kann ich dich auch über einen Tisch legen."

„Ja. Bitte …", jammert sie.

Er widmet sich dem linken Schenkel. „Was denn? Du kannst doch nicht beides haben. Entweder Kreuz oder Tisch. Du musst dich schon entscheiden."

„Was?"

„Was möchtest du lieber?"

Sie jault gequält auf. „Wovon redest du? Ich will dich. Nur dich! Bitte! Fick mich, vögel mich!"

Er beugt sich über ihre Vulva, zieht mit den Fingern die Schamlippen auseinander und leckt erneut fest über ihre Klit. Sie schreit auf und zerrt an den Handfesseln. „Bitte!"

Er rückt weiter hoch, holt ein Kondom aus der Schublade des Nachtschränkchens und streift es sich über. Langsam umkreist er mit seiner Eichel die weiche Haut um ihre Pforte.

Sie wimmert. „Bitte, Pascal."

Mit großem Genuss überwindet er die Enge der kleinen Muskeln am Eingang ihrer Vagina, schiebt sich tief in sie hinein und hält inne. Sie stöhnt leise, versucht, das Becken zu bewegen, was jedoch kaum geht, weil seine Hüften schwer auf ihr liegen.

Er fühlt seinen Schwanz noch härter werden, lässt sich langsam auf ihren Oberkörper hinabsinken und stützt sich mit den Ellenbogen auf die Matratze, um nicht zu schwer für sie zu sein. Er küsst ihre Nasenspitze. „Das fühlt sich gut an, Haselnuss."

Sie stöhnt. „Mmh …"

Ihr Blick wandert über sein Gesicht, wirkt irgendwie verklärt. Sanft knabbert er an ihren Lippen. Sie öffnet erwartungsvoll den Mund, doch er lässt sich Zeit.

„Wo waren wir stehen geblieben?", raunt er. „Richtig, wir sprachen über das Andreaskreuz und den Gürtel. Ich werde dich so stramm fesseln, dass du keinem einzigen Schlag ausweichen kannst."

Sie stöhnt lauter, wölbt den Rücken, sodass sich ihre Brüste fester gegen seinen Oberkörper drücken. Sanft packt er mit beiden Händen in ihr Haar und zieht ihren Kopf in den Nacken, um die Zähne an ihre Kehle zu legen. Ihr Becken zuckt wieder und gleichzeitig auch die inneren Muskeln um seinen

Schwanz herum. Er möchte das Spiel noch länger spielen, aber ihre Bewegungen wirken zu aufreizend. Gemächlich zieht er sich aus ihr zurück, um erneut tief in sie einzudringen.

„Oh ... mmh ... ja ... mehr ...", flüstert sie und aus seiner Kehle löst sich ein raues Stöhnen. Seine Hände ziehen ihren Kopf noch stärker nach hinten, ihr Körper wölbt sich ihm noch mehr entgegen und sie keucht. Er stößt fest zu, animiert vom Blick auf ihren überstreckten Hals. Ja, sie gehört ihm, so muss es sein, seine Frau, seine Kira, seine Haselnuss. „Mein Mädchen", flüstert er.

„Ja,", wimmert sie und ein Orgasmus erfasst ihren Körper. Sie bebt, schreit seinen Namen, ihre inneren Muskeln kontrahieren, und er beginnt, sie hart zu ficken. Immer wieder versenkt er sich in ihr, umklammert ihre Taille, richtet sich auf, kann nicht genug bekommen von diesem Gefühl, sie auszufüllen, ihre Reaktionen zu fühlen und zu sehen, sie als seine geschmeidige, willige Frau in Besitz zu nehmen. Seine Hoden ziehen sich zusammen, sein Körper versteift sich.

„Jetzt, Süße", stöhnt er und sie dankt es ihm durch ein erneutes Aufbäumen genau in dem Moment, als sein Schwanz in ihr zu zucken beginnt, lange, fast schmerzhaft lange, bis er sich endlich allmählich beruhigt.

Atemlos hält er inne und stützt den Kopf auf ihrer Stirn ab. „Mmh ... Kira, das fühlt sich verdammt gut mit dir an."

Ihr keuchender Atem beruhigt sich und sie kichert leise. „Bist du etwa erschöpft, Engelchen?"

„Ja, du ausgewachsenes Teufelchen, du hast mich fertiggemacht", knurrt er und beißt in ihr Ohrläppchen, was sie aufjuchzen lässt.

Stöhnend wälzt er sich von ihr herunter, fällt auf den Rücken und zieht das Kondom ab.

Sie rutscht neben ihm unruhig hin und her.

„Was ist?"

„Meine Finger sind taub."

Umgehend richtet er sich auf, befreit sie von den Fesseln und massiert ihre Hände. „Mist, ich war sicher, es locker genug gelassen zu haben."

„Es war auch ganz locker, nur zum Schluss habe ich wohl zu viel dran gezerrt", erklärt sie träge, „ist auch gleich wieder gut, es kribbelt schon."

Er küsst sie aufs Kinn. „Nächstes Mal mit vernünftigen Manschetten, Baby, dann passiert so was nicht."

Sie kichert. „Oh Gott, es ist mir gar nicht mehr peinlich. Es ist geil, so wehrlos zu sein."

Er grinst. „Gut zu wissen."

Sie sieht zu ihm auf und lächelt. Ihr Blick ist offen und ohne Hemmungen. Ein warmes, zärtliches Gefühl durchströmt seine Brust. Er gibt ihr einen kleinen Kuss und streichelt mit dem Daumen über ihre Wange.

„Und der Gürtel, Haselnuss, reizt dich tatsächlich auch so starker Schmerz?", fragt er leise.

Sie senkt die Augen und zuckt mit den Schultern. „Gehört das nicht dazu?", fragt sie zögernd.

„Nicht unbedingt. Manche Frauen sind devot und lieben es, die Verantwortung abzugeben, haben aber Angst vor Schmerz. Andere wollen Schmerz, weil er sie dazu bringt, den Verstand auszuschalten, mögen ihn aber deswegen noch lange nicht. Und wieder andere empfinden tatsächlich Schmerz inklusive der vorhergehenden Angst als sehr erregend, wobei das individuelle Empfinden für die Stärke des Schmerzes auch noch sehr unterschiedlich sein kann."

Eine Weile schweigt sie. „Wenn ich so was lese, erregt es mich sehr, und wenn du so redest ...", sie kichert verschämt in die Decke, „auch. Aber in Wirklichkeit weiß ich es eigentlich nicht."

Er zwinkert. „Aber du willst es probieren."

„Jetzt?", haucht sie tonlos.

Er lacht leise und zieht sie an seine Brust. „Nein, jetzt nicht. Wir tasten uns allmählich an deine Grenzen heran, vorausgesetzt du hast genug Vertrauen zu mir."

„Das habe ich", wispert sie an seiner Brust.

Er küsst sie auf die Stirn. „Schlaf jetzt."

Eine Weile ist es still, dann hebt sie noch einmal den Kopf. „Du?"

„Vergiss es, ich geh nicht auf die Couch."

Kichernd kuschelt sie sich an ihn. „Ich wollte nur sagen, dass ich morgen erst um neun arbeiten muss."

Am Morgen wacht Kira wie gewohnt um sechs Uhr auf. Sie zuckt kurz zusammen, als sie die Augen aufschlägt und registriert, dass sie nicht zu Hause ist. Dann atmet sie aus und erschrickt erst recht, denn sie liegt warm und geborgen in Pascals Umarmung. Wie ein echtes Paar. Seine Augen sind geschlossen und er atmet tief und regelmäßig. Vorsichtig dreht sie sich halb um, um sein Gesicht zu betrachten. So entspannt wirkt er friedlicher als sonst. Die Härte ist aus seinen Zügen verschwunden. Es fühlt sich unglaublich gut an, in seinem Bett zu liegen. Sie fühlt sich so sicher, so geborgen. Sie lauscht in sich hinein.

Ist sie dabei, sich zu verlieben? Ist sie es etwa schon längst? Und darf sie es? In ihrer Abmachung kommen Gefühle nicht vor. Vielleicht wäre es doch möglich … eine richtige Beziehung …? Aber wenn sie ihn dann enttäuscht? Wenn er sie verlässt und sie dann wie ihre Mutter … wenn er jetzt Sehnsüchte weckt, die sie nachher nicht mehr im Zaum halten kann? Und was, wenn ihre Gefühle für ihn sie täuschen? Er ist der erste Mann, mit dem sie ihre Neigungen auslebt. Vielleicht würde sie für jeden anderen auch Gefühle entwickeln? Die Vorstellung, ihn zu enttäuschen, tut nur beim Drandenken schon schrecklich weh. Was will er wirklich von ihr? Für ihn ist es sicher nur Vergnügen, er will keine feste Beziehung. Wie soll sie klarkommen, wenn er sie verlässt, wenn sie ihre Triebe dann nicht mehr kontrollieren kann und wie ihre Mutter wird? Natürlich wird es irgendwann vorbei sein. Nach Ellas Erzählungen hat Pascal immer allein gelebt und liebt seine Freiheit. Er wird für sie nicht zu einem anderen Menschen werden. Nachher läuft sie ihm nach, wie ihre Mutter es tat, wenn die Männer sie verließen, bevor sie sich an irgendeinem Tresen der Stadt frustriert betrank und einen neuen Kerl suchte. Oh nein, das darf niemals passieren.

Den ganzen Tag über verbringt sie wie in einem Nebel. Im Hotel braucht sie alle Kraft und Selbstbeherrschung, um sich ihre wirren Gedanken nicht anmerken zu lassen. Alles in ihrem Leben wird herumgeschleudert wie in einem Tornado. Sie fühlt sich wie in einer Achterbahn auf einem Jahrmarkt, der rasenden Geschwindigkeit ausgeliefert, ohne eine Chance, die Fahrtrichtung zu ändern.

Am Abend ist sie so aufgewühlt, dass sie sich zum ersten Mal in die Hotelbar an den Tresen setzt und sich einen Wein einschenken lässt; ein Fehler, wie sie nun feststellen muss.

Sie erkennt die junge Frau erst, als sie sich ihr nähert. Es ist Eve, Olivers letzte Freundin, wie immer stark geschminkt und aufreizend gekleidet. Sie stolziert auf ihren High Heels um den Tresen herum und bleibt direkt vor ihr stehen.

„Sieh an, kaum ist der Chef aus dem Haus, sitzt die Erbschleicherin an der Theke."

Einige Gäste drehen sich um. Hans, der an diesem Abend als Barkeeper eingeteilt ist, unterbricht seine Arbeit und runzelt die Stirn.

Kira schluckt. „Soviel ich weiß, hat mein Bruder die Beziehung zu dir beendet. Also, was willst du hier?", fragt sie leise.

Eve lacht böse auf. „Er hat gar nichts beendet, du hast ihn vergrault, du willst das Hotel für dich allein, du Miststück! Aber das wirst du noch bereuen, das verspreche ich dir!" Sie schwankt kurz und krallt sich an der Lehne eines Barhockers fest.

Kira wird klar, dass Eve sehr betrunken sein muss. Sie räuspert sich. „Du solltest lieber nichts mehr trinken. Soll Hans dir ein Taxi rufen?"

„Nein! Ich lass mich doch von einer Schlampe wie dir nicht rausschmeißen! Das Hotel gehört dir nicht! Du hast hier nichts zu suchen! Ich werde dafür sorgen, dass Oliver sein Erbe zurückbekommt, du mieses Dreckstück!"

Bevor Kira reagieren kann, steht Hans zwischen Eve und ihr. „Es reicht, Eve. Verschwinde." Er fasst sie hart an den Armen und dreht sie in Richtung Tür.

„Lass mich los! Schmeiß lieber das Miststück raus! Die ist eine Nutte, wie ihre Mutter! Die hat hier nichts verloren!"

Die Tür schlägt hinter Eve und Hans zu. Betretene Stille breitet sich aus, dann läuft Nicole, die Serviererin, hinter den Tresen und lächelt strahlend. „Hat jemand einen Wunsch?"

Kira steht vorsichtig auf. Ihr ist schwindelig. Sie ist sich nicht sicher, ob ihre zitternden Knie sie tragen. Als das Schwanken weniger wird, dreht sie sich um und beißt die Zähne zusammen, um ja nicht den Kopf zu senken, während sie die Bar verlässt.

Es ist passiert. Wie blind und dämlich ist sie eigentlich? Eve hat ihr die Augen geöffnet. Kaum bringt ein Mann sie durcheinander, sitzt sie abends in der Bar, wie ihre Mutter, genau wie ihre Mutter! Was für ein Hohn! Fast bricht sie in lautes Lachen aus, während sie den Flur zu ihrem Appartement entlangläuft.

# Kapitel 9

Lautes Hupen hinter ihr lässt sie zusammenzucken. Die Ampel ist auf Grün umgesprungen, ohne dass sie es gemerkt hat.

„Blödmann, ich mach ja schon", knurrt sie mit einem Blick in den Rückspiegel, drückt brutal den ersten Gang rein und gibt Gas. In ihrem Magen liegt ein tonnenschwerer Zementbrocken, und am liebsten möchte sie auf der Stelle umkehren, aber sie muss das jetzt durchziehen. Seit sie vor einer Woche bei Pascal übernachtet hat, hat sie ihn nicht mehr gesehen. Er weiß auch nichts von Eves Auftritt in der Bar. Zum Glück glaubte er ihr, dass sie zu viel im Hotel zu tun hätte, um abends zu ihm zu kommen. Sie fühlt, was ihre Mutter meinte. Diese schmerzhafte Sehnsucht nach Liebe, Zärtlichkeit und Sex. Ja, ihre Mutter hatte recht. Es sind die Gene. Sie kann es jetzt schon kaum aushalten, allein zu sein. Sie muss Abstand zu Pascal finden und lernen, ihre körperlichen Bedürfnisse auszuleben, ohne davon ihr ganzes Leben beeinflussen zu lassen. Vielleicht wird mehr aus Pascal und ihr, aber wahrscheinlicher ist es, dass eben nicht mehr daraus wird, sondern sie eines Tages wieder auseinandergehen. Und für diesen Tag will sie gewappnet sein.

Es dämmert bereits, neben ihr geht die Sonne blutrot unter und im Radio spielen sie einen uralten Joe-Cocker-Song. Die Stimmung könnte romantisch sein, doch wenn Pascals Gesicht vor ihrem inneren Auge auftaucht, was ungefähr jede halbe Minute passiert, fühlt sie alles andere als glückliche Romantik.

Der Motor surrt leise und gleichmäßig. Auf der Autobahn ist um diese Zeit nicht mehr viel los. Fast wünscht sie sich eine Panne, damit sie einen Grund hat, nicht weiterzufahren. „Kira Nowak, jetzt reiß dich zusammen", schimpft sie und schlägt mit der flachen Hand aufs Lenkrad. Sie haben nur Sessions, ausdrücklich unpersönliche Sessions wie in einem Club, also gibt es absolut keinen Grund für ein schlechtes Gewissen. Sie betrügt ihn nicht. Er wird neben den Treffen mit ihr auch weiterhin in seinen Club fahren. Es ist Zeit, sich von ihm zu distanzieren. Es war dumm von ihr, sich auf ihn einzulassen. Sie hätte sich an diesem Morgen in ihrem Appartement nicht zu Sessions mit ihm überreden lassen dürfen. Ihre Idee war gewesen, Sexualität und Gefühle kontrolliert auszuleben, wenn sie sie schon nicht unterdrücken kann, und genau das wird sie nun auch lernen.

Gut, dass sie sicher sein kann, ihn heute dort nicht zu treffen. Er ist mit seinen Freunden zum Essen verabredet. Ella und Tim sind auch dabei. Ella wollte sie überreden mitzukommen, aber das hat sie natürlich abgelehnt.

Als sie fünfundvierzig Minuten später das Schild zur Autobahnabfahrt passiert, klopft ihr Herz schneller. Mit zusammengebissenen Zähnen betätigt sie den Blinker und fährt ab. Ein Stück Landstraße noch, dann schickt das Navi sie über eine schmale Straße in ein Waldgebiet. Eine hohe Mauer taucht vor ihr auf. Langsam lässt sie den Wagen bis zu einem kunstvoll verzierten, schwarzen Eisentor weiterrollen, dann bremst sie, lässt die Scheibe runter und drückt auf den Klingelknopf.

„Guten Abend, dein Codewort bitte", flötet eine helle, fröhliche Frauenstimme.

„Mauerblümchen."

„Hallo? Ich habe dich nicht verstanden."

Kira räuspert sich und beugt sich etwas näher zur Sprechanlage. „Mauerblümchen."

„Danke. Ich mache auf."

Das Tor schwingt langsam auf und Kira fährt auf das Grundstück. Hätte die Stimme einem Mann gehört, wäre sie wahrscheinlich umgekehrt; dass es eine fröhliche Frauenstimme war, ist sehr hilfreich.

Im Rückspiegel sieht sie, wie sich das Tor wieder schließt. Sie atmet tief durch und steuert die schmale Auffahrt entlang auf einen Parkplatz, der durch eine hohe Hecke von der Straße aus nicht einsehbar ist. Hier stehen bereits einige Wagen mit unterschiedlichen Kennzeichen. Sie parkt und schaltet den Motor aus. Von dem Besitzer eines dieser Autos wird sie sich heute Abend unterwerfen lassen, sie wird mit einem Fremden Sex haben. Der Zementblock in ihrem Magen verursacht ihr zunehmend Übelkeit. Sie atmet tief durch. Ganz ruhig bleiben. Sie hatte ein ausführliches Gespräch mit Henry, dem Besitzer des Clubs, der sehr nett und einfühlsam war. Ihr Safeword gilt auch hier, und plötzlich empfindet sie es wie einen Verrat, dass sie das genannt hat, das Pascal ihr gegeben hat.

„Eiszeit", flüstert sie. „Shit! Es war eine Scheißidee, herzukommen."

Sie will den Schlüssel herumdrehen und den Motor wieder anlassen, doch dann klopft es an ihrer Scheibe und jemand macht von außen die Tür auf.

„Hi! Ich bin Melanie und du bist Patrizia, nicht wahr?"

Das Lächeln der schlanken Frau mit den kurzen, braunen Haaren, die sich zu ihr herunterbeugt, ist so herzlich und wirkt so ehrlich, dass Kira unwillkürlich die Schultern sinken lässt und dabei erst bemerkt, wie angespannt sie die ganze Zeit im Auto gesessen hat.

„Hallo, ja, ich bin Patrizia."

„Nur Mut. Steig aus. Ich beschütze dich", flachst Melanie augenzwinkernd und Kira muss kichern. „Sieht man mir die Panik so deutlich an?"

„Jedes Mädel ist beim ersten Besuch hier unsicher. Aber glaub mir, das vergeht schnell."

Kira steigt aus und mustert die junge Frau. Sie trägt einen sehr kurzen und sehr engen Minirock, schwarz glänzende High Heels und ein enges Shirt aus einem feinen, fast durchsichtigen Gewebe. Da sie keinen BH anhat, schimmern ihre Brüste deutlich durch den Stoff. Gemeinsam schlendern sie einen Fußweg entlang in Richtung der imposanten, alten Villa. Als sie im Eingangsbereich stehen, sieht Kira sich staunend um. Es ist eine hohe Halle mit Stuckverzierungen und geschmackvollen erotischen Gemälden an den Wänden. Rechts laden kunstvoll gearbeitete Sofas und Sessel zum Verweilen ein, dahinter führt, neben dem Durchgang in einen langen Flur, eine geschwungene breite Treppe in höhere Stockwerke und nach unten in einen Kellerbereich. An der linken Seite gibt es wie in einer Hotelrezeption einen langen Tresen aus dunklem Holz mit aufwendig verzierten Rahmen und Rändern. Sie fühlt sich ein bisschen wie in der Kulisse eines Spielfilms aus den Neunzehnhundertdreißigerjahren.

Melanie geht kurz hinter den Tresen und zieht einen nummerierten Schlüssel von einem Haken, der an einem großen Brett an der Wand befestigt ist. „Komm mit."

Kira folgt ihr in den Flur und durch eine Tür in einen geräumigen Umkleidebereich, ähnlich dem in einem Hallenbad, jedoch exklusiver und sehr stilvoll gestaltet. An der Seite stehen Schränke, in der Mitte Bänke, rechts führt eine Tür in einen Duschbereich. Es gibt große Spiegel und in einer Ecke steht eine halbhohe Palme in einem Blumentopf. Aus unsichtbaren Lautsprechern klingt leise angenehme Musik. Zwei Frauen ziehen sich gerade kichernd aus und nicken ihnen zu.

Melanie schließt einen Schrank auf und holt einen dunkelblauen, seidig schimmernden Kimono mit passenden schmalen Sandalen heraus. „Den kannst du anziehen und deine Sachen hier einschließen. Wenn du fertig bist, komm vorn an den Tresen, dann zeige ich dir unseren Barbereich. Dort können wir uns hinsetzen, etwas trinken und du lernst ein paar unserer Jungs kennen." Sie zwinkert. „Alles Weitere kann, nichts muss. Okay?"

Kira nickt. „Okay."

Melanie verlässt sie, und ohne sich zu erlauben, noch weiter nachzudenken, beginnt Kira, sich auszuziehen.

Im Schrank findet sie auch Handtücher, Duschgel, ein angenehm leichtes Eau de Toilette und allerlei andere nützliche Kleinigkeiten. Sie wundert sich einen Moment lang, dass nicht nur der Kimono, sondern auch die Schuhe perfekt passen, dann fällt ihr ein, dass sie auf den Fragebögen des Clubs auch Angaben über ihre Körpermaße gemacht hat.

Als sie fertig ist und sich im Spiegel betrachtet, beginnt ihr Herz schneller zu schlagen. Will sie das wirklich? Sich einem Fremden so präsentieren, sich vor einem Fremden ganz ausziehen und … Nein. Jetzt bloß nicht zweifeln. Sie muss ihre Eigenständigkeit wiederfinden. Ihre Gefühle für Pascal sind schon viel zu tief. Das ist nicht gut. Das ist gefährlich. Dieser Abend wird ihre Eintrittskarte in die Freiheit und Unabhängigkeit. Sie wird ihre sexuellen Wünsche ausleben und davon nicht ihren Alltag beeinflussen lassen. Sie wird nicht wie ihre Mutter den Männern hinterherjammern und sich lächerlich machen. Niemals.

Sie atmet tief durch, strafft sich und verlässt den Umkleidebereich. Hinter dem Tresen steht jetzt noch eine andere Frau und Melanie kommt bei ihrem Auftauchen sofort fröhlich grinsend angelaufen. Sie hakt sich bei Kira unter und zieht sie mit auf die Treppe. „Wir haben tolle alkoholfreie Cocktails. Der absolute Hit ist zurzeit ein Himbeer-Ananas-Mix. Den musst du probieren."

Während Melanie weiter von den Getränkeangeboten schwärmt, sind sie die Treppe nach oben gelaufen und haben den großen, sehr gemütlich eingerichteten Barbereich betreten. Auch hier ist alles im Stil der Dreißigerjahre gehalten. Dunkelroter Samt vor den Fenstern und gedämpftes Licht sorgen für eine angenehme, leicht prickelnde Atmosphäre. Hinter dem Bartresen ist Henry aktiv. Als er Kira sieht, tritt er vor, umarmt sie und küsst sie leicht auf die Wange. „Schön, dass du da bist, Patrizia. Ich hoffe, du fühlst dich bei uns wohl."

Kira atmet aus. Schlagartig fühlt sie sich ein gutes Stück wohler. Sie mag Henry und vertraut ihm, seit sie sich in einem Café getroffen und ausgiebig unterhalten haben. Sie schätzt ihn auf um die vierzig. Er ist groß und breit, hat dunkle Haare mit beginnenden grauen Schläfen und ähnelt ein wenig ihrem Vater. Zahlreiche Lachfalten um die Augen herum geben seinem Gesicht einen konstant vergnügten Ausdruck.

Er schiebt sie auf einen Barhocker. Kira sieht sich um. Zwei Frauen haben ihre Partner bereits gefunden oder sind vielleicht als Paar gekommen, drei Männer und eine Frau sitzen am Tresen und betreiben Small Talk, wie in jeder normalen Bar. Dass es keine normale Bar ist, erkennt man daran, wie die Gäste gekleidet sind. Die Frauen tragen wie sie einen Kimono oder geschmackvolle Reizwäsche, einige Männer schwarze Hemden und lange Hosen, andere ebenfalls Kimonos, unter denen sie anscheinend nackt sind. Alle wirken entspannt und zufrieden.

Es dauert nicht lange und Kira unterhält sich mit einem sympathischen Mann in ihrem Alter, der sich als Jack vorgestellt hat. Er trägt die fast schwarzen Haare militärisch kurz und seine dunkelbraunen Augen mustern sie durchdringend. Obwohl er dabei sehr freundlich ist und sie immer wieder anlächelt, strahlt er unübersehbar Dominanz und einen starken Willen aus. Immer wieder muss Kira den Blick senken, wenn sie seinem begegnet, was er schmunzelnd mit einem beifälligen Nicken kommentiert. Nach einer Weile legt er seine Hand auf ihren Arm.

„Patrizia, Henry hat mir bereits von dir erzählt und vorgeschlagen, dass wir uns kennenlernen. Er meint, wir passen zusammen, und meistens hat er den richtigen Riecher, wenn es darum geht, den Mitgliedern hier zu den geeigneten Spielpartnern zu verhelfen.

Wie ist es, kannst du dich mit dem Gedanken anfreunden, mit mir eine prickelnde Stunde zu verbringen?"

Umgehend steigt Kira das Blut heiß ins Gesicht, und sie greift schnell nach ihrem Glas, um ihre Verlegenheit zu überspielen. Will sie es mit ihm probieren? Er ist nett und nicht hässlich. Wirkt dominant, aber nicht bedrohlich. Wenn sie sich mit ihm nicht traut, mit wem dann? Einen Ruck wird sie sich bei jedem geben müssen.

Natürlich bemerkt er ihr Zögern. „Du brauchst dich noch nicht zu entscheiden und kannst auch einfach Nein sagen, ohne dass dir jemand böse ist", sagt er sanft und streicht mit der flachen Hand warm ihren Rücken hinunter. Er lächelt. „Wir sind alle zu unserem Vergnügen hier, fühl dich nicht unter Druck gesetzt. Okay?"

Dankbar nickt sie, und er beugt sich zwinkernd vor, bis sein Mund dicht an ihrem Ohr ist. „Allerdings muss ich sagen, die Vorstellung, dich nackt, nervös und ängstlich vor mir zu sehen, gefällt mir ausnehmend gut. Ich würde sehr sorgfältig herausfinden wollen, wo deine Grenzen sind."

Seine Stimme und seine Worte entzünden ein Feuer in ihrem Unterleib. Ihr Herz klopft schneller. Dann zuckt Pascals Gesicht vor ihr inneres Auge. Sie erschrickt und fühlt augenblicklich den bitteren Geschmack eines grandios schlechten Gewissens auf der Zunge. Ärgerlich schüttelt sie den Kopf und nimmt einen großen Schluck aus ihrem Glas. Ohne noch länger nachzudenken, wendet sie sich Jack zu.

„Ja!" Sie atmet tief durch. „Ja, ich würde sehr gerne mit dir … äh … mit dir …"

Er lächelt. „Mit mir in eins der schönen Spielzimmer hier gehen?"

Sie nickt und senkt den Kopf, damit er bloß nicht die Zweifel erkennt, die in ihr wüten. „Ja, das möchte ich", antwortet sie leise, aber entschlossen.

Er legt Zeigefinger und Daumen an ihr Kinn und hebt sanft, aber definitiv keine Abwehr duldend, ihr Gesicht an. Ein angenehmes Kribbeln zieht durch ihren Körper. „Kann ich mich darauf verlassen, dass du in Henrys Fragebögen ehrliche Angaben gemacht hast?"

Sie nickt zaghaft. Ihr Mund ist plötzlich trocken, und sie muss sich räuspern, um antworten zu können. „Ja, das kannst du."

„Gut. Und dein Safeword ist Eiszeit. Stimmt das auch?"

Wieder so ein fieser Stich im Herzen. Wütend verkrampft sie die Hände zu Fäusten. Was soll das, verdammt noch mal. Als ob sie Pascal betrügen würde!

„Ja, das stimmt auch", stößt sie hervor.

„Gut." Er nickt beifällig, küsst sie hauchzart auf die zitternden Lippen und lässt sie los. „Trink aus. Ich hole einen Zimmerschlüssel."

Zum Glück ist er schnell wieder da, legt sanft, aber deutlich die Hand in ihren Nacken und haucht ein „Lass uns gehen" in ihr Ohr. Ihre Knie zittern ein wenig, als sie vom Barhocker rutscht. Henry zwinkert ihr zu, dann verlässt sie gemeinsam mit Jack die Bar. Er führt sie die Treppen hinunter in den Kellerbereich. Es ist sehr still dort. Sie laufen an mehreren Türen vorbei, doch aus keiner ist etwas zu hören. Überlaut klappern ihre Schuhe auf dem Fliesenboden. Vor einer Tür mit der Nummer fünf bleiben sie stehen und Jack schließt auf.

Er schiebt Kira vor, die staunend die Augen auf-
reißt. Es ist ein seltsamer Raum. Er wirkt sehr karg,
fast wie eine Gefängniszelle, ist aber deutlich größer,
als es eine Zelle wäre. Der Boden besteht aus dunklem, rohem Holz, die Wände sind nicht tapeziert,
sondern nur weiß verputzt. Rechts an der Wand
steht ein schmales Bett mit eisernem Rahmen und
Gitterstäben an Fuß- und Kopfende, gegenüber,
unter einem schmalen Kellerfenster mit dunklem
Vorhang, befindet sich ein Waschtisch neben einem
einfachen Stuhl, Möbel, wie man sie aus mittelalterli-
chen Darstellungen kennt. Auf der anderen Seite
gibt es einen dazu passenden Kleiderschrank. Daneben sieht sie eine zweite Tür.

Jack deutet darauf. „Wir befinden uns im nach-
empfundenen Zimmer einer Dienstmagd. Wie ich
finde, eine sehr anregende Atmosphäre für eine Session. Gleichzeitig genießen wir hier im Club aber
auch die Vorzüge unserer Zeit. Hinter dieser Tür
gibt es ein gepflegtes, modernes Bad. Möchtest du es
benutzen, bevor wir uns miteinander beschäftigen?"

Kira schüttelt den Kopf. Beim Blick auf die Gitterstäbe am Bett beginnt es, in ihrem Unterleib zu vibrieren. Jack tritt hinter sie, zieht das Gummi aus ihrem Zopf und streicht ihre Haare glatt. Dann wandern seine Hände auf ihre Schultern und ihren Hals
entlang. Ihr Herz klopft so laut, dass er es sicher
unter ihrem Ohr spüren kann. Ihre Brustwarzen
werden hart. Die Atmosphäre erregt sie, doch in
ihrem Hinterkopf schreit es ohne Unterbrechung:
„Falsch, falsch, falsch!". Sie schluckt und zieht die
Schultern hoch.

Jack bemerkt es, legt seine Hände darauf und beginnt, sie sanft zu massieren. „Dienstmädchen hatten

damals einen ähnlichen Status wie Sklavinnen. Tagsüber schufteten sie im Haushalt, nachts mussten sie ihren Herren zu Willen sein, und wenn sie nicht brav gehorchten, wurden sie mit dem Rohrstock gezüchtigt", erzählt Jack mit ruhiger Stimme dicht an ihrem Ohr. „Sieh dort in die Ecke, da steht einer."

Wie unter Zwang folgen ihre Augen seiner Aufforderung und bleiben an dem dünnen, unscheinbaren Schlaginstrument hängen, das tatsächlich in der Zimmerecke an der Wand lehnt.

Feuchtigkeit tropft aus ihrer Vagina und sie kneift reflexartig die Beine zusammen. Sie schämt sich ihrer Erregung.

„Falsch, falsch", flüstert die Stimme in ihrem Kopf und ein Kloß bildet sich in ihrer Kehle. Sie wünscht sich nichts sehnlicher als Pascal in diesem Raum hinter sich. Verzweifelt presst sie die Lippen zusammen. Das kommt nur, weil sie noch nie mit einem anderen auf diese Art zusammen war. Sie muss das jetzt durchziehen. Ihre Finger zittern und sie verkrampft sie zu Fäusten.

Jack bleibt dicht hinter ihr, legt ihre Haare zur Seite und küsst ihren Nacken. Ein Schaudern läuft über ihren Rücken und sie beugt den Kopf nach vorn. Seine Hände wandern über ihre Brust und öffnen den Kimono. Langsam zieht er ihn über ihre Schultern und lässt ihn fallen. Kühle Luft trifft ihre nackte Haut. Neue Wellen der Erregung jagen durch ihre Adern und sie schämt sich immer mehr, der Kloß in ihrem Hals wird immer dicker.

Jack streicht ihren Rücken entlang nach unten, umfährt ihre Taille, legt eine Hand flach auf ihren Bauch und zieht sie noch dichter an seinen Körper. Sie spürt seinen harten Schwanz an ihrem Po, während er mit der anderen Hand zwischen ihre Beine drängt. „Die Füße auseinander, Kleines."

Sie gehorcht. Ihre Knie sind weich wie Watte. Falsch, es ist falsch, was sie hier macht, so mies, so ganz und gar nicht richtig.

Seine Finger umkreisen ihre Klit. Kira stöhnt, ihr Körper will mehr, aber ihre Seele schreit vor schlechtem Gewissen. Ein eiserner Gürtel scheint sich immer enger um ihren Brustkorb zusammenzuziehen.

„Du bist nass, sehr schön", hört sie ihn sagen und kann nicht anders, als sich noch dichter an ihn zu lehnen.

Er schiebt sie vor und tritt einen Schritt zurück. „Knie dich hin, Patrizia. Leg die Stirn auf den Boden, die Hände gerade nach vorn strecken."

Umgehend sinkt sie zu Boden und nimmt die geforderte Stellung ein. Sie spürt seinen Blick kribbelnd auf ihrer nackten Haut, doch dann erscheint Pascals Gesicht vor ihrem inneren Auge und der Schmerz in ihrer Brust wird unerträglich. Sie rollt zur Seite, zieht die Beine ganz dicht an den Körper, presst die Augen zu und flüstert ihr Safeword.

Einen Moment ist es ganz still. Dann liegt seine Hand auf ihrer Schulter. Er räuspert sich. „Was?"

„Eiszeit. Bitte hör auf."

„Habe ich irgendwas falsch gemacht …?", fragt er irritiert.

„Nein, nein. Es liegt an mir. Ich kann einfach nicht", stößt sie hastig aus.

„Fuck!"

Kira zuckt zusammen und Jack atmet deutlich genervt aus. „Schon gut. Keine Angst." Er tätschelt kurz ihren Oberarm. „Ist nur nicht gerade nett, so abserviert zu werden."

Sie krümmt sich noch mehr zusammen. „Es tut mir leid."

Er atmet geräuschvoll aus und richtet sich auf. „Willst du reden?"

Sie schüttelt wild den Kopf.

„Soll ich dir jemanden schicken? Vielleicht Melanie?"

„Nein, nicht nötig. Es tut mir wirklich leid. Es war dumm von mir, hierher zu kommen."

„Schon gut, ich werde es überleben. Denk einfach vorher richtig nach, bevor du noch mal so ein Experiment machst."

Er verlässt den Raum und schließt hart die Tür hinter sich.

Die Stille ist unerträglich. Kira will nur noch weg. Fast panisch rappelt sie sich auf und zieht mit zittrigen Bewegungen den Kimono an. Sie reißt die Tür auf, sieht sich um, braucht einen Moment, um sich zu orientieren. Dann hetzt sie in den Eingangsbereich an den Tresen, um sich den Schlüssel für den Spind mit ihren Sachen geben zu lassen.

Dort steht jetzt ein junger Typ. Er runzelt die Stirn, als sie ihm ihre Schranknummer sagt. „Alles okay mit dir?"

„Ja, ja. Alles in Ordnung. Bitte gib mir einfach den Schlüssel." Zögernd händigt er ihn ihr aus, und sie läuft in den langen Gang, der in den Umkleidebereich führt.

Frauen und Männer begegnen ihr, werfen ihr neugierige Blicke zu, doch sie starrt nur stur geradeaus, bis sie vor ihrem Schrank steht.

„Raus, raus, raus", schreit es jetzt in ihr und in ihrem Magen verursacht ein tonnenschwerer Zementbrocken erneut beißende Übelkeit, während sie sich ihre Klamotten überwirft. Als sie den Eingangsbereich wieder betritt, steht Henry da. Anscheinend hat der junge Typ vom Tresen ihn gerufen, denn er wartet ganz offensichtlich auf sie. „Was ist passiert?"

Unwillig schüttelt sie den Kopf. „Nichts, nichts ist passiert, es ist meine Schuld. Bitte, ich will nur gehen."

Mit drei Schritten ist er bei ihr und hält sie am Arm fest. „Warte, komm erst mal zu dir. So kannst du doch nicht Auto fahren."

Panisch reißt sie sich los. Keine Sekunde länger will sie in diesem Haus bleiben, es ist, als würde das schlechte Gewissen immer größer werden, je länger sie da ist. „Mir geht es gut", stößt sie hektisch hervor und will an ihm vorbei.

„Kira?"

Sie zuckt beim Klang der Stimme zusammen. Fassungslos dreht sie sich um und starrt Finn ins Gesicht, der mit staunend hochgezogenen Augenbrauen die Treppe herunterkommt.

So ein Scheiß! Warum muss ausgerechnet er sie jetzt hier erwischen! Sie beißt die Zähne fest zusammen und dreht sich wieder in Richtung Tür, doch Henry stellt sich ihr in den Weg.

„Ich lasse dich so nicht fahren. Du bist viel zu aufgewühlt", sagt er sehr bestimmt.

Finn kommt näher und runzelt die Stirn. „Was machst du hier?"

„Nichts! Lasst mich durch!", keift Kira und will sich an Henry vorbeidrängeln, doch Finn schlingt lässig den Arm um ihre Taille und zieht ihren Rücken an seine Brust.

„Setzt euch erst mal hin", sagt Henry und zeigt auf die Sitzgruppe.

Kira zappelt und zetert, doch Finn lässt sich nicht aus der Ruhe bringen. Seine Umklammerung ist so unnachgiebig, als ob seine Arme aus Stahl gegossen wären. Er setzt sich auf einen der ausladenden Sessel, zieht ihre Beine zur Seite und hält sie wie ein Kind auf seinem Schoß, während Henry es sich gegenüber gemütlich macht.

Kira zappelt und kreischt. „Lass mich los! Ihr habt kein Recht dazu! Ich will nach Hause!" Leute gehen vorbei. Eine Frau grinst, und Kira kommt sich so dämlich vor, dass sie noch panischer wird. Die Männer reagieren nicht. Mit stoischer Geduld beobachten sie sie, bis sie atemlos aufgibt.

„Kennt ihr euch?", fragt Henry, als es endlich still ist. Er lässt seinen Blick von Kira zu Finn gleiten.

„Jap. Das ist Pascals Lady", erklärt Finn.

„Ach nee. Schön, dass ich das auch mal erfahre", knurrt Henry.

„Das stimmt nicht", protestiert Kira. In ihrer Brust sticht es schmerzhaft. „Wir sind nicht zusammen. Wie kommst du überhaupt darauf? Das Schwein hat versprochen, niemandem was zu sagen!"

„Bleib ruhig. Männer müssen auch mal über gewisse Sachen reden und ich schweige wie ein Grab. Hast du von Pascal die Adresse des Clubs? Weiß er, dass du hier bist?"

„Nein, er weiß es nicht", presst sie hervor und traut sich nicht, Finn ins Gesicht zu sehen. „Ich habe eine Visitenkarte in seinem Wohnzimmer liegen sehen. Bitte, du darfst es ihm nicht erzählen."

Scheinbar ratlos mustern die Männer sie. Schließlich seufzt Henry. „Ich muss mich um die anderen Gäste kümmern. Kommt ihr klar?"

Finn nickt und Henry verlässt sie in Richtung Bar.

„Ich will fahren", jammert Kira.

„Du fährst nicht. Ich bringe dich", brummt Finn.

„Nein! Was soll das denn?"

„Sorry, Baby. Ich kann nicht anders. Wenn Pascal erfährt, dass ich sein Mädchen in diesem Zustand hab fahren lassen, bin ich meinen Job los und vermutlich bringt er mich der Vollständigkeit halber auch gleich noch um."

„Er wird es nicht erfahren. Ich schwöre, ich sage ihm nichts."

Unwillig schüttelt er den Kopf. „Ich fahre dich. Basta."

Kira verdreht die Augen. „Ich kann mein Auto nicht hier stehen lassen. Ich brauche es morgen früh."

Er grinst. „Keine Sorge, wir nehmen deins. Ich habe gar keins hier, bin mit einem Freund hergefahren."

Sie stöhnt genervt auf. „Hätte ich gewusst, dass unsere halbe Stadt hier verkehrt, wäre ich nicht gekommen."

Finn grinst. „Warum nicht? Ist doch viel netter, vertraute Leute um sich herum zu haben."

„Oh Mann! Verarsch mich nicht auch noch! Lass mich jetzt endlich los."

„Nö. Erzähl mir lieber mal, was denn nun eigentlich passiert ist."

„Es war ein Fehler."

Er nickt bedächtig. „Das habe ich mir schon gedacht. Und weiter?"

Sie seufzt gequält. „Ich dachte … ich wollte … ich weiß einfach nicht …"

„Du wolltest probieren, ob es sich mit einem anderen genauso anfühlt? Reicht es dir mit Pascal nicht?"

„Wir sind nicht zusammen!"

„Aha."

„Ich bin ein freier Mensch und kann machen, was ich will."

„Anscheinend aber nicht besonders erfolgreich."

Seine Ironie treibt ihr die Tränen in die Augen. Sie zuckt mit den Schultern und starrt auf den Fußboden. „Ich konnte nicht."

„Dann bist du jetzt schlauer und alles ist gut. Wo ist das Problem? Warum bist du so aufgelöst?"

Der Zementblock in ihrem Magen ist wieder da. Wie soll sie ihm erklären, dass genau das ihr Problem ist. Sie ist abhängig von Pascal und wenn er sie verlässt …

Unwillig schüttelt sie den Kopf. „Es gibt kein Problem. Das ist alles", stößt sie ruppig aus.

Finn betrachtet sie einen Moment. „Okay, geht mich ja auch nichts an. Lass uns fahren."

Ergeben nickt sie. Endlich erlaubt er ihr, von seinem Schoß zu klettern, legt aber den Arm um ihre Schultern und lässt sie keine Sekunde von seiner Seite, bis sie vor ihrem Auto stehen. Und auch dann bleibt seine Hand auf ihrem Rücken liegen, während er ihr den Schlüssel aus der Hand nimmt und die Beifahrertür öffnet, um sie auf den Sitz zu schieben.

„Das ist Freiheitsberaubung", mault sie.

„Stimmt." Grinsend schlägt er die Tür zu und geht um das Auto herum.

Während der Fahrt schweigen sie. Mittlerweile ist es weit nach zweiundzwanzig Uhr. Kira versinkt in

Gedanken. Plötzlich weiß sie nicht mehr, was sie eigentlich erwartet hat, als sie unbedingt die Anonymität des Clubs kennenlernen wollte. Sie weiß auch nicht, wie sie mit der Erkenntnis des Abends umgehen soll. Gibt es überhaupt eine Erkenntnis? Und wenn ja, ist es eine gute oder eine schlechte? Irgendwie ist sie nun ganz durcheinander und verwirrt.

Was hat sie gelernt? Okay, sie ist wie ihre Mutter, süchtig nach Liebe und Sex. Der Apfel fällt nicht weit vom Stamm, das war ihr schließlich immer klar, genau wie so vielen anderen, einschließlich einer widerlichen Hexe Namens Eve. Aber sie kann ihre Sehnsüchte auch nicht anonym und kontrolliert ausleben, weil sie nur Pascal will. Und das macht ihr höllische Angst.

Ihre Vorsicht all die Jahre war goldrichtig gewesen. Wie konnte sie nur so dumm sein, sich auf einen Mann einzulassen? Was für eine Katastrophe! Sie muss jetzt alle Kraft aufbringen, um ihre Selbstbeherrschung wiederzufinden.

Sie darf nie wieder etwas mit Männern anfangen. Vor Pascal reichten schließlich auch Romane und Selbstbefriedigung. Theoretisch. Ein kleines Teufelchen in ihrem Hinterkopf lacht höhnisch. Verdammt! Wie soll sie es bloß schaffen, ihn und die Gefühle, die er in ihr ausgelöst hat, wieder loszuwerden? Wieso erdreistet sich dieser arrogante Arsch, sich in ihr Leben einzumischen? Mit welchem Recht bringt er sie dazu, Gefühle zu entwickeln, die sie hinterher nicht mehr abschalten kann? Sie gehört ihm doch nicht! Wie kann er es wagen, sie so zu beeinflussen und zu vereinnahmen? Was, wenn sie sich richtig in ihn verliebt und er sie dann fallen lässt? Was, wenn sie sich hinterher nicht mehr kontrollieren kann und wie ihre Mutter wird?

Sie muss das alles aus ihrem Kopf verbannen. Sie muss die Kontrolle über ihr Leben zurückgewinnen.

Wenn sie an Pascal denkt und dabei diese tiefe, schmerzhafte Sehnsucht spürt, dann weiß sie, wie schnell sie wie ihre Mutter am Abgrund stehen kann. Pascal muss sie nur fallenlassen, dann wird sie sich nicht mehr fangen können. Ja, sie ist wie ihre verhasste Erzeugerin, aber jetzt ist noch der richtige Zeitpunkt, um die Notbremse zu ziehen, wenn sie nicht wie ihre Mutter enden will.

Je länger ihre Gedanken kreisen, desto wütender wird sie auf Pascal. Denn er ist an dem ganzen Schlamassel schuld. Bevor er in ihr Leben kam, war alles gut und geregelt. Dieser arrogante Mistkerl hat sie durcheinandergebracht, ohne auch nur eine Minute darüber nachzudenken, was er ihr damit antut. So ein Arsch!

Sie verlassen die Autobahn, doch Finn biegt nicht in Richtung des Hotels ab.

„Wo fährst du hin?", fragt Kira alarmiert.

„Zu Pascal natürlich", antwortet er gleichmütig.

„Nein! Ich will nach Hause! Dreh um!"

„Nö."

„Ich will nicht zu Pascal! Verdammt! Dreh sofort um!" Wild gestikuliert sie mit den Armen, ist kurz davor, ihm ins Lenkrad zu greifen, doch er wehrt sie mit dem erhobenen Unterarm lässig ab. „Reg dich ab, Lady."

Und es kommt noch schlimmer. Ausgerechnet in dem Moment, in dem Finn den Motor abstellt, fährt auch Tim vor und parkt direkt neben ihnen. In seinem Auto sitzen außer ihm Ella und Pascal. Alle sehen mit überrascht fragenden Mienen zu ihnen herüber.

„Oh nein!", jammert Kira und vergräbt das Gesicht in den Händen.

Ungerührt öffnet Finn die Tür, um die Freunde zu begrüßen. „Das passt ja, fast wie verabredet."

Pascal ist ausgestiegen und zu Finn an die geöffnete Fahrertür getreten. Er runzelt die Stirn und beugt sich vor, um an seinem Angestellten vorbei einen Blick auf Kira zu werfen, die das Gesicht in den Händen verbirgt und leise stöhnt.

„Wo kommt ihr her?", fragt er misstrauisch.

„Von Henry."

„Ihr wart zusammen im Club?"

„Bleib ruhig, Mann. Wir haben uns zufällig dort getroffen."

Ella und Tim gucken irritiert vom einen zum anderen. „Ihr wart im Club?"

Kira schlägt wutschnaubend mit der flachen Hand auf die Konsole, um im gleichen Moment stöhnend zusammenzuzucken. „Au! Verdammt!" Sie schüttelt die Finger. „Ruf doch gleich die Presse! Oder mach ein Foto für Facebook! Wozu brauche ich auch ein Privatleben? Scheiße, tut das weh", zetert sie jämmerlich, jetzt mit der linken Hand die rechte haltend.

Ella zieht die Augenbrauen hoch. „Oh, oh."

Pascal ist irritiert. „Was hat sie?", fragt er mit einem Kopfnicken in Richtung Kira.

Finn winkt ab. „Das kann sie dir selbst erzählen. Nimm sie mit rein, aber pass auf, dass sie dich nicht beißt. Ich schätze, sie ist grad ziemlich auf Krawall gebürstet. Ich schlage vor, ich fahre mit ihrem Wagen raus auf den Hof. Du kannst sie morgen früh mitbringen, dann kann sie damit in ihr Hotel fahren."

Pascal nickt. „Das hört sich vernünftig an." Er geht um das Auto herum und öffnet die Beifahrertür. „Komm, Haselnuss. Wir gehen hoch."

„Nein!", keift sie. „Nenn mich nicht so, und ich will nach Hause!"

Er will nach ihrem Arm greifen, doch sie zuckt zurück. „Lass mich! Nicht!"

„Brauchst du Handschellen?", fragt Finn trocken.

„Möchtest du Handschellen, Kira?", gibt Pascal die Frage freundlich weiter.

Kira presst die Lippen fest zusammen und wirft ihm einen bitterbösen Blick zu. Er hebt fragend eine Augenbraue. Schnaubend klettert sie aus dem Auto und marschiert, ohne sich noch einmal umzudrehen, auf die Haustür zu.

Finn grinst. „Ach, ich würde gerne bleiben und eine Weile zusehen."

Pascal beugt sich ins Auto. „Was ist passiert?"

Finn zuckt mit den Schultern. „Soweit ich verstanden habe, wollte sie ausprobieren, ob es ihr mit einem anderen auch Spaß macht, und hat abgebrochen, bevor es richtig zur Sache ging."

„Abgebrochen?" Pascal grinst.

Finn zwinkert. „Ja, Mann, abgebrochen. Herzlichen Glückwunsch. Wann ist die Hochzeit?"

Ella drängt sich vor. „Was ist passiert? Soll ich mit ihr reden?"

Pascal schiebt sie weg. „Nichts da. Tschau, Leute, schönen Abend noch." Pfeifend schlendert er Kira hinterher.

Kira ist so wütend wie noch nie in ihrem Leben. Das geht entschieden zu weit. Die Männer benehmen sich, als ob sie ihr Eigentum wäre. Als hätte es nie eine Emanzipation gegeben! Was bilden die sich ein? Jetzt hört sie auch noch Ella lachen. Wahrscheinlich erzählt Finn gerade, wie sie auf seinem Schoß ausgeflippt ist. Lustig, ja, sehr amüsant. Dumme Kuh! Die können ihr doch nicht einfach so ihren Willen aufdrängen. Verdammt! Das ist das letzte Mal, dass sie sich das von Pascal gefallen lässt. Sie wird ihm gleich, sobald sie allein sind, deftig die Meinung sagen und sich dann ein Taxi rufen. Oder die Polizei, sollte er es wagen, sie aufhalten zu wollen.

Pascal hat sie erreicht und legt den Arm um ihre Schultern, während er den Hausschlüssel aus der Tasche zieht. Unwillig reißt sie sich von ihm los und hetzt, sobald die Tür offen ist, vor ihm nach oben.

In aller Ruhe folgt er ihr, schließt die Wohnung auf und macht Licht. Im Wohnzimmer deutet er auf die Couch. „Setz dich und beruhige dich. Möchtest du etwas trinken?"

„Nein. Ich bleibe nicht. Ich will, dass du mir jetzt zuhörst, dann rufe ich mir ein Taxi."

Er will auf sie zugehen, doch sie springt zurück und reißt panisch die Hände hoch. „Fass mich nicht an!"

Er verschränkt die Arme vor der Brust und lehnt sich lässig an den Küchentresen. „Okay, ich bin ganz Ohr."

Einen Moment lang ist sie irritiert, dann atmet sie tief durch. „Ich muss unsere ... Bezi... ähm ... unsere Abmachung beenden. Ich kann das nicht. Ich will das nicht mehr, das alles, nicht mit dir und auch nicht mit einem anderen. Bitte akzeptiere das und versuch nicht, mich aufzuhalten."

So. Jetzt ist es raus. Sie atmet erleichtert aus.

Pascal schiebt die Unterlippe vor und neigt den Kopf zur Seite, als ob er über ihre Entscheidung nachdenkt. Dann schüttelt er entschlossen den Kopf. „Nein. Sehe ich anders."

Augenblicklich kocht die Wut wieder in ihr. „Das ist mir scheißegal, wie du das siehst! Ich gehe jetzt!"

„Wir werden in Ruhe darüber reden. Setz dich endlich hin."

Die Wut explodiert. Rasend greift sie nach dem erstbesten Gegenstand in ihrer Nähe und schleudert ihn in seine Richtung. Es ist ein Buch.

Er duckt sich und es knallt gegen die Wand. „Hör sofort damit auf."

„Du hast mir gar nichts zu sagen!", keift sie und schleudert das Nächste, was sie zu fassen bekommt. Leider ist es die Fernbedienung des Fernsehers und sie trifft damit zwei Kaffeebecher, die auf dem Schrank darauf warten, in den Geschirrspüler geräumt zu werden. Es scheppert durchdringend.

„Fuck! Es reicht!" Seine Stimme lässt sie zusammenzucken. Mit festen Schritten geht er auf sie zu und legt die Hände auf ihre Schultern. „Du benimmst dich wie ein trotziges Kind. Hör sofort auf!"

Aber sie kann nicht mehr aufhören. „Du bist schuld!", kreischt sie und boxt mit beiden Händen fest gegen seinen Brustkorb. „Du hast alles durcheinandergebracht. Ich kann das nicht! Lass mich in Ruhe! Geh aus meinem Kopf! Verdammt! Hau ab! Hörst du? Hau ab!" Immer wieder schlägt sie mit den Fäusten auf ihn ein, bis er endlich die Geduld verliert und mit eisenhartem Griff ihre Handgelenke packt.

„Ruhe!"

Sie erstarrt. Seine Augen fixieren mit Eiseskälte ihren Blick. Sie schluckt und schüttelt hilflos den Kopf. Einen langen Moment ist es totenstill.

„Ins Schlafzimmer, Kira, und wage es nicht, auch nur in Richtung Wohnungstür zu sehen." Seine Stimme ist leise und so schneidend wie eine Rasierklinge. Er lässt sie los und deutet mit dem Kopf in Richtung Flur. „Du gehst vor."

Plötzlich sind ihre Knie weich wie Watte und in ihrem Unterleib vibriert es. Sie denkt nicht mehr, fühlt nur noch seinen intensiven Blick in ihrem Rücken, während sie wie in Trance gehorcht. Vor dem Bett bleibt sie zitternd stehen.

Die Tür klappt zu. „Umdrehen."

Sie macht es, ohne zu zögern. Pascal sieht gefährlich aus. Heißes Sehnen pulsiert durch ihre Adern. Ihre Lippen sind plötzlich trocken und sie fährt hastig mit der Zunge darüber. Ihr Höschen ist nass.

Ohne sie aus den Augen zu lassen, öffnet er in aller Ruhe seinen Gürtel und zieht ihn aus der Hose. Ihre Augen kleben an seinen Händen. Ihr Herz rast, ihre Handflächen werden feucht, sie keucht.

„Zieh dich aus, Kira."

Ohne auch nur eine Sekunde darüber nachzudenken, gehorcht sie und steht Minuten später nackt vor ihm. Ihre Finger zittern.

„Aufs Bett. Leg dich auf den Bauch."

Sie funktioniert wie ein Roboter.

„Streck die Arme vor. Die Hände ans Gitter."

Ihre Finger umgreifen fest je eine Eisenstange. Sie fühlt, dass die Matratze sich an der Seite senkt, dann streicht eine Hand fest über ihre Lende und ihre Pobacken, die andere drängt in ihre Mitte. Ihre Oberschenkel zittern, als sie wie unter Zwang die Beine ein Stück spreizt, damit er sie besser berühren kann. Seine Finger streichen sanft durch die Nässe an ihren geschwollenen Schamlippen und umkreisen ihre Lustperle, bis sie sich stöhnend noch weiter für ihn öffnet. Sie schließt ergeben die Augen.

Seine Hand zieht sich zurück, und er beginnt, sie mit den Händen zu schlagen. Leichte Klapse, dann knetet er ihre Pobacken, schlägt wieder, diesmal tiefer auf die Rückseiten ihrer Oberschenkel. Ihre Haut prickelt und sendet heiße Impulse direkt in ihre Vagina. Zitternd wartet sie darauf, dass er den Gürtel nimmt. Doch er steigt vom Bett und entfernt sich.

Sie hört seine Schritte, wagt es aber nicht, die Augen zu öffnen, bis plötzlich neben ihrem Gesicht etwas auf die Matratze fällt. Sie zuckt hoch und starrt auf ein Paar lederne Manschetten.

„Wie lautet dein Safeword, Kira?"

Seine Stimme kommt von hinten, ganz nah an ihrem Ohr. Sie fühlt seinen Atem. „Eiszeit", flüstert sie.

„Willst du es sagen? Wenn nicht, wirst du heute den Gürtel kennenlernen."

Ihr Herz donnert in der Brust wie Paukenschläge, aber sie denkt nicht eine Sekunde lang über die Option nach, die er ihr gegeben hat. Sekunden vergehen in atemlosem Schweigen. Dann ist es entschieden. Er küsst sanft ihren Nacken und beginnt, ihre Arme mit ruhigen, routinierten Bewegungen an das Kopfteil des Bettes zu fesseln. Er geht nach hinten und umschlingt mit einem dicken, weichen Seil ihre

Knöchel und befestigt das andere Ende am Fußteil des Bettes. Sie liegt jetzt wehrlos gestreckt vor ihm.

Seine Hand legt sich warm zwischen ihre Schulterblätter. „Atme tief und ruhig weiter. Wehr dich nicht. Das hat sowieso keinen Sinn." Er tritt zurück.

Ein Schaudern läuft durch ihren Körper, facht ein Feuer in ihrem Unterleib an, wird zu heißem Pulsieren in ihrer Klit.

Dann hört sie das Klatschen des ersten Schlages, bevor eine Sekunde später ein höllisches Brennen auf ihrer rechten Pobacke einsetzt. Sie zieht zischend die Luft ein und bäumt sich auf. Pascal wartet, bis sie wieder ausatmet, dann schlägt er erneut zu und ein Schrei löst sich aus ihrer Kehle. Nun wartet er nicht mehr, sondern schlägt gleichmäßig zu, während sie flucht, kreischt, sich windet und weint. Kein Gedanke ist mehr möglich. Die Geräusche des aufprallenden Leders und das Brennen auf ihrer Haut bestimmen allein ihre Wahrnehmung und der Schuft hört nicht auf, macht keine Pause, zeigt kein Mitleid. Das Feuer breitet sich immer weiter von ihrem Po bis auf die Rückseiten ihrer Oberschenkel aus und löscht alle Gedanken aus ihrem Kopf. Der letzte Rest von Widerstand in ihrem Denken und ihren Muskeln zerfällt zu Staub. Es wird still. Kira schwebt auf einer weichen Wolke der totalen Entspannung. Alles ist richtig, so wie es ist, und sie ist genau da, wo sie sein will.

Plötzlich sind ihre Beine frei. Warme Hände umfassen ihre Taille und ziehen sie hoch. „Hinknien, Kira", hört sie und reagiert, wie ferngesteuert.

Ihre Beine werden auseinandergedrängt und eine große Hand in ihrem Nacken drückt ihre Stirn nach unten auf die Matratze. Sie ist bereit für ihn, erwartet ihn, sehnt sich danach, von ihm ausgefüllt zu werden. Stöhnend bewegt sie ihr Becken und hört ihn leise lachen.

„Sehr schön, kleine Haselnuss." Bevor sie die Anstrengung aufbringen kann, den Sinn seiner Worte zu verstehen, fühlt sie, wie seine Finger ihre Schamlippen auseinanderziehen und er langsam, aber unnachgiebig in sie eindringt. Gott, ist das gut. So gut. Stöhnend drückt sie sich gegen ihn. Seine Hände streichen über die brennende Hitze auf ihrem Po. Ein Wimmern dringt aus ihrer Kehle, dann hört sie seine Stimme dicht an ihrem Ohr. „Geht es dir gut, Haselnuss?"

„Mmh."

Er zieht sich zurück und schiebt sich erneut fest in ihre Vagina hinein. „Du gehörst zu mir, Kira."

Mehr braucht sie nicht. Ihre gequälte Seele reagiert auf die Worte, als ob er einen Vibrator an ihre Klit halten würde. Heiße elektrische Wellen erfassen jede Zelle ihres Körpers. Sie schreit auf, wird ins Universum geschleudert und spürt, wie ihre Muskeln sich pulsierend um seinen Schwanz schmiegen, immer wieder, fast schmerzhaft intensiv und nicht mit dem Willen beeinflussbar. Er knurrt, keucht, bewegt sich schneller, härter, stößt immer wieder tief in sie hinein. Er lässt sie eine Ewigkeit auf den hohen Wellen einer seltsamen Mischung aus Ekstase und schmerzhaft intensivem Rausch tanzen.

„Bitte!", schreit sie irgendwann, weil sie glaubt, es nicht mehr länger aushalten zu können, und mit einem animalischen, kehligen Laut versteift er sich. Sein Schwanz zuckt und bebt lange, immer wieder, dann sinkt sein Oberkörper auf ihren Rücken und sie hört ihn laut und stoßweise keuchen.

Langsam verebben die Wellen ihres Orgasmus in ihrem Körper und sie sinkt sanft wie eine Feder auf den verschwommenen Boden der Wirklichkeit zurück. Erlöst, euphorisch, übersprudelnd vor Glück und zu Tode erschöpft liegt sie unter ihm. Alle Muskeln sind entspannt, alles ist richtig, alles ist genauso, wie es sein muss.

„Sch … ist gut, Süße, ist gut", hört sie ihn flüstern und registriert erstaunt, dass ihr Brustkorb bebt und ihr ohne Unterlass Tränen aus den Augen strömen.

„Ja, ich weiß", stößt sie mühsam hervor und kann doch nicht aufhören, zu weinen.

Vorsichtig zieht er sich aus ihr zurück und rollt sich neben sie. Er befreit ihre Hände, zieht sie in seine Umarmung und bedeckt ihre Stirn mit sanften Küssen. „Tief atmen, ganz ruhig, kleine Haselnuss." Die Tränen versiegen langsam, dafür bekommt sie Schluckauf.

„Oh nein", stöhnt sie und kann das Hicksen nicht unterdrücken. Er lacht leise und zieht sie noch enger an sich.

Er möchte sie am liebsten nie wieder loslassen. Sie drängt sich an ihn, immer noch zitternd und bebend, die Augen rot und geschwollen, das Gesicht nass von Tränen. Sanft streicht er ihre Haare zurück, presst weich die Lippen auf ihre Stirn und wartet geduldig, bis sie endlich ruhiger wird.

„Gott, ich habe noch nie, hicks, so einen Orgasmus, hicks, gehabt", bringt sie mühsam heraus.

Er schmunzelt, drückt ihr Gesicht fest gegen seine Brust und streichelt in langen Zügen über ihren Rücken. Ihre Atemzüge normalisieren sich und allmählich werden die Hickser weniger.

Nach einer Weile löst sie sich ein Stück von ihm und seufzt. „Das mit dem Schmerz und der Erregung wäre damit wohl definitiv geklärt."

Er hebt ihr Kinn an und mustert ihr Gesicht. „Ängstigt es dich?"

Sie sieht ihm einen Moment lang tief in die Augen. „Ja. Aber nicht, wenn ich bei dir bin."

Ein Kloß bildet sich in seinem Hals. Energisch schluckt er ihn hinunter, schließt kurz die Augen und küsst ihre weichen, warmen, nachgiebigen Lippen.

„Ich muss jetzt mal kurz aufstehen, Haselnuss, aber ich bin gleich wieder da, okay?"

„Mmh."

Er entsorgt das Kondom und holt zwei Kühlpacks aus dem Eisschrank. Als er zu ihr zurückkehrt, sieht sie ihm irritiert entgegen. „Eins für die Augen und eins für die geschwollenen Finger", sagt er und greift nach ihrer rechten Hand.

„Au!", jammert sie auf, als er eins darauflegt.

„Wenn du das nächste Mal dein Auto hauen willst, solltest du nicht die Finger benutzen."

„Shit", flucht sie und seufzt dankbar, als er das andere Pack sanft auf ihre Augen legt. „Danke."

„Du?", hält sie ihn auf, als er sich wieder entfernen will.

„Was denn?"

„Ich … es tut mir so leid … ich war…"

Er legt die Finger über ihre Lippen. „Wir reden gleich in Ruhe, Baby."

Er drückt ihr einen schnellen Kuss auf den Mund und verschwindet. Sie muss schlucken, um nicht schon wieder zu heulen. Sie ist erschöpft. Die letzten

Stunden, der ganze Abend mit diesen vielen widerstreitenden Gefühlen hat sie ausgelaugt, und die Angst, dass er sie verlässt, wenn er die ganze Wahrheit über ihren Besuch im Club erfährt, liegt wie ein dicker Kloß in ihrem Magen.

Nach einer Weile kommt er wieder. Sie hört leises Geschirrgeklapper und schiebt das Kühlpack von den Augen, um zu sehen, was er macht. Er trägt ein großes Tablett. „So, kleine Haselnuss. Nun machen wir es uns gemütlich."

Er stellt seine Last am Rand der Matratze ab. „Einmal aufsetzen, schöne Frau."

Sie gehorcht prustend. „Schön sehe ich gerade ganz bestimmt nicht aus."

„Es gibt nichts Schöneres als eine Frau nach einer Session." Er zwinkert mit einem kleinen Lächeln und drapiert alle verfügbaren Kissen hinter ihr, sodass sie sich im Sitzen anlehnen kann. Sie rutscht hoch und verzieht dabei schmerzhaft das Gesicht. Er grinst.

„Arsch."

Lachend schiebt er das Tablett in Reichweite, krabbelt auf der anderen Seite zu ihr unter die Decke und zieht sie in seine Umarmung. Mit großen Augen betrachtet sie eine Schale mit Vanilleeis, ein kleines Kännchen mit warmer Schokoladensoße und zwei mit Wein gefüllte Gläser.

Kichernd schüttelt sie den Kopf. „Was ist das denn? Ein Mitternachtspicknick?"

„Das ist Medizin für die Seele. Finger weg", befiehlt er streng und drapiert das Kühlpack wieder über ihrer Hand.

Als er die wunderbar cremige Schokoladensoße über das Eis gießt, läuft ihr das Wasser im Mund zusammen. Er greift nach einem Löffel. „Mund auf.“

Sie gehorcht, und er beginnt, sie und sich selbst zu füttern.

Normalerweise wäre es ihr furchtbar unangenehm, sich von einem Mann füttern zu lassen, aber in dieser Nacht ist sie viel zu erschöpft, um überhaupt nur darüber nachzudenken. Sie lehnt an ihm, fühlt die Bewegungen seines Körpers, ist umgeben von seinem Duft, hört sein Atmen und seinen Herzschlag und seine sanft dahinplätschernden Worte. Und plötzlich kann sie ihm alles erzählen, alles über ihre widerstreitenden Gefühle und Ängste, von Eve in der Bar und von Jack im Club und von den Erinnerungen an ihre Mutter. Er hört zu, fragt zwischendurch mal nach, kommentiert oder kritisiert sie aber nicht.

Als alles leer gegessen und sie leer geredet ist, seufzt sie wohlig. Er lächelt. „Geht es dir jetzt gut?“

„Mmh. Es könnte nicht besser sein.“

Er nickt zufrieden. „Sehr gut. Dann kann ich dich ja noch mal ein bisschen ärgern.“

Kichernd pikst sie mit dem Zeigefinger in seine Taille. „Du!“

Er zuckt kurz, stellt das Tablett zur Seite und steht auf. Mit einem schnellen Griff hat er die Decke nach hinten geschleudert und betrachtet ihren nackten Körper. „Umdrehen, Kira.“

Er wird doch nicht tatsächlich … Misstrauisch sieht sie zu ihm auf.

Er schmunzelt. „Jetzt, Süße, falls du nicht noch einen Nachschlag möchtest.“

Reflexartig gehorcht sie. Das Brennen auf ihrer Haut erwacht zu neuem Leben, als er mit den Händen über ihren Po und ihre Oberschenkel fährt. Sie kann das eine oder andere Zucken und Wimmern nicht unterdrücken.

„So liegen bleiben." Er steht auf, verlässt den Raum und kommt mit einer Tube in der Hand zurück.

Sie zuckt, als unerwartet kaltes Gel auf ihre Haut tropft, und seufzt dankbar, als er es sanft einmassiert.

„Sehr schön, kleine Haselnuss. Dein runder, praller Po gefällt mir mit dieser hübschen Zeichnung ausnehmend gut. Ich könnte ihn stundenlang betrachten."

Sie zischt durch die Zähne und verkneift sich jeden Kommentar. Lachend beendet er mit einem freundlichen Klaps die Versorgung ihrer Haut, holt eins seiner großen T-Shirts aus dem Schrank und wirft es ihr zu, damit sie es sich überstreifen kann. Es reicht ihr bis über die Oberschenkel und wird dafür sorgen, dass die Salbe nicht das Bettlaken verklebt.

Dann legt er sich wieder zu ihr und zieht sie in seine Umarmung. „So, Haselnuss. Und nun hör mir gut zu. Ich wiederhole mich nicht gerne." Er hebt ihr Kinn an und sieht ihr fest in die Augen. „Ich habe dir zugehört und über das, was du gesagt hast, nachgedacht. Und ich glaube, ich verstehe dein Problem. Du traust dich nicht, dich auf deine Gefühle einzulassen, weder was den Sex betrifft, noch was das Herz betrifft. Du hast Angst, enttäuscht zu werden, und deshalb suchst du alle möglichen logischen und unlogischen Argumente zusammen, um von vornherein alles kaputtzumachen. Und weißt du was, gegen dieses Problem gibt es ein ganz einfaches Mittel." Er küsst ihre Nasenspitze.

„Und welches?", fragt sie zaghaft.

„Du und ich, wir sind jetzt zusammen. Mit allem, was dazugehört. Wir sind ein Paar. Ich werde dich nicht vom Haken lassen, egal, was für dummes Zeug du anstellst und wie lange du noch Angst vor einer festen Bindung hast. Deine Mutter ist nicht dein Problem. Also stell dich darauf ein, du wirst mich nicht mehr los. Wir kriegen das in den Griff. Gewöhn dich einfach an den Gedanken, dass ich wie eine Klette an dir hänge. Hab ich mich klar genug ausgedrückt?"

Die Worte scheinen direkt ihre Tränendrüsen zu aktivieren. Sie kann nicht verhindern, dass sein Gesicht vor ihren Augen verschwimmt, als sie seinem zärtlichen Blick begegnet. Sie schluckt, dann kullern schon wieder die Tränen.

„Es tut mir so leid, im Club, dass ich mit dem anderen Mann ..." Zaghaft sieht sie zu ihm auf. Es muss ihn getroffen haben. „Es tut mir so leid", wiederholt sie traurig.

Er hebt sanft ihr Kinn an und sieht ihr in die Augen. „Kira, deine Gefühle sind normal. Du hast Angst vor deiner Sexualität, aber das musst du nicht. Du bist nicht deine Mutter."

Sie schluckt. „Wieso bist du so sicher?"

„Ich bin es einfach."

„Vielleicht hast du recht", gibt sie leise zu.

Er küsst ihre Stirn. „Niemand kann dir garantieren, dass Glück ewig dauert. So ist das nun mal. Aber mit mir hast du dir gleichzeitig einen absolut loyalen und treuen Freundeskreis angelacht, der dich immer auffangen wird, was auch passiert. Du bist nie mehr ganz allein, Kira, auch nicht, falls wir uns mal trennen sollten. Die anderen mögen dich, egal wie du lebst oder was du verheimlichst."

Er sieht ihr fest in die Augen. „Hast du das verstanden, Haselnuss?"

„Ja, und ich versuche, es zu glauben."

Er zuckt gleichgültig mit den Schultern. „Das wird schon."

„Es ist … so seltsam für mich, nicht allein zu sein."

Er lacht. „Du wirst dich dran gewöhnen. Betrachte dich hiermit als verhaftet, Madam."

Er küsst sie fest und besitzergreifend. Seine Hand wandert ihren Rücken hinunter bis auf ihren Po. Neues Brennen lässt sie zusammenzucken und die Schmetterlinge in ihrem Unterleib erwachen. Das Wissen, die Spuren seiner Züchtigung zu tragen, erregt sie augenblicklich schon wieder. Gott, sie ist viel zu erschöpft für diese ganzen Gefühle.

Sie stöhnt, und er zieht den Kopf zurück, um sie ansehen zu können. Er grinst. Der Mistkerl weiß schon wieder ganz genau, was er in ihr auslöst.

Er zieht ihren Kopf an seine Brust und drückt auf den Schalter der kleinen Lampe.

„Schlaf gut, Haselnuss."

„Du auch, du … du … Nussknacker."

# Kapitel 10

Heute Abend wird bei uns gegessen. Du kannst dir sparen, über eine Ausrede nachzudenken, „ich lasse sowieso keine gelten." Ella steht vor ihr, hat die Fäuste in die Taille gestemmt und sieht sie mit erhobenem Kinn herausfordernd an.

Kira verdreht die Augen. „Ist ja schon gut. Okay, ich komme."

Ella grinst. „Sehr brav."

Sie dreht sich um und winkt. „Dann bis um acht."

Bevor Kira antworten kann, ist sie aus dem Kücheneingang verschwunden.

Zwei Wochen ist dieser schreckliche Abend im Rosenclub jetzt her. Seitdem hat sie bei Pascal mehrere Nächte verbracht, aber es hat keine intensiven Sessions mehr gegeben. Ihr Hintern hatte einige Tage gebraucht, um sich zu erholen, ein Umstand, den sie definitiv sehr genossen hat. Jedes Leugnen diesbezüglich konnte sie sich sparen, Pascal wusste ganz genau, wie es ihr ging, und amüsierte sich köstlich über ihre Seufzer, wenn er den Zustand ihres Hinterns inspizierte, bevor, nachdem und während sie zärtlichen Sex miteinander hatten. Außerdem haben sie viel geredet, gemütlich gefaulenzt und sind sich vertrauter geworden. Immer noch fällt es ihr schwer, zwanglos Zärtlichkeiten auszutauschen und sich in seine Arme zu kuscheln. Es ist so fremd für sie, jemandem so nahe zu sein. Pascal lässt sich davon nicht irritieren, beachtet es gar nicht, wenn sie zeitweise etwas spröde und schüchtern ist, zieht sie dann einfach fest in seine Umarmung, sodass sie gar keine Chance hat, seiner Nähe auszuweichen, wofür sie ihm unsagbar dankbar ist. Heute Abend soll sie nun zum ersten Mal als Pascals Freundin bei einer kleinen privaten Feier dabei sein. Ella hat ihren Ausbildungsvertrag unterschrieben und aus diesem Anlass ihre engsten Freunde eingeladen. Außer Pascal und ihr werden nur Mona und Leon da sein, die ebenfalls BDSM leben. Es gibt also keinen Grund für Unsicherheit oder Angst vor einem Outing. Kira hat trotzdem eine Ausrede gesucht, um nicht hinzugehen. Die Angst, nicht willkommen zu sein, ist so tief in ihr verwurzelt, dass sie schon aus Gewohnheit absagen wollte. Aber nun hat sie sich überreden lassen und wird nicht kneifen.

Pascals Auto steht nicht vor dem Haus, als sie ankommt, und so klingelt sie direkt an der unteren Wohnung. Ella reißt die Tür auf und begrüßt sie mit einem breiten Grinsen. „Na endlich. Komm rein. Ich dachte schon, du kneifst doch noch."

Etwas irritiert lässt sie sich in die Küche ziehen, in der eine schlanke Frau mit braunen, glatten Haaren, etwa in ihrem Alter, am Schrank lehnt.

„Mona, Kira. Kira, Mona."

Ella zeigt von einer zur anderen, sie sagen sich Hallo und beäugen sich zurückhaltend.

Ella schüttelt den Kopf und macht eine abfällige Handbewegung. „Keine falsche Scham, Mädels, wir haben alle den gleichen unanständigen Geschmack."

Mona kichert. „Ella, du bist unmöglich."

Kira verdreht die Augen. „Finde ich auch. Ich glaube, das mit dem Arbeitsvertrag war eine voreilige Entscheidung", sagt sie amüsiert.

Ella winkt gelassen ab und öffnet den Mund, doch bevor sie antworten kann, ertönt eine tiefe Stimme trocken aus Richtung der Tür. „Du spinnst wohl! Ich bin froh, dass das Weib endlich vernünftig kochen lernt!"

Tim und ein riesiger muskelbepackter Typ kommen hereingeschlendert.

„Wie bitte?", fragt Ella entrüstet und Tim lacht. „Ach Fledermaus, es ist herrlich, wie leicht man dich auf die Palme bringen kann."

Er zieht Kira zu sich heran und küsst sie auf die Wange. „Schön, dass du gekommen bist, Kira. Ich danke dir sehr, dass du versuchen willst, diesem nichtsnutzigen Weib etwas beizubringen. Lass dir bloß nicht zu sehr von ihr auf der Nase herumtanzen."

Kira kichert. „Na ja, es gibt langweiligere Angestellte."

Der Riese lächelt sie freundlich an. „Du bist also die Superfrau, die es geschafft hat, Pascal an die Leine zu legen. Schön, dass wir uns endlich kennenlernen. Ich bin Leon."

Kira will ihm die Hand geben, doch er zieht sie an seinen breiten Körper, umschlingt sie mit den Armen und küsst sie auf beide Wangen. Irritiert und verlegen tritt sie reflexartig einen Schritt zurück, als er so gnädig ist, sie aus seinem Klammergriff zu entlassen.

„Wo ist Pascal?", fragt Tim.

Kira zuckt mit den Schultern. „Er hat gesagt, er wird pünktlich da sein."

In diesem Moment klopft es an der Wohnungstür. Tim macht auf und Pascal kommt herein.

„Hallo allerseits." Nachdem er allen grüßend zugenickt hat, zieht er Kira in den Arm und küsst sie ausgiebig auf den Mund. Sie windet sich ein bisschen. Sie hat noch nie in ihrem Leben vor anderen Leuten mit einem Mann geknutscht.

Pascal missfällt ihre steife Körperhaltung. „Wirst du mich wohl angemessen begrüßen?", brummt er, drängt sie gegen eine Wand, legt eine Hand in ihren Nacken und drückt mit Daumen und Fingern der anderen fies in ihre Wangen, sodass sie den Mund öffnen muss. Dann schiebt er seine Zunge zwischen ihre Lippen und küsst sie so lange so fordernd und unnachgiebig, bis sie sich halb resignierend und halb genießend an ihn schmiegt. Als er sie loslässt und bemerkt, dass alle Blicke auf ihn und seine Freundin gerichtet sind, grinst er. „Ist was?"

Alle lachen und Kira verdreht die Augen.

„Los, Leute, setzt euch, das Essen ist fertig. Ich habe Pizza gemacht", ruft Ella. „Tim, machst du den Wein auf?"

Tim sieht in die Runde. „Ich denke, vorerst verzichten wir auf Alkohol, oder? Ella hat ja noch eine Strafe von Pascal offen, mit Kira als Zuschauerin. Ich denke da an einen Karton mit Büchern und einem persönlichen Brief. Wäre doch heute die perfekte Gelegenheit, oder?" Er sieht Pascal und Kira fragend an.

Pascal nickt. „Gute Idee. Wir freuen uns, nicht, mein Schatz?" Er klopft Kira lässig auf die Schulter, ohne zu beachten, dass die gerade zu einer Salzsäule erstarrt.

Kiras Gedanken stolpern konfus über die Worte. Wie bitte? Was ist los? Was haben die vor?

Ellas Augen werden ganz schmal, und ihre Wangen färben sich rot. „Heute?"

Tim grinst süffisant. „Warum nicht heute?"

Mona kichert albern. „Das wird ein Spaß."

Leon hebt eine Augenbraue. „Ach ja? Vielleicht möchtest du deiner besten Freundin einen Teil der Strafe abnehmen? Damit es für sie nicht ganz so grausam wird?"

Monas Augenlider zucken und ihre Hände drehen nervös den Teller auf dem Tisch hin und her. „Ähm …"

Ella beugt sich vor und grinst sie frech an. „Tja, meine Liebe, nun kannst du beweisen, ob du wirklich eine echte Freundin bist."

Mona schiebt die Unterlippe vor. „Das ist Erpressung. Aber ihr glaubt ja wohl nicht, dass ich zu feige bin, die Herausforderung anzunehmen."

Ella kichert und Leon drückt Mona einen Kuss auf die Lippen. „So mutig, kleiner Kolibri, hoffentlich bereust du das nicht." Grinsend wuschelt er ihr durch die Haare.

Kira ist kurz davor aufzuspringen. Die Situation wird ihr definitiv unheimlich. Nachher kommen die Männer noch auf die Idee, sie ebenfalls mit einzubeziehen. Sie dreht Pascal das Gesicht zu und begegnet prompt seinem Blick. Anscheinend beobachtet er bereits ihre Reaktion auf das Geplänkel der anderen. Jetzt legt er seine Hand auf ihren Arm und beugt sich dicht an ihr Ohr.

„Keine Angst, Haselnuss. Hier passiert nichts ohne gegenseitiges Einvernehmen. Niemand zwingt dich zu irgendwas, es sei denn, du möchtest es."

Sie schüttelt wild den Kopf. Er schmunzelt und küsst sie sanft auf den Mund. „Es wird dir gefallen, zuzusehen. Vertrau mir."

„Nein!", entfährt es ihr so laut, dass alle anderen zu ihr sehen.

„Wart's ab", sagt Leon und alle lachen.

Kira vergräbt das Gesicht in den Händen. „Oh Gott, wo bin ich gelandet?"

Ella winkt ab. „In einem total versauten Haufen", sagt sie trocken. „Finde dich einfach damit ab. Können wir jetzt essen?"

Und dann sitzen sie gemütlich zusammen, essen Ellas fantasievoll belegte Pizza und unterhalten sich über Gott und die Welt.

Kira beobachtet heimlich die anderen beiden Paare, die augenscheinlich glücklich verliebt sind. Die Atmosphäre ist sehr entspannt und allmählich vergisst sie, was noch für den Abend geplant ist.

Fast wird sie ein wenig sentimental. Was hatte Pascal gesagt? *Du hast dir auch einen absolut loyalen und treuen Freundeskreis angelacht, der dich immer auffangen wird, was auch passiert.* Allmählich versteht sie, was er damit meinte. Am Tisch herrscht eine so angenehme, harmonische Stimmung, wie sie sie nie vorher mit anderen Menschen kennengelernt hat. Sie fühlt sich sehr wohl.

Die Zeit vergeht, und irgendwann glaubt sie, die Männer haben nur Witze gemacht und es geschieht nichts Aufregendes mehr. Dass dies ein Irrtum ist, wird ihr schlagartig klar, als Tim Ella den Arm auf die Schultern legt und an ihren langen, blonden Haaren zupft. „Ich denke, das Essen liegt nicht mehr allzu schwer im Magen und wir können zum amüsanten Teil des Abends übergehen, oder, kleine Fledermaus?"

Ella hebt ruckartig den Kopf und starrt ihn an, ohne einen Ton zu sagen. Tim küsst sie auf die Stirn, legt die Hand weich an ihre Kehle und wendet sich gleichzeitig Pascal und Kira zu. „Habt ihr als Leidtragende ihres Ungehorsams besondere Wünsche für ihre Strafe?

Kiras Mund ist plötzlich trocken wie die Sahara. Pascal streicht sich nachdenklich über das Kinn und zieht die Augenbrauen hoch. „Also, ich mag ja Ellas runden, prallen Arsch."

„Du bist ein Arsch", zischt Ella mit Inbrunst und wimmert auf, weil Tim fest in ihre Haare packt.

„Würdest du bitte etwas höflicher zu unseren Gästen sein?" Seine leise Stimme scheint plötzlich eisig zu klirren.

Kira zieht reflexartig den Kopf ein, obwohl Tim doch auf der anderen Seite des Tisches sitzt und sie mit diesem Disput gar nichts zu tun hat.

„Jaaa ...", jammert Ella und er drückt seine Lippen auf ihre.

„Hey!" Tims Aufschrei folgt nur eine Zehntelsekunde später. Er richtet sich ruckartig auf, greift hinten in seine Hose und holt, anscheinend direkt aus der Pospalte, die Reste eines Eiswürfels heraus. Fassungslos starrt er Mona an, die grinsend ihr Colaglas schwenkt, aus dem das Objekt des kühlen Schreckens stammt.

Kira macht große Augen und Leon grinst. „Tim, ich fürchte, den Damen mangelt es an Respekt vor dir."

„Nicht mehr lange, mein Freund, nicht mehr lange", knurrt der ganz und gar nicht amüsiert.

Mona und Ella kichern albern los, was nahtlos in ein unbeherrschtes Aufjaulen mit nachfolgendem ängstlichen Schweigen übergeht, als Leon und Tim die beiden Frauen jeweils fest im Nacken packen und vor sich her in Richtung Wohnungstür schieben.

Kira beobachtet die Szene mit seltsam widerstreitenden Gefühlen. Was werden die Männer jetzt tun? Tim wirkte gerade so verdammt angepisst, dass sie an Ellas Stelle ganz sicher eine Panikattacke bekäme.

„Komm, kleine Haselnuss. Das wird eine nette Show", verspricht Pascal und nimmt ihre Hand.

Kira macht sich ganz steif. „Ich glaube, ich will das lieber nicht sehen."

Er grinst. „Du willst."

Widerstrebend lässt sie sich von ihm mitziehen. Natürlich will sie, aber das ist ihr furchtbar peinlich. Das kann sie doch nicht zugeben!

Das Benehmen von Mona und Ella fasziniert sie. Jetzt hört man sie im Treppenhaus keifen, kichern und kreischen. Besondere Angst haben sie wohl nicht. Im Gegenteil, es scheint ihnen deutliches Vergnügen zu bereiten, die Männer herauszufordern. So albern hat Kira sich den Beginn einer SM- Session noch nie vorgestellt. Und in ihren Romanen war das auch immer ganz anders.

Sie folgen den anderen beiden Paaren in das große Spielzimmer im Keller. Aus versteckten Lautsprechern ertönt leise Geigenmusik. Stimmungsvoll gedämpftes Licht rund um die hell angestrahlte Fläche in der Mitte sorgt für eine ganz besondere, prickelnde Atmosphäre.

Kira stoppt ruckartig , nachdem sie vor Pascal den Raum betreten hat. Ella und Mona knien jetzt nebeneinander auf dem Boden. Tim und Leon stehen breitbeinig hinter den Frauen, verbinden ihnen die Augen und ziehen ihnen die Blusen über den Kopf. Tim legt eine Hand an Ellas Kehle, zwingt so ihren Kopf in den Nacken, küsst sie und zupft mit den Fingern der anderen Hand an einer ihrer Brustwarzen. Die Szene ist so erotisch und fantasieanregend, dass Kiras Herz augenblicklich schneller schlägt und das Blut heißer durch ihre Adern pumpt.

Pascal drängt sie sanft zur Seite, mit dem Rücken gegen eine der viereckigen, gemauerten Deckenstützen. Er hebt ihr Kinn an und sieht ihr in die Augen. Seine zuckenden Mundwinkel verraten sein Amüsement. Der Mistkerl durchschaut sie schon wieder.

„Okay, Haselnuss. Ich werde dich jetzt an diese Säule fesseln. Von hier aus kannst du alles bestens sehen. Zwischendurch frage ich dich, was du fühlst, und ich erwarte ehrliche Antworten. Solltest du lügen, habe ich keine Hemmungen, dich in dieser Session aktiv mitwirken zu lassen. Haben wir uns verstanden?"

Er wartet, mustert konzentriert ihr Gesicht, und sie versteht, dass er ihr Zeit gibt, darüber nachzudenken, ob sie ihr Safeword benutzen will.

Sie schluckt und nickt zögernd.

Seine Hand legt sich an ihre Wange und er drückt weich seine Lippen auf ihre. Seufzend lehnt sie sich gegen ihn. Er beendet den Kuss viel zu schnell, geht kurz weg und kommt mit ledernen, schwarzen Manschetten zurück. Der Anblick reicht, um Kira ein feuchtes Höschen zu bescheren. Schon wieder muss ihr Gesichtsausdruck sie verraten haben, denn Pascal schmunzelt.

Er fesselt ihre Hände mit einer kurzen Kette um den Pfeiler herum auf den Rücken. Die Erinnerung an ihren ersten Besuch in seiner Wohnung und die Plüschhandschellen flammt in ihr auf. Ein albernes Glucksen löst sich aus ihrer Kehle. Erschrocken kneift sie die Lippen fest zusammen.

Pascal betrachtet sie kurz mit misstrauisch hochgezogenen Augenbrauen und wendet sich dann ab.

Ihr Blick fällt wieder auf Mona und Ella. Inzwischen sind die beiden Frauen ganz nackt und die Männer haben ihnen die Hände auf den Rücken gefesselt. Jetzt sind nicht nur ihre Augen weiterhin verbunden, sondern sie wurden zusätzlich mittels Knebelbällen zum Schweigen verurteilt. Kira kann beide gut von der Seite sehen. Die drei großen, breitschultrigen Männer betrachten die beiden vor ihnen knienden Frauen. Neue Wellen der Erregung pulsieren durch Kiras Adern, während sie das Geschehen beobachtet.

„Wunderschön", sagt Tim und berührt mit den Fingerspitzen Monas Hals. Sie zuckt. „Jetzt hast du Angst, kleines, freches Mädchen, und weißt du was? Du hast auch allen Grund dazu", sagt er leise, fast zärtlich.

Ein Wimmern dringt durch den Knebel und sie schmiegt ihr Gesicht in seine Hand. Kira sieht fasziniert zu. In ihrer Klit pulsiert es. Macht es denn Leon nichts aus, wenn seine Freundin … ihr Blick zuckt zu ihm. Nein, er wirkt völlig gelassen.

Jetzt drückt Leon Ellas Kopf auf den Boden und streicht mit den Fingerspitzen über ihren blanken, zuckenden Po. „Sehr hübsch, Ella." Er zieht ihren Kopf wieder hoch und betrachtet ihre Brüste. „Und sehr erregt. Wie nett."

Pascal stimmt ihm zu und holt aus einem Schrank an der Wand mehrere Schlaginstrumente.

„Was möchtet ihr benutzen, Jungs?", fragt er und schlägt mit einer einriemigen Peitsche zischend durch die Luft. Die beiden Frauen zucken zusammen und Kira spürt einen fiesen Stich im Herzen. Eifersucht? Scheiße! Ihr Herz setzt einen Schlag lang aus, weil Leon sich zu ihr umdreht. Hat sie etwa laut geflucht? Oh Gott! In ihrer Kehle bildet sich ein dicker Kloß. Sie schluckt, und ihr Körper presst sich ganz automatisch an den Stein hinter ihr, als ob ihr das irgendetwas nützen würde. Leon schlendert zu ihr herüber, bleibt dicht vor ihr stehen und streicht sachte ein paar Haare hinter ihr Ohr.

„Alles in Ordnung, Kira?"

„Mmh."

„Sicher?"

„Ja", haucht sie und starrt wie hypnotisiert zu ihm auf. Er ist so groß und breit. Er könnte sie mit bloßen Händen zerquetschen und müsste sich wahrscheinlich nicht mal dabei anstrengen.

„Dann ist es ja gut."

Er legt seine Hand an ihren Hals und streichelt sanft mit dem Daumen über ihre Wange. Kiras Brustwarzen verhärten sich. Man wird es bestimmt durch die Kleidung erkennen können. Ihr Herz überschlägt sich. Die drei Männer werden es sehen und ihre Schlüsse daraus ziehen! Und was denkt Pascal dann? Der wird sauer sein. Oder traurig? Das darf doch nicht wahr sein! Warum erregt es sie, wenn ein fremder Mann sie anfasst? Warum kann sie sich nicht dagegen wehren? Panik breitet sich wellenartig in ihrem Bewusstsein aus. Sie kann nicht mehr klar denken, ihr Körper beginnt aufzubegehren. Ihre Atemzüge werden hektisch und kurz.

„Nicht doch, Kira. Alles ist gut", sagt Leon sanft und streicht warm über ihre Oberarme. „Hier passiert keiner Frau etwas, das sie nicht selber will. Auch dir nicht."

Tim kommt zu ihnen und stützt sich lässig mit einer Hand über ihrem Kopf am Pfeiler ab. Jetzt betrachten sie zu zweit ihren dämlichen verräterischen Körper. Sie ist sich noch nie so klein und ausgeliefert vorgekommen wie in diesem Moment vor diesen beiden großen, durch und durch dominanten Kerlen, deren Blicke inzwischen auf ihren Brüsten hängen geblieben sind.

„Sehr schön", sagt Tim lächelnd und Kira keucht panisch auf.

„Nicht. Ganz ruhig." Tim tritt zurück.

Leon schüttelt den Kopf, legt seine Finger weich an ihren Hals und fühlt ihren rasenden Puls. „Pascal, komm her, dein Mädel bekommt grad etwas zu viel Angst vor uns."

Pascal tritt in ihr Sichtfeld. „Augen zu mir, Haselnuss."

Sie gehorcht ihm, ohne zu denken.

„Wovor hast du Angst?"

„Ich weiß nicht", stößt sie atemlos hervor.

„Doch, das weißt du ganz genau. Sei ehrlich, zu dir und zu uns."

Ihre Gesichtshaut brennt. Sie presst die Lippen fest zusammen und schüttelt mit flehendem Blick den Kopf.

Er legt die Finger an ihr Kinn. „Es ist alles gut und richtig, Kira."

Ihr Herz klopft ganz oben in ihrem Hals, während ihre Blicke ineinander versinken, und dann wird ihr klar, dass er genau weiß, was in ihr vorgeht, dass er sie längst durchschaut hat und dass er genau das will, was gerade passiert. So ein fieser Arsch!

„Das ist gemein", flüstert sie.

Die Männer grinsen und Pascal stupst mit seinem Zeigefinger auf ihre Nase. „Natürlich ist es das, deshalb macht es ja auch solchen Spaß. Würdest du jetzt bitte meine Frage beantworten?"

Nein, diese Genugtuung wird sie ihm nicht geben. Darauf kann er lange warten. Sie presst die Lippen wieder fest zusammen.

Pascal zuckt mit den Schultern. „Ganz wie du möchtest, Haselnuss."

Ohne den Blick von ihr zu nehmen, hebt er die Hände und beginnt, ihre Bluse aufzuknöpfen. So ein fieser, gemeiner, widerlicher … Kira beugt den Körper in dem völlig unsinnigen Versuch ihn abzuwehren vor, doch Tim tritt hinter sie.

„Na, na, wer wird denn da zappeln." Er legt eine Hand an ihr Kinn und zieht sie wieder in die aufrechte Position.

Warum schreit sie nicht ihr Safeword? Warum lässt sie sich das gefallen? Kein Laut schafft es über ihre Lippen, sie ist viel zu sehr gefangen in der Situation. Erregt und machtlos erträgt sie, dass Pascal ihr die Bluse ganz aufknöpft und ihren BH öffnet. Warum musste sie auch ausgerechnet heute einen mit vorderem Verschluss anziehen. Sie hat verloren, auf ganzer Linie, so ein Mist!

Ergeben senkt sie die Augenlider. Kühle Luft trifft ihre Haut, und ihre Brustwarzen prickeln unter den Blicken der drei Männer. Sie möchte im Boden versinken und gleichzeitig um keinen Preis, dass sie ihr fieses Spiel beenden.

„Schöne Brüste", sagt Leon und Tim stimmt ihm zu. „Sicher stehen ihr Klammern sehr gut. Hast du ihr schon welche geschenkt, Pascal?"

„Nein, wir haben bisher nur ihre eigenen benutzt."

Ihr Blick zuckt hoch und ihre Augen sehen direkt in seine fröhlich grinsende Visage. Ein zorniges Schnauben kommt aus ihrer Kehle. Wie sie ihn hasst! Dieser widerliche, arrogante Neandertaler!

Er küsst sanft ihren verkniffenen Mund. „Möchtest du uns sagen, ob du feucht bist, oder sollen wir nachsehen, Haselnuss?"

„Ich hasse dich!", faucht sie.

„Das ist dein gutes Recht. Würdest du dich jetzt bitte entscheiden?"

„Ja! Ich bin feucht! Ihr miesen Drecksäcke!"

Tim legt seinen Zeigefinger über ihren Mund. „Sch … Kira. Fordere uns nicht zu sehr heraus, sonst glauben wir noch, du möchtest mitspielen."

Der Blick aus seinen braunen Augen lässt die Schmetterlinge in ihrem Bauch Loopings fliegen. Unwillig dreht sie den Kopf zur Seite und die Männer lachen.

Pascal stellt sich halb hinter sie, legt eine Hand auf ihre Schulter und beißt sanft in ihr Ohrläppchen. „Ich möchte, dass du jetzt schweigst. Solltest du das nicht schaffen, bekommst du ebenfalls einen Knebelball zwischen die Zähne, klar?"

Sein Daumen streichelt sanft ihre Halsbeuge, während Tim und Leon sich wieder ihren Frauen zuwenden.

Pascal fühlt ihren Puls wild und hart unter dem Ohr. Ihr Blick folgt Tim und Leon und sie leckt sich über ihre trockenen Lippen. Fuck, er liebt diese Frau. Er liebt alles an ihr, ihre Wut, ihre Angst, ihre Unsicherheit, ihre Kraft und ihren Stolz.

Leon hebt die lange Peitsche auf. „Mit welcher fangen wir an, Tim?"

„Ich würde sagen, Ella. Sie bekommt ja sowieso einige Hiebe mehr, und wir können ihr eine Pause gönnen, während wir uns um Mona kümmern. Oder was meinst du?"

Leon nickt. „Ja, so machen wir es." Wieder schlägt er mit der Peitsche hart durch die Luft.

Ella zuckt und wimmert erschreckt auf.

Kira öffnet den Mund und Pascal legt weich seine Hand über ihre Lippen. „Kein Wort, Kira. Nicht vergessen."

Sie zuckt zusammen, aber dann schmiegt sie ihre Lippen gegen seine Finger. In seiner Kehle bildet sich ein Kloß. Fuck. Er räuspert sich und streicht mit dem Daumen über ihre Unterlippe.

Leon fuchtelt weiter mit der Peitsche herum und Ella zittert inzwischen erbarmungswürdig. Tim hat lautlos den Raum verlassen und kehrt mit einer großen, aber flachen Schüssel und mehreren Handtüchern zurück. Die Handtücher legt er zur Seite, die Schüssel stellt er vorsichtig auf den Boden, ohne ein Geräusch zu verursachen. Ein Berg Eiswürfel ist darin zu erkennen. Pascal beobachtet Kira, die deutlich gespannt nach vorn starrt. Jetzt übernimmt Tim die Peitsche. Er läuft um die Frauen herum, schabt über den Boden und lässt hinter Ella das Leder zischen. Sie zuckt nach vorn, doch in diesem Moment schreit Mona, durch den Knebel gedämpft, erschrocken auf. Tim hat sie überraschend im Nacken gepackt und Leon drückt einen Eiswürfel auf ihre rechte Brustwarze. Während Mona wimmert und stöhnt, zuckt Ellas Kopf irritiert hin und her. Pascal schmunzelt. Das war eine klasse Idee, die Tim sich da hat einfallen lassen.

Kira rührt sich nicht. Völlig gefangen vom raffinierten Spiel der Männer starrt sie nach vorn auf das Geschehen. Leon und Tim lachen und ziehen sich für einen Moment zurück.

„Okay, Fledermaus, jetzt bist du wirklich dran", sagt Tim und schlägt wieder mit der Peitsche durch die Luft.

Leon nähert sich Ellas Gesicht. „Wirklich, Tim?"

Ella zuckt, Mona zuckt auch. Was für ein gemeines, nettes Spiel. Leon übernimmt jetzt geräuschlos die Peitsche von Tim. Sie sehen sich an, dann schleicht Tim hinter Ella. Genau in dem Moment, in dem Leon die Peitsche singen lässt, streicht Tim Ella sanft über den Rücken. Sie bäumt sich auf, dann wimmert Mona durch den Knebel, weil Leon mit einem neuen Eiswürfel ihre Brustwarze umfährt.

Die Männer lassen sich Zeit und variieren ihr fieses Spiel nach Gutdünken. Irgendwann flüstern sie kurz miteinander, entfernen sich geräuschlos von den beiden Frauen und warten ab. Es ist still, nur die Geigen dudeln leise aus den dunklen Ecken des Raumes. Die beiden Frauen keuchen, ihre Köpfe zucken hin und her, als ob sie völlig die Orientierung verlieren.

„Genug gespielt. Nach vorn, Ella. Stirn auf den Boden, Arsch hoch", befiehlt Tim plötzlich hart. Sie zuckt zusammen und gehorcht sofort. Deutlich ist das Beben und Zittern ihres Körpers zu erkennen.

Leon kniet sich hinter Mona, zieht ihren Kopf in den Nacken und beißt sanft in ihre Kehle. „Du bist so heiß, Mona. Ich liebe deinen Körper." Seine

Stimme ist zärtlich. Mona wimmert leise, drückt ihr Gesicht an seine Wange und bekommt offensichtlich nicht mit, dass Tim die Schüssel geräuschlos vor sie stellt. Er nickt Leon zu und entfernt sich.

„Okay, kleiner Kolibri, du bekommst jetzt deinen Anteil an Ellas Strafe. Das wird sehr anregend aussehen." Er steht auf und beugt sich über sie. „Streck die Beine nach hinten, du sollst jetzt auf dem Bauch liegen." Er stützt ihren Körper sicher ab, hat den linken Arm um ihre Rippen geschlungen, hält mit der Hand ihren rechten Oberarm, während sie gehorcht und zwischen seinen Beinen die Füße nach hinten streckt. Er beugt sich langsam vor und lässt ihren Körper hinab, bis ihre Brüste in den Eiswürfeln versinken. Sie stöhnt laut in den Knebel, versucht sich zu wehren, doch er hält sie unbarmherzig fest. Die plötzliche Kälte muss höllisch wehtun. Mona zappelt und heult laut in den Knebel, bis Leon ihr wieder auf die Knie hilft und ihr etwas Zeit zum Durchatmen gibt. Er schnippt mit den Fingern gegen ihre Brüste. Mona reagiert zuckend und er lächelt. Er wiederholt das Eintauchen in das Eis mehrmals, bis Mona in einen Zustand der resignierten Passivität sinkt und nur noch leise vor sich hin wimmert. Leon legt sie sanft auf den Rücken. Durch die gefesselten Hände wölbt sich ihr Körper leicht und ihre harten Brustwarzen kommen im Scheinwerferlicht wunderschön zu Geltung.

Leon zieht ihr die Augenbinde ab, erlöst sie von dem Knebel und sieht sie an. Ihr Gesicht ist tränennass. Leon lächelt, beugt sich vor, nimmt einen Nippel in den Mund und beginnt an ihm zu saugen. Wieder bäumt sich Mona auf, zappelt laut jammernd, doch Leon stört sich nicht daran. Mit einer

Hand in ihren Haaren hält er sie unter sich fest, während er genüsslich saugt, leckt und beißt und sich schließlich in gleicher Weise dem anderen Nippel zuwendet. Er lässt erst von ihr ab, als sie sich deutlich erregt und gleichzeitig immer noch zitternd und weinend unter ihm rekelt. Er drängt ihre Beine auseinander, versinkt mit den Fingern zwischen ihren Schamlippen und dringt in sie ein. Die andere Hand legt er flach auf ihren Bauch. Mona stöhnt, wirft den Kopf hin und her, atmet schneller, ihr Brustkorb weitet sich deutlich, dann wird ihr Körper von einem Orgasmus geschüttelt. Sie schreit Leons Namen, bäumt sich auf, ihr Unterleib zuckt immer wieder unkontrolliert. Er lässt sie allmählich zur Ruhe kommen. Erst als sie erschöpft still liegen bleibt, zieht er seine Hand zurück. Er greift nach einem Handtuch und wischt sorgfältig und liebevoll über ihr Gesicht und ihre Brüste, kämmt mit den Fingern ihre Haare zurück und küsst ihre Schläfe. Sein Mund bleibt an ihrem Ohr. Sie scheinen miteinander zu flüstern. Er küsst sie noch mal sanft, dann steht er auf.

Pascal sieht zu Kira. Sie starrt unverwandt zu Mona hinüber, atmet schnell und kurz. Er streichelt ihren Hals, fährt hinunter und umkreist ihre Brüste. Sie zuckt, legt den Kopf in den Nacken und streckt ihre Brustwarzen seinen Fingern entgegen. Er zwirbelt sie leicht und sie seufzt. Lächelnd spielt er eine Weile weiter, tritt vor sie und öffnet ihre Hose. Prüfend sieht er in ihre Augen, sie hält die Lider halb geschlossen, scheint völlig vergessen zu haben, wo sie ist. Er zieht ihre Hose hinunter.

„Fuß hoch, Kira."

Sie gehorcht, ohne zu zögern, und lässt sich ohne jeglichen Protest ganz ausziehen. Er streichelt die Innenseiten ihrer Beine hinauf. Seine Finger werden von feuchten, geschwollenen Schamlippen empfangen. Kira wimmert leise und leckt sich über die trockenen Lippen.

Die Peitsche knallt, sie zuckt zusammen und reißt die Augen auf. Pascal lässt seine Hand auf ihrem Venushügel liegen, den kleinen Finger sanft kreisend auf ihrer Klit, während sie beobachten, wie Tim Ellas Oberkörper anhebt, sie von Augenbinde und Knebel befreit und ihr etwas zu trinken an die Lippen hält. Sie schluckt gierig. Als er sich erhebt, um das Glas wegzustellen, sieht sie sich, anscheinend irritiert, um. Ihre Augen verweilen einen Moment auf Mona, die immer noch gefesselt und nackt auf der Seite liegt, dann zucken sie auf Leon, der mal wieder mit der Peitsche durch die Luft wedelt.

Tim schiebt die Schüssel mit den inzwischen halb geschmolzenen Eiswürfeln vor sie hin. „Statt der Peitsche gibt es eine kleine Abkühlung, Ella."

„Was?"

Er tritt hinter sie, ihr Kopf zuckt hin und her, sie versucht, Leon und Tim im Blickfeld zu behalten.

„Ella! Achte auf mich. Beug dich vor, wir wollen deine Brüste im Wasser sehen", befiehlt Leon.

Sie zuckt zusammen und starrt auf die Schüssel.

Tim tritt dicht hinter sie und packt ihre gefesselten Hände. „Nach vorn, Ella, schön langsam."

Er hebt ihre Arme an und zwingt sie dadurch, sich vorzubeugen, bis ihre Brustwarzen ins Eiswasser eintauchen. Sie schreit auf, flucht, zetert und kann sich doch nicht wehren, weil Tim ihre Arme so gemein nach oben verdreht festhält, bis er ihr eine

Pause gönnt und sie sich aufrichten lässt. Er küsst sie und lächelt. „Gefällt dir das, Fledermaus?"

Sie zischt irgendetwas Wütendes, woraufhin er das Bad ihrer Brüste mehrere Male mit deutlichem Vergnügen wiederholt.

Leon hockt vor Ella. „Sehr schön, du machst das genauso, wie wir es gerne sehen", lobt er sie freundlich und streichelt über ihre Haare.

Kira keucht und ihr Unterleib zuckt. Schmunzelnd umkreist Pascal mit dem Daumen ihre Klit. Sie spreizt die Beine, streckt ihr Becken seinen Fingern entgegen.

Tim gönnt Ella eine Pause und dankbar seufzend lehnt sie sich an seine Beine. Er lächelt auf sie hinab, während sie sich erholt. Doch die Männer haben noch nicht genug.

Leon hockt sich neben Ella. „Auf ein Neues, Kleines." Lächelnd und ihr Aufstöhnen missachtend, packt er sie mit einer Hand an den Haaren, stützt mit der anderen ihre Stirn und drückt sie wieder hinunter. Tim kniet sich hinter sie und schiebt seine Hand von hinten zwischen ihre Beine.

„Spreizen, Ella", befiehlt er träge und klapst freundlich auf ihre linke Pobacke.

Sie gehorcht, zieht zischend die Luft ein, das Wasser in der Schüssel plätschert, sie stöhnt und windet sich. Tim bespielt sie ausgiebig mit dem Finger und der Wechsel zwischen Schmerz und Erregung lässt ihren Körper immer unkontrollierter zucken und beben. Ihre Brüste zittern zwischen den im Wasser schwimmenden halb aufgetauten Eiswürfeln herum, sie wimmert, jammert und schreit schließlich grell auf, als ein Orgasmus ihren Körper vollends außer Kontrolle geraten lässt. Tim stimuliert sie immer weiter, versucht anscheinend, sie möglichst lange in ihrer Ekstase zu halten. Tränen strömen über ihr Gesicht, als Leon endlich die Schüssel zur Seite schiebt und sie Ella auf den Boden hinabsinken lassen. Sie wimmert leise weiter, bleibt entkräftet und bewegungslos liegen, während Tim nach einem Handtuch greift und sie liebevoll abtrocknet.

Kira denkt nicht mehr. Sie hat die Augen jetzt geschlossen, lehnt an dem Pfeiler, ihre Knie zittern und der Saft aus ihrer Vagina befeuchtet inzwischen auch die Haut an den Innenseiten ihrer Oberschenkel. Pascal spielt abwechselnd mit ihren Brustwarzen und ihrer Klitoris, zupft an den Schamlippen und drängt mit einem Finger immer mal ein kleines Stück vor, nur, um sich dann gemeinerweise wieder zurückzuziehen.

Sie ist so erregt wie noch nie in ihrem Leben und glaubt, es nicht eine Sekunde länger aushalten zu können. Immer wieder reizt er die Nervenspitzen am Eingang ihrer Vagina, kneift in ihre Lustperle oder reibt darüber.

„Bitte", flüstert sie und kneift die Augen weiter fest zu, um ihn nicht ansehen zu müssen, weil sie sich so schämt, weil es so peinlich und erniedrigend ist, ihn anzubetteln.

„Hatte ich dir nicht ein Sprechverbot erteilt?"

Sie presst die Lippen fest zusammen und weiß genau, dass dieser Mistkerl jetzt zufrieden lächelt.

„Was möchtest du, Haselnuss?", fragt er leise an ihrem Ohr.

„Bitte lass mich kommen", stöhnt sie.

Er dringt in sie ein, jetzt mit zwei Fingern, immer wieder, reibt über die inneren Wände ihres engen

Ganges, bis sie fast wahnsinnig wird. Er beißt in eine Brustwarze, leckt ihre Kehle hinauf und legt seine Lippen auf ihre. „Sag noch mal artig bitte."

„Bitte!"

Er lacht leise. „Jetzt, Kira, jetzt komm für uns", raunt er an ihrem Mund.

Er stößt erneut fest zu und augenblicklich kontrahieren ihre Muskeln um seine Finger herum. Sie schreit auf, zuckt, fühlt, dass sie den Halt verliert. Ihre Knie sacken weg, sie hängt irgendwie, während ein Feuerwerk ihre Sinne fesselt.

In ihren Ohren rauscht es, vor ihren Augen zerspringen Sterne, während seine Finger sie immer wieder hoch ins elektrisierende Dunkel katapultieren. Gleich stirbt sie, gleich ist alles vorbei.

Ganz allmählich registriert sie, wie ihr Orgasmus abebbt. Ihr Atem beruhigt sich, das Rauschen lässt nach.

„Wunderschön." Leons Stimme lässt sie zusammenzucken.

Sie reißt die Augen auf. Er und Tim halten sie an den Armen, während Pascal vor ihr steht und sie immer noch an ihren Schamlippen entlang und um ihre Klit herum streichelt.

Tim lächelt. „Jetzt wird sie rot, die Kleine." Er tritt hinter sie. „Haltet sie, damit sie nicht fällt, wenn ich sie von den Fesseln befreie."

Sie sackt gegen Pascal, der sie mit seinen Armen auffängt.

„Oh Gott, ist das peinlich."

Alle drei lachen. „Du wirst dich daran gewöhnen, Süße." Tim wuschelt ihr durch die Haare, dann entfernen er und Leon sich.

Pascal hebt sie lächelnd hoch, trägt sie zur Couch und setzt sich mit ihr. Er zieht ein Laken über ihren Körper und küsst ihre Stirn. Sie will die Augen schließen und sich ausruhen, doch ein Stöhnen lässt ihren Kopf hochzucken. Leon hat Monas Hände befreit und sitzt auf einem Stuhl. Sie kniet vor ihm und blickt verzückt zu ihm auf. Er beugt sich hinab und küsst ihre Haare, dann öffnet er seine Hose und befreit seinen Schwanz. Mona drängt sich zwischen seine Beine. Sie lächelt, bevor sie ihn in den Mund nimmt, um ihn hingebungsvoll zu verwöhnen. Leon legt den Kopf zurück, seine Hände liegen leicht an ihren Haaren.

Das Bild strahlt so viel Liebe aus, dass Kira schlucken muss. Ihre Augen werden feucht. Sie wendet sich ab und sieht in Pascals Gesicht. Ihre Blicke verfangen sich ineinander. Liebe. Das Wort schießt ihr durch den Kopf, und im gleichen Moment weiß sie, dass es die Wahrheit ist. Sie liebt ihn, mit ganzem Herzen, mit ganzer Seele, mit jeder Zelle ihres Körpers. Seine Augenbrauen zucken hoch, sein Blick wird fragend und Kira beugt sich vor und drückt ihre Lippen auf seine. Plötzlich möchte sie ihn auch so verwöhnen, möchte ihm dieses Geschenk machen, ihm damit zeigen, wie stark ihre Gefühle für ihn sind, denn das ist etwas, was sie niemals vorher für einen Mann getan hat, und sie hätte sich schon gar nicht vorstellen können, es jemals vor Zuschauern zu tun. Sie rutscht von seinem Schoß zwischen seine Beine. Irritiert zieht er die Augenbrauen zusammen, als sie den Knopf seiner Jeans öffnet und den Reißverschluss nach unten ziehen will, was ihr allerdings nicht gelingt.

„Ich glaube, du musst mir kurz helfen", flüstert sie mit einem verschmitzten Grinsen.

Er zögert und beugt sich vor. „Du musst nicht …"

„Sch …" Sie legt den Zeigefinger über seinen Mund. „Ich weiß, aber ich möchte." Sie schenkt ihm einen tiefen Blick. „Wenn ich darf."

Er rückt etwas vor und zieht den Reißverschluss auf. Er trägt keinen Slip und sein Schwanz springt ihr erigiert entgegen. Liebevoll betrachtet und streichelt sie ihn, sucht mit den Fingern seine Hoden, um sie zu umfassen und sanft zu kneten. Er stöhnt leise und beobachtet sie mit gesenkten Augenlidern. Sie zieht die Vorhaut zurück, streckt die Zunge heraus und umfährt mit der Spitze seine Eichel, die bereits feucht glitzert. Sein Lusttropfen schmeckt salzig, als sie ihn ableckt. Wieder stöhnt Pascal und sie lächelt. „Gefällt dir das?"

„Ja, das tut es, kleine Haselnuss."

Sie küsst seinen Schwanz überall, saugt vorsichtig an der Haut der Unterseite, streichelt und leckt verführerisch die ganze Länge entlang, bis seine Beine zucken und er unruhig wird.

„Du folterst mich, Haselnuss", knurrt er heiser.

„Das ist meine sadistische Ader", flüstert sie grinsend mit dem Mund an seiner Eichel. Das leichte Vibrieren ihrer Lippen lässt ihn erneut aufstöhnen.

„Kira … Wow." Seine Hände legen sich um ihr Gesicht, und sie erwartet, dass er die Regie übernimmt, aber er hält sich zurück.

Vorsichtig umfasst sie seinen Schwanz an der Wurzel und nimmt ihn tiefer in ihrer Mundhöhle auf, schließt die Lippen fest um seine Eichel und beginnt, an ihm zu saugen.

Pascal zieht die Luft durch die Zähne. „Fuck!"

Kira lässt sein Glied aus ihrem Mund wieder hinausgleiten und reizt erneut mit der Zungenspitze seine Eichel. Seine Hände zucken, aber er hält sich weiter zurück, und sie wiederholt das Spiel, nimmt ihn tief in den Mund und saugt an seinem Schwanz, diesmal fester und länger, bis er reflexartig in ihren Mund stößt. Er zieht sich zurück, doch sie brummt unzufrieden, packt seine Handgelenke, hält sie an ihrem Kopf fest und nimmt ihn wieder tief auf. Er beginnt, sich zu bewegen, stößt in ihre Mundhöhle hinein. Sie schließt die Augen und lässt sich von ihm führen. Er soll wissen, dass es für sie in Ordnung ist. Pascal versteht und fängt an, ihren Kopf zu dirigieren.

„Atme durch die Nase", flüstert er. Sie gehorcht und er stöhnt. „Fuck, das ist so gut, Kira."

Eine Weile genießt er es, mit ihr zu spielen, dann packt er mit einem gequälten Aufstöhnen fest in ihre Haare und sie öffnet die Augen. „Wenn ich nicht in deinem Mund kommen soll, müssen wir jetzt aufhören."

Statt einer Antwort schließt sie erneut die Lider und beugt sich weiter vor.

„Sieh mich an", fordert er rau.

Sie öffnet die Augen, ihre Blicke begegnen sich und sie weicht seinem nicht aus. Das ist ihm Zeichen genug. Sein Griff in ihrem Haar wird fester und er stößt rhythmisch in ihren Mund. Sie konzentriert sich darauf, entspannt zu bleiben, und beginnt zu schlucken, ihre Zunge drückt dabei zwangsläufig von unten gegen seinen Schwanz. Er stöhnt laut und sie schluckt, um dem Würgereiz zu widerstehen; immer tiefer stößt er in ihre Kehle, bis sie es fast nicht mehr aushalten kann, dann versteift er sich, bebt und keucht, während sie weiter schluckt. Sie schmeckt seinen warmen, salzig cremigen Saft, als er sich zurückzieht und die letzten Tropfen ihre Zunge treffen. Allmählich wird er zitternd weicher und zieht sich aus ihrem Mund zurück.

Sie schnappt nach Luft und muss kurz husten, dann schmiegt sie ihr Gesicht glücklich gegen seinen Oberschenkel, erschöpft, aber unendlich zufrieden. Einen Moment harren sie unbeweglich aus, schließlich fasst er sie an den Armen und zieht sie hoch, sodass sie breitbeinig auf seinen Oberschenkeln sitzt. Er küsst sie.

„Danke, Haselnuss, das war ein wunderbares Geschenk. Es bedeutet mir sehr viel." Seine Augen glänzen verräterisch, und ein Schaudern läuft über ihre Haut, als ihr klar wird, dass er verstanden hat, einfach so, ohne Worte.

„Ich glaube, ich liebe dich." Die Worte krabbeln über ihre Lippen, ohne dass sie darüber nachgedacht hat. Erschrocken über sich selbst starrt sie ihn an.

Er lächelt und legt seine Stirn gegen ihre. „Kein Grund zur Panik, Haselnuss. Ich liebe dich auch. Das passiert, wenn sich zwei treffen, die zusammenpassen. Da kann man nichts machen, außer es zu akzeptieren und zu genießen."

Lautes Stöhnen lenkt sie ab. Kira dreht den Kopf und sieht Ella auf der anderen Seite des Raumes auf einem Tisch liegen. Tim steht zwischen ihren Beinen, ihre Waden ruhen auf seinen Schultern. Er hat den Kopf in den Nacken geworfen und stößt hart in ihre Vagina hinein. Sie schreit leise auf und Tim keucht und versteift sich. Hingerissen beobachtet sie das Paar, bis Tim seinen Oberkörper entspannt auf Ellas sinken lässt.

Ein Räuspern schreckt sie auf. Schuldbewusst dreht sie den Kopf wieder zu Pascal, doch der grinst nur. „Schön, dass dir der Abend gefällt, Haselnuss."

Unwillkürlich muss sie kichern und versteckt ihr Gesicht an seiner Schulter, um es zu unterdrücken.

„Seid ihr jetzt auch endlich fertig, dann können wir ja nach oben gehen. Ich möchte Wein", ertönt Monas Stimme gelangweilt aus der anderen Raumecke.

Ella gackert irre los und Kira kann sich nun auch nicht mehr zusammenreißen.

Sie lachen und witzeln immer noch, als ihre Männer sie, in Laken eingewickelt, nach oben in Tims Wohnung tragen und auf Sesseln und der Couch ablegen. Erst als jede Frau bei ihrem Kerl im Arm liegt und sie die ersten Weingläser leeren, senkt sich eine gelassene und entspannte Stimmung über die Gruppe.

„Hey Kira, wie geht's dir?", fragt Mona träge.

„Traumhaft", stöhnt sie mit dem Gesicht an Pascals Brust.

Ella kichert. „Ich bin bestimmt der einzige Lehrling in ganz Deutschland, der seiner Chefin beim Blowjob zugesehen hat."

„Oh mein Gott!", wimmert Kira und zieht das Laken über das Gesicht, während alle anderen schallend lachen.

# Kapitel 11

Kira lehnt an der Durchgangstür von der Küche ins Restaurant und wirft einen Blick in die Runde. Alles läuft bestens. Die Gäste sind mit ihrem Essen zufrieden, der neue Barkeeper hat sich schnell eingearbeitet, Ella lernt das Ritual des korrekten Servierens auch allmählich, die Angestellten arbeiten gerne, seit sie am Umsatz beteiligt werden, und Jonas, der Koch, wächst über sich hinaus und kocht so gut, dass ihr Restaurant immer besser besucht wird.

Rund zwei Drittel der Zimmer sind seit mehreren Wochen konstant ausgebucht, obwohl keine Urlaubszeit ist, und die nun korrekte Buchführung belegt, dass das Hotel schwarze Zahlen schreibt und sich rentiert. Oli hat mehrmals angerufen und sie haben viel geredet. Wenn seine Therapie in Kürze beendet ist, werden sie sicher gemeinsam, ohne Streit, das Hotel leiten können. Alles ist auf dem richtigen Weg. Ihr Vater würde sich freuen.

Kiras Blick bleibt an Pascal hängen. Er und Finn sind heute Abend mit acht Kursteilnehmern hier, die an einer langen Tafel aus zusammengeschobenen Tischen ihren letzten Lehrgangstag feiern. Als hätte er ihren Blick gespürt, sieht Pascal plötzlich auf und zu ihr herüber. Er zwinkert und sie lächelt, dann wendet er sich wieder seiner Gruppe zu.

Er hält sich penibel an die Geheimhaltung ihrer Beziehung. Obwohl sie inzwischen fast drei Monate lang sehr glücklich zusammen leben, weiß niemand, außer dem engsten Freundeskreis, dass sie ein Paar sind. Es scheint ihm nichts auszumachen, denn er drängt sie nie dazu, offener zu sein. Dabei ist es sicher manchmal blöd für ihn, wenn sie sich in der Öffentlichkeit sehen und so förmlich miteinander umgehen, als ob sie sich kaum kennen. Manch anderer Mann hätte sie sicher schon längst gedrängt, zu ihm zu stehen. Heiße Glücksgefühle strömen durch ihren Körper und sie muss unwillkürlich tief durchatmen. Wer hätte gedacht, dass sie einmal ein so glückliches Leben führen könnte.

Die Restauranttür geht auf und drei junge Frauen kommen auf hohen Stöckelschuhen hereingetippelt. Sie sind sehr figurbetont gekleidet, stark geschminkt und kichern albern, während sie sich im Restaurant umsehen. Als sie sich halb in ihre Richtung drehen, erkennt Kira eine von ihnen. Es ist Eve, Olis Ehemalige. Mist. Was will die hier? Sie sollte sie sofort rausschmeißen, aber eine Szene vor allen Gästen ist auch nicht gerade wünschenswert. Mit Argusaugen beobachtet sie die drei Frauen, die schamlos die Gesichter der anderen Gäste mustern.

Ella kommt hinter dem Tresen hervor und nickt zu den drei Frauen hinüber, die sich inzwischen an einem Tisch niederlassen. „Ist das nicht diese blöde Tussi von deinem Bruder?"

Kira nickt und Ella runzelt die Stirn. „Die drei wirken, als ob sie schon das eine oder andere Glas intus hätten. Sollen wir sie rauskomplimentieren?" Sie grinst. „Finn kann das sicher gut, der war mal Türsteher."

Kira schüttelt den Kopf. „Nein, kein Aufsehen. Solange sie sich benehmen, werden sie bedient."

Ella zuckt mit den Schultern. „Okay." Sie klemmt sich drei Speisekarten unter den Arm und läuft zu den Frauen hinüber.

„Haben die hier keine ordentlichen Kellner?"

Kira zuckt zusammen, der Barkeeper und einige Gäste sehen zum Tisch der drei hinüber, an der soeben eine der Frauen laut und gehässig diese Frage gestellt hat, während sie Ella kalt mustert.

„Bitte? Was soll das denn heißen?" Ella ist sofort stinksauer.

Kira knurrt innerlich. Okay, sie hätte vielleicht etwas freundlicher sein können, aber das ist noch lange kein Grund für so eine rüde Beschwerde.

Eve zeigt auf Ella. „Häschen, ich kenne dich. Du bist die, die sich den schönen Tim geschnappt hat, und der steht auf dreckige Spiele, du also auch. Von so einer lasse ich mich nicht bedienen. Geh und schick uns einen netten Kellner." Die anderen beiden Frauen gackern wie aufgeregte Hühner.

Ellas Augenbrauen ziehen sich zusammen und sie öffnet den Mund. Sie sagt etwas, sehr leise; Kira kann es nicht verstehen. Eve wirft den Kopf in den Nacken und grölt. „Du hast hier garantiert gar nichts zu sagen, du kleine Nutte."

„Wie hast du mich genannt?" Ella beugt sich kampfeslustig vor.

Eve winkt ab. „Gib dir keine Mühe. Ich weiß alles über euch. Oliver wird einige Leute vor die Tür setzen, wenn er wieder da ist und hört, wer sich in seinem Hotel eingenistet hat. Wahrscheinlich plant sie mit ihren versauten Freunden schon ein SM-Studio neben dem Wellnessbereich." Wieder wieherndes Gelächter der anderen beiden Frauen.

Kira steht stocksteif da. Pascal und Finn haben sich inzwischen mit fragenden Gesichtern umgedreht.

Eve zeigt auf Pascal. „Der da hat Oli fertiggemacht und erpresst, damit er ihnen hier nicht im Weg ist. Der gehört auch zu dieser versauten Sadomaso-Truppe. Ich wette, die blöde Kira ist dem hörig, nachdem er sie oft genug verprügelt hat. Mein Bruder kennt die alle, die haben sich früher übers Internet verabredet, aber seit es mal eine Vergewaltigungsanzeige gab, treffen sie sich nur noch im Geheimen. Tim Christen, ihr Sklavenhalter", sie betont das Wort genüsslich ironisch und deutet mit gehässigem Grinsen auf Ella, „hat einen Folterkeller in seinem Haus, da soll man oft genug nachts Schreie bis auf die Straße hören."

Endlich löst sich die Starre in Kiras Gehirn. Sie strafft sich, geht zu den drei Frauen hinüber und schiebt Ella zur Seite. „Ich verweise euch hiermit des Hauses", sagt sie leise und beherrscht.

Eve sieht provokativ zu ihr auf. „Soll ich in der ganzen Stadt herumerzählen, dass die Chefin vom ersten Hotel am Platz sich gerne den Arsch versohlen lässt?"

Finn und Pascal stehen auf und schreiten gemächlich heran. „Gibt es hier ein Problem, Kira?", fragt Pascal höflich.

Kira beachtet ihn nicht. Sie sieht Eve mit stechender Härte in den Augen an. „Du hast gerade meine Angestellte, meinen Lebensgefährten und mich beleidigt und wirst jetzt gehen. Du hast für den Rest deines Lebens hier Hausverbot. Im Übrigen ist es mir egal, ob du oder andere sich die Mäuler darüber zerreißen, wie ich mein Privatleben gestalte. Ich habe

Wichtigeres zu tun, als mich über kleingeistige Idioten zu ärgern", antwortet sie betont gelassen.

Pascal räuspert sich und deutet zum Ausgang. „Also, die Damen. Hier geht's lang."

Eve springt auf. Hasserfüllt starrt sie Kira an. „Du miese Zicke. Hat der Muskeltyp dich schon so weichgeprügelt, dass er hier den Chef spielt? Reicht es dir nicht, dich von ihm ficken zu lassen? Nein, natürlich nicht, er ist ja ihr Dom!" Wieder betont sie das letzte Wort übertrieben gehässig.

Finn hebt die Hand. „Kira, tu dir das nicht an. Geh einfach. Wir regeln das."

Kira sieht ihn kurz an und weiß, dass er recht hat, denn ihre Anwesenheit heizt Eves Wut nur noch mehr an. Sie nickt und dreht sich Richtung Tresen.

Ein kollektiver Aufschrei lässt sie herumfahren, und dann ist es, als ob vor ihren Augen ein Film in Zeitlupe abläuft.

Aus Eves erhobener Hand löst sich eine halb volle Mineralwasserflasche und schleudert trudelnd auf sie zu, Pascal springt vor sie, die Flasche trifft ihn hart an der Stirn, er knallt mit dem Kopf gegen die Kante des Tresens und sackt mit einem Stöhnen in sich zusammen.

Einer seiner Kursteilnehmer springt auf und packt Eve, Finn fixiert mit den Augen den seltsam verrenkt am Boden liegenden Pascal. Knapp unter dem Haaransatz dringt Blut aus einer Platzwunde und läuft über sein Gesicht.

Kira starrt auf ihn herab und kann nicht mehr atmen. Tot, schreit es in ihr. Er ist tot, tot, tot. Eine eisige Faust zerquetscht ihren Brustkorb, sie will sich zu ihm hinunterbeugen, sieht nur noch Sterne, als sie jemand zur Seite schiebt.

„Nein!", schreit sie und strampelt, doch ein eisenharter Arm legt sich um ihre Taille und zieht sie weg.

„Keine Angst, er ist nicht tot. Hörst du mich, Kira? Sieh mich an. Er. Ist. Nicht. Tot."

Große Hände legen sich an ihr Gesicht und zwingen sie, hochzusehen. Sie lehnt an einer Wand und Finn steht vor ihr. „Sieh mir in die Augen. Atmen, Kira, hörst du? Schön ruhig einatmen und ausatmen, einatmen und ausatmen, einatmen und ausatmen."

Gebannt starrt sie in seine Augen, presst die Hände gegen die Wand hinter sich und gehorcht, wie hypnotisiert.

„So ist es gut. Immer schön weiteratmen", lobt Finn leise und allmählich funktioniert ihr Verstand wieder.

„Pascal", flüstert sie und will an Finn vorbeisehen. „Er bewegt sich nicht. Finn, er bewegt sich nicht! Oh Gott, bitte, er darf nicht sterben."

„Keine Angst, der stirbt nicht so schnell. Er atmet gleichmäßig und der Notarzt wird jede Minute da sein. Die Tussi hat ihn nur mal kurz ausgeknockt, das wird schon wieder. Pascal hat einen Dickschädel, das weißt du doch. Es wird alles gut. Ich verspreche es dir."

Kira klammert sich an Finn, als ob sie seine Worte damit wahr werden lassen kann.

Die nächste Stunde erlebt sie wie unter einer Dunstglocke. Finn hat sie auf einen Stuhl gesetzt. Alles ist so unwirklich. Ein Notarzt und zwei Typen vom Rettungsdienst versorgen Pascal, der sich inzwischen bewegt und stöhnt, aber seine Augen sind weiterhin geschlossen. Sie legen ihn auf eine Trage und bringen ihn hinaus. Gäste und Angestellte bewegen sich um sie herum, alle reden irgendwas, manche fassen sie an. Ella drückt ihr ein Glas Wasser in die Hand, was sie regungslos hält, ohne daraus zu trinken.

Ich muss mit. Der Gedanke schießt durch ihren Kopf und mit eisenhartem Willen steht sie auf. Finn ist sofort neben ihr. „Ich muss mit, Finn", flüstert sie.

Er nickt, nimmt ihr das Glas ab und stellt es zur Seite. „Ja, komm, wir fahren dem Krankenwagen hinterher."

Er führt sie hinaus und lässt sie nicht los, bis sie im Auto sitzt. Während der Fahrt sieht sie vor ihrem inneren Auge immer nur das Bild von Pascal, wie er in dieser schrecklich unnatürlichen Haltung auf dem Boden liegt, ohne sich zu rühren. Die Angst schnürt ihr die Kehle zu. Wenn sie ihn verliert, wird sie das nicht überleben. Finn lässt sie in Ruhe. Routiniert, ohne sichtbaren Gefühlsaufruhr, steuert er das Auto und parkt vor dem Krankenhaus. Er hält sie wieder sicher im Arm, während sie hineinlaufen. Eine Schwester schickt sie in den Wartebereich der Notaufnahme. Sie sitzen noch nicht lange da, als Ella und Tim hereinkommen.

Tim zieht Kira in eine feste Umarmung.

„Was macht ihr hier?", fragt sie irritiert.

„Ella hat mich gleich angerufen.", antwortet er und streicht sanft über ihre Haare. „Keine Sorge, Kira, wir sind alle bei dir und es wird alles gut."

Ella setzt sich neben sie und legt die Hand auf ihren Arm. „Die Polizei hat Eve mitgenommen. Die Schmeißfliege wird ihre gerechte Strafe bekommen."

Kira schüttelt den Kopf. „Wenn er bloß wieder gesund wird", flüstert sie verzweifelt.

„Das wird er, ganz bestimmt."

„Gibt's schon was Neues?", fragt Tim und Finn schüttelt den Kopf. „Dauert sicher noch eine Weile, sie werden ihn bestimmt in die Röhre schieben."

Nach einer gefühlten Ewigkeit kommt eine Schwester in den Wartebereich. „Frau Nowak? Herr Lorenz?"

„Ja!" Finn und Kira springen gleichzeitig auf.

Die Schwester lächelt. „Herr Engel liegt jetzt auf Station und möchte Sie sprechen."

„Ist er wach?", fragt Kira atemlos.

Die Schwester verdreht die Augen. „Und wie. Dritter Stock, linker Flur, Zimmer sieben."

Finn grinst. „Siehste, sag ich doch, den Dickschädel kriegt keiner so schnell kaputt."

„Oh Gott!" Kiras Knie werden weich und Finn hält sie am Arm. „Hey, alles klar?"

„Ja. Geht schon." Sie atmet tief durch, schnieft und fällt ihm um den Hals. „Ich bin ja so froh."

Er räuspert sich und drückt sie wortlos an sich. „Komm, Lady, dein Herzallerliebster wartet."

Gemeinsam mit Ella und Tim fahren sie im Fahrstuhl in den dritten Stock. Eine Schwester zeigt ihnen die Richtung, dann stehen sie auch schon in seinem Zimmer vor ihm.

Pascal liegt in einem dieser typischen, überaus hübschen, hinten offenen Nachthemden im Bett, seine Stirn ziert ein schneeweißer Verband. Er betrachtet seine Freunde und grinst. „Ihr seht irgendwie gestresst aus."

„Du Arsch!", stöhnt Tim und boxt ihn gegen den Arm.

„Au!", jammert Pascal. „Ich bin schwer verletzt, du Dösel."

Kira starrt ihn an und er wird ernst. „Komm zu mir, Haselnuss." Er zieht sie mit einer Hand zu sich heran, greift mit der anderen ihre Bluse, damit sie sich herunterbeugt, und küsst sie auf den Mund. „Wie geht's dir?"

„Mir?" Irritiert mustert sie ihn an. „Mir ist nichts passiert. Du hast dich doch in den Weg geworfen."

Er lässt sie nicht los, streicht mit dem Daumen über ihren Handrücken. „Wir kriegen das gemeinsam hin. Du brauchst keine Angst zu haben, wir sind alle bei dir."

„Wovon redest du?"

Unwillig schüttelt er den Kopf, hält jedoch sofort wieder stöhnend still und schließt kurz die Augen. „Fuck!", flucht er, atmet tief durch und sieht sie dann wieder an. „Okay, Haselnuss, nur weil mein Schädel brummt, brauchst du noch lange nicht zu versuchen, mir was vorzumachen."

Kira sieht sich hilflos um. „Versteht ihr, was er meint?"

Ella zieht die Augenbrauen hoch. „Du meinst das Gerede, oder?"

Pascal nickt und drückt Kiras Hand. „Es tut mir leid. Ich habe dir versprochen, dass niemand etwas erfährt, und dabei die Geschwätzigkeit in einer Kleinstadt unterschätzt. Als Dirk damals Mona angegriffen hat und es zum Prozess gekommen ist, wurde viel geredet, vor allem viel Falsches. Ich dachte nicht, dass die Leute sich heute immer noch die Mäuler darüber zerreißen."

„Mona wurde angegriffen?"

Tim nickt und stöhnt genervt. „Ja, wir waren früher leider ziemlich unvorsichtig. Als Mona mit Leon zusammenkam, hat ein Typ, den wir durch das Internet kannten, sie aus Eifersucht überfallen. War ziemlich heftig, damals. Ich dachte allerdings auch nicht, dass darüber immer noch gelästert wird."

Kira schüttelt unwillig den Kopf. „Das Gerede stört mich nicht. Kein bisschen! Ich will auch unsere Beziehung nicht mehr geheim halten."

Zweifelnd forschen Pascals Augen in ihrem Gesicht. Sie lächelt, beugt sich vor und küsst ihn. „Das ist die Wahrheit. Du kannst mir ruhig glauben. Das Einzige, das wichtig ist, bist du und meine Freunde. Es gibt überhaupt gar keinen Grund, irgendetwas zu verheimlichen. Ihr habt mich verändert. Es ist mir schnurzpiepe, was die Leute reden. Ich habe keine Sekunde darüber nachgedacht, bis du eben davon angefangen hast."

Ella grinst. „Klasse."

Pascal zieht sie an seine Brust und umarmt sie fest. „Ich liebe dich, Haselnuss."

„Ich liebe dich auch, du Nussknacker."

„Ach, wie rührend", stellt Tim trocken fest und Ella knufft ihn strafend in die Seite.

„Was sagt der Arzt?", fragt Finn.

„Der Quacksalber meint, ich soll über Nacht hierbleiben, damit sie mich beobachten können. Sie wollen sichergehen, dass in meiner Birne nicht doch noch irgendwo was blutet oder anschwillt. Aber morgen früh kannst du mich abholen. Das habe ich gleich klargestellt."

Finn nickt. „Okay, ich bin um acht da."

Ella kichert. „Du hast eine Gehirnerschütterung. Die wollten dich bestimmt ein paar Tage hierbehalten."

„So weit kommt das noch", schnaubt Pascal und deutet mit dem Kopf auf Kira, während er Finn ansieht. „Bleibst du bei ihr?"

„Natürlich."

Kira sieht von einem zum anderen. „Was?"

„Finn bleibt heute Nacht bei dir. Nach dem Schrecken will ich nicht, dass du allein bist."

„Das ist nicht nötig. Es geht mir gut."

„Umso besser", sagt Finn, „und jetzt halt einfach den Mund."

„Hey!"

Pascal grinst. „Ich sehe schon, ihr werdet euch prima vertragen."

# Kapitel 12

„Das ist eine Frechheit! Ich sagte, du sollst mich nach Hause fahren!"

Finn zuckt mit den Schultern, legt den nächsten Gang ein und gibt Gas. „Die Chefin will dich im Hotel haben."

„Die Chefin? Du spinnst wohl."

Finn verdreht die Augen. „Reg dich ab, Pascal. Sie hat recht. Der Arzt sagt, du sollst deine Rübe noch mindestens drei Tage lang ablegen, und im Hotel kann Kira sich um dich kümmern. Wenn du allein zu Hause bist, bleibst du sowieso nicht liegen, kippst nachher noch aus den Latschen, und dann ist keiner da, der dich wieder ins Bett schleift."

„So ein Quatsch!" Resigniert lehnt er sich zurück und sieht geradeaus auf die Straße.

„Hat sie heute Nacht geschlafen?", fragt er nach einer Weile leise.

Finn nickt. „Erst hat sie schlecht geträumt und ist hochgeschreckt, dann hab ich Händchen gehalten und für den Rest der Nacht war alles gut."

Pascal schweigt und Finn stößt ihn mit dem Ellenbogen an. „Mach dir keine Gedanken wegen dem Gerede, es interessiert sie wirklich nicht." Er zwinkert. „Sie ist eine tolle Frau. Du hast den Jackpot erwischt."

Pascal lächelt. „Ja, so kann man es wohl ausdrücken."

Sie erreichen das Hotel und Finn parkt den Wagen. Erstaunt sieht Pascal zu, wie er eine Reisetasche aus dem Kofferraum holt. „Das ist ja meine? Woher hast du die?"

„Hat Ella für dich gepackt."

„Für mich gepackt? Was soll das denn?"

Finn seufzt genervt. „Es sind Klamotten für ein paar Tage, deine Zahnbürste und dein Rasierzeug drin."

„Ein paar Tage? Ihr glaubt doch nicht, dass ich hier lange Urlaub mache?"

Finn antwortet nicht. Sie haben den Eingang erreicht und betreten die Hotellobby. Von der Rezeption ist ein erfreutes „Da ist er!" zu hören, dann stehen auch schon mehrere Leute vom Personal um Pascal herum. Eine der Frauen streckt ihm einen dicken Blumenstrauß entgegen. „Herzlich willkommen!"

Irritiert nimmt Pascal den Strauß und sieht in die strahlenden Gesichter. „Was ist denn hier los?"

Ella lacht und schlägt ihm mit der flachen Hand auf die Schulter. „Du hast unsere Chefin beschützt! Du bist ein Held!"

Wow. Jetzt ist er ja tatsächlich mal richtig gerührt. So was Blödes. Zum Glück kommt Kira angelaufen und fällt ihm um den Hals, sodass seine Verlegenheit nicht auffällt.

„Da bist du ja", flüstert sie und drückt ihren Mund auf seinen.

Er umarmt sie fest und erwidert den Kuss. Um sie herum wird applaudiert. Auch das noch.

Er löst sich sanft von seiner Haselnuss und räuspert sich. „Schon gut, nun hört mal auf, hier so ein Brimborium zu veranstalten. Es ist doch gar nichts passiert."

Ella grinst. „Der große Engel mal ganz verlegen. Dass ich das noch erlebe."

„Keine Angst, ich rette dich vor der Meute", flüstert Kira. „Komm." Sie hakt sich bei ihm unter und zieht ihn mit in Richtung ihres Appartements. Finn folgt mit der Reisetasche.

Kaum sind sie eingetreten, deutet Kira in Richtung Bett. „Ab in die Waagerechte, mein Schatz."

„Es geht mir gut. Ich lege mich noch ein Stündchen auf die Couch, dann bin ich wieder ganz der Alte."

„Nix da. Bettruhe, hat der Arzt gesagt."

„Woher weißt du das? Hat der etwa seine Schweigepflicht gebrochen?"

„Finn hat mit der Krankenschwester geflirtet."

„Nicht zu fassen!", stöhnt Pascal.

Kira lächelt süffisant. „Gehst du jetzt freiwillig ins Bett oder muss ich Ella bitten, eine der Peitschen aus Tims Keller zu holen?"

Pascal macht das böseste Gesicht, das er kann. „Haselnuss, sei nicht so aufmüpfig. Ich merke mir das, alles, und jede ungebührliche Frechheit wird in naher Zukunft bestraft."

Sie zwinkert. „Ich bitte darum und jetzt ab unter die Decke, Mister Macho. Wenn du brav bist, bringe ich dir nachher ein bombastisches Frühstückstablett vorbei."

Wohlig stöhnend hält Pascal das Gesicht in den heißen Strahl der Dusche. Ja, so gefällt ihm das Leben. Nachdem er sich fast eine Woche lang in Kiras Appartement nach Strich und Faden verwöhnen ließ, ist er wieder in sein normales Leben zurückgekehrt. Es war zwar nett, ein paar Tage lang faul zu sein, aber seinen neuen Kurs zu begrüßen und mit den jungen Leuten zu arbeiten, gefällt ihm doch deutlich besser, als den Kranken zu mimen.

Es ist gleich achtzehn Uhr. Noch eine Stunde, dann wird Kira kommen. „Und heute bist du fällig, mein Schatz", brummt er genüsslich gegen die weiße Wand der Dusche. Sie hat ihn zwar jeden Tag mit Massage- und Streicheleinheiten verwöhnt, Sex aber kategorisch verboten. Zu anstrengend. Pah! So ein Quatsch!

Pfeifend zieht er sich Jeans und ein T-Shirt über, wirft noch einen Blick auf das kleine schwarze Schmuckkästchen, das er in der Mittagspause samt Inhalt gekauft hat, und geht in die Küche, um das Abendessen vorzubereiten.

Als der Tisch gerade fertig gedeckt ist, klingelt sie auch schon und er drückt auf den Summer.

Dann steht sie vor ihm und sie hat ... fuck ... sie hat zum ersten Mal, seit sie sich kennen, einen knallengen kurzen Rock an. Sofort zuckt sein Schwanz.

Sie begrüßen sich mit einer Umarmung und einem langen Kuss. „Wow, Süße, du siehst zum Anbeißen aus", raunt er an ihrem Ohr, bevor er sich von ihr löst.

Sie grinst. „Danke."


„Denk daran, dass du endlich den Schlüssel mitnimmst, den ich dir schon vor drei Wochen nachgemacht habe", sagt Pascal und Kira zuckt mit den Schultern.

„Ich komm doch sowieso nur hierher, wenn du auch da bist."

„Ich will aber, dass du einen eigenen Schlüssel hast, das hat ja auch einen symbolischen Charakter."

Sie neigt neckisch den Kopf zur Seite. „Wie meint der freiheitsliebende Nussknacker das denn?"

Er kneift sie in die Taille. „Das weißt du ganz genau. Sei nicht so frech, sonst hängt dein schickes Röckchen eher an deinen Knöcheln, als es dir lieb ist, Haselnuss."

Sie kichert und revanchiert sich mit einem derben Griff an seine Pobacke.

Er packt ihre Hände, schiebt sie rückwärts gegen die Wand und hält ihre Arme über ihrem Kopf gefangen. Umgehend vibriert es in ihrem Unterleib. Sein herbes Gesicht ist direkt vor ihr. Sie liebt diese blauen Augen, dieses kantige Kinn, die geschwungenen Lippen, das ungekämmte kurze Haar, und er riecht so gut nach seinem herben männlichen Duschgel. Mit einem aufreizenden Seufzer drückt sie ihr Becken gegen seines und fühlt zu ihrer großen Freude deutlich seine Erektion.

„Fuck!", stöhnt er. „Haselnuss, ich hoffe, du magst schnellen, harten Sex."

Seine Worte senden elektrische Impulse durch ihre Adern. Sie öffnet stöhnend den Mund und schließt die Augen. Mehr Aufforderung braucht er nicht. Seine Lippen prallen auf ihre, seine fordernde Zunge drängt tief in ihre Mundhöhle. Ein Bein zwängt sich zwischen ihre, sein Körper presst sie rücksichtslos gegen die Wand.

Er küsst sie, als ob er ein Jahr lang nicht geküsst hätte, und lässt erst von ihr ab, als sie atemlos keucht und es in ihren Lippen prickelt. Mit einer Hand hält er ihre Arme weiter über ihrem Kopf, mit der anderen schiebt er, ohne sie aus den Augen zu lassen, ihren Rock hoch.

Dann merkt er es. Seine Augen werden noch dunkler. „Du hast kein Höschen an."

Sie kichert albern.

„Fuck, ist das geil", knurrt er und warme Flüssigkeit tropft aus ihrer Vagina.

Er öffnet seine Hose und zieht seinen Schwanz heraus, der sich sofort fest und verführerisch gegen ihre Vulva presst.

Rüde drängt er ihre Beine weiter auseinander und schiebt sich ohne weitere Verzögerung mit einem harten Stoß in sie hinein. Sie schreit auf, als ihre inneren Muskeln gnadenlos gedehnt werden. Pascal zieht sich zurück und stößt erneut zu, tief und mit einer Drehbewegung aus der Hüfte, wodurch irgendwelche ihr bisher fremden Nervenenden tief in ihrer Vagina heiße Zuckungen verursachen. Sterne zerplatzen vor ihren Augen.

„Oh! Ja! Ja!", schreit sie.

Er lässt ihre Handgelenke los und sie umschlingt seinen Nacken. Er fasst unter ihr Knie, zieht ihren Oberschenkel hoch, stößt wieder zu, noch fester, noch härter, und reibt dabei jedes Mal über ihre Lustperle, was neue elektrische Impulse durch ihren Körper jagt.

Sie kann sich nicht bewegen, klemmt völlig wehr- und hilflos zwischen ihm und der Wand, hat keine Chance, seine Stöße irgendwie zu beeinflussen. Sie gehört ihm, jede Faser ihres Körpers. Diese Erkenntnis treibt ihre Erregung in schwindelerregende Höhen. Es rauscht in ihren Ohren, sie klammert sich an ihn und beißt in seine Schulter. Er schreit heiser auf, hämmert in rasender Ekstase in sie hinein, sie fliegt davon, keucht, schreit, zerfällt zu weicher, williger Watte und spürt, wie sein heißer Saft ihren Unterleib füllt.

Er versteift sich, hält sie weiter fest, zuckt mehrmals, stöhnt animalisch und ganz allmählich kehren sie gemeinsam in die Realität zurück. Mit zitternden Knien klammert sie sich weiter an ihn. Er schwankt kurz rückwärts, lässt sich auf die Couch sinken und sie landet auf ihm.

Stöhnend küsst er ihre Halsbeuge. „Mist, Süße, ich habe das Kondom vergessen. Das ist mir noch nie passiert. Tut mir leid." Er küsst sie noch einmal. „Du brauchst keine Angst vor Krankheiten zu haben. Ich lasse mich regelmäßig checken."

Sie kichert. „Na klasse, ich erwähnte ja bereits, dass ich die Pille nicht nehme, weil ich sie nicht vertrage."

Er stöhnt wimmernd auf. „Und nun?"

Sie seufzt träge. „Und nun denken wir erst mal nicht darüber nach. Es muss ja nicht gleich was passiert sein."

Er drückt ihren Kopf etwas höher und sieht in ihre Augen. „Und wenn doch?"

Unbeeindruckt kuschelt sie das Gesicht an seine Brust und schließt die Augen. „Dann hat das kleine Ding hoffentlich viel von deinen Genen geerbt. Ich mag Kinder."

Er zieht sie für einen Moment fest in seine Arme, dann schiebt er sie zur Seite. „Lass mich mal kurz aufstehen."

Unwillig brummend lässt sie ihn gehen.

Eine Minute später ist er wieder da und räuspert sich.

„Haselnuss. Setz dich auf."

„Was?"

„Hinsetzen. Es wird jetzt offiziell."

Irritiert öffnet sie die Augen und sieht ihn vor sich auf dem Boden knien. Ihr Herz klopft augenblicklich ganz schnell und laut. Zögernd setzt sie sich auf und zieht den Rock gerade. Dann mustert sie ihn misstrauisch. Er nimmt ihre Hände und hält sie warm in seinen.

„Kira Nowak, du hast mich nie über meine Vergangenheit ausgefragt, als ob du gemerkt hättest, dass ich nicht gerne darüber rede." Er macht eine kurze Pause, atmet tief ein. „Ich habe keine Familie. Meine Mutter wollte mich nicht. Weil sie drogensüchtig war und auch während der Schwangerschaft nicht clean blieb, litt ich als Säugling unter Entzugserscheinungen und deshalb hat mich niemand adoptiert. Ich wuchs in mehreren Pflegefamilien auf. Versteh mich nicht falsch. Ich hatte keine schlimme Kindheit. Es war okay, aber es war eben nie wie eine richtige Familie. Ich möchte, dass du ..." Er räuspert sich und seine Augen glänzen verdächtig. "Ich möchte, dass du von jetzt an meine Familie bist. Ich liebe dich. Ich will, dass wir immer und ewig zusammenbleiben. Bitte sag Ja."

„Ist ..." Sie muss schlucken. „Ist das ein Heiratsantrag?"

Er zieht die Augenbrauen zusammen. „Mmh. Na ja. Ich weiß, es ist ein bisschen früh. Wir kennen uns ja erst kurz und ich will dich auch nicht unter Druck setzen, aber irgendwie ... ja, Mist, Fuck, was soll's, ja, das ist wohl einer. Ich liebe dich. Los, sag schon Ja, wir müssen ja nicht gleich morgen zum Standesamt rennen."

„Oh Gott." Glücksgefühle sausen heiß durch ihren Körper. „Ja", flüstert sie. „Ja, Pascal Engel, ich liebe dich, nur dich und ich will keinen anderen als nur dich."

„Gut."

Zufrieden von einem zum anderen Ohr grinsend zieht er ein Schmuckkästchen aus der Gesäßtasche, öffnet es und streift ihr einen schlichten Ring mit einem winzigen, aber strahlend glitzernden Stein über den Finger.

„Bitte, Madam. Ich hoffe, er gefällt dir."

Ungläubig mit dem Kopf schüttelnd betrachtet sie das Schmuckstück. Dann kann sie die Tränen nicht mehr zurückhalten. Schniefend zieht sie sein Gesicht an ihre Brust. „Ich habe noch nie einen schöneren gesehen."

## Ende

# Autorin

Sara-Maria Lukas, Jahrgang 1962, sagt „Moin" statt „Guten Tag". Unter dem Pseudonym verbirgt sich eine gebürtige Bremerin, die seit vielen Jahren in einem klitzekleinen Dorf zwischen Elbe und Weser wohnt. Sie liebt das raue Klima der Nordseeküste nicht nur, wenn die Sonne scheint, sondern erst recht bei Sturm und ordentlichem Wellengang.

Das Schreiben ist seit der Kindheit ihre eine große Passion, das Leben im Einklang mit der Natur die andere.

Sara-Maria Lukas bezeichnet sich selbst als hoffnungslos naive Romantikerin. Nichts kann sie davon abbringen, an die wahre Liebe, die Macht der gelebten Toleranz und das Gute im Menschen zu glauben.

In ihren Romanen verknüpft sie auf eine ganz eigene sympathische Weise prickelnde Erotik mit viel Humor, Herzlichkeit und großer Liebe.

**Website:** www.sara-maria-lukas.de
**Facebook:** Sara-Maria Lukas - Autorin


**Ebenfalls erschienen:**

Hard & Heart 1: Die Entführung des Kolibris

Hart & Heart 2: Kein Safeword für die Fledermaus

**Ivy Paul**
**Power Play: Opalherz**
Erhältlich als Taschenbuch & eBook

Rache und der Wunsch nach Vergeltung für den Tod seiner Schwester lassen Isak die Schwester seines Erzfeindes Wayne Durham aufsuchen. Diese ist in Sydney untergetaucht und wird von Isak nur durch Zufall über ihre Leidenschaft für Salsa ausfindig gemacht. Julie Durham ahnt nichts Böses, als Isak Söderholm in ihrem Seifenladen steht. Schnell gibt sie sich dem düsteren Schweden und seinen lustvollen BDSM-Spielen hin und verliert wider besseren Wissens ihr Herz an den Sadisten. Sie ahnt nicht, dass Isak sie nur in sich verliebt machen, benutzen und anschließend rüde fallen lassen will. Bei seinen Intrigen hat Isak jedoch eines nicht berücksichtigt: Die Liebe. Denn nicht nur Julie verliebt sich in Isak, sondern auch er verfällt den Reizen der warmherzigen Seifensiederin. Als Julie von einem Stalker belästigt wird und in Gefahr gerät, ist Isak zur Stelle, um sie zu beschützen. Doch er kann keine wahrhafte Beziehung mit ihr eingehen, solange Julie nicht die Wahrheit kennt ...

*Ein romantischer BDSM-Roman.*

**Vivian Hall**
**Salvation: Brennende Herzen**
Erhältlich als Taschenbuch & eBook

*Ein glühend heißer Sommer, zwei junge Menschen und eine grenzenlose Liebe.*

Der als Bad Boy verschriene Zac Morrison und die adrette, kreuzbrave Cathy Kilbourne sind seit Jahren verfeindet. Als Cathy nach dem Studium in ihre Heimatstadt Milton Oaks zurückkehrt, kreuzen sich ihre Wege erneut und sofort sprühen die Funken zwischen den beiden Streithähnen. Zac will zunächst nicht wahrhaben, dass die körperliche Anziehung zwischen ihnen immer stärker wird. Schließlich verkörpert die Tochter von Schuldirektor Kilbourne alles, was er verachtet, doch Cathy lässt nicht locker und die beiden verlieben sich unsterblich ineinander. Allerdings entwickeln sich Zacs unstillbarer Freiheitsdrang und die Vergangenheit seines Vaters zur knallharten Bewährungsprobe für das junge Glück. Beide müssen entscheiden, ob sie mutig genug sind, ihre Träume gemeinsam zu verwirklichen - oder ob sie am Ende nicht doch getrennte Wege gehen ...